Welcome to
KANJAFESTA!

クドリャフカの
順番

—

이 도서의 국립중앙도서관 출판예정도서목록(CIP)은 서지정보유통지원시스템 홈페이지(http://seoji.nl.go.kr)와
국가자료종합목록 구축시스템(http://kolis-net.nl.go.kr) 에서 이용하실 수 있습니다.
CIP제어번호 : CIP2013027431

요네자와 호노부 지음

권영주 옮김

쿠드랴프카의 차례

Welcome to KANYAFESTA!

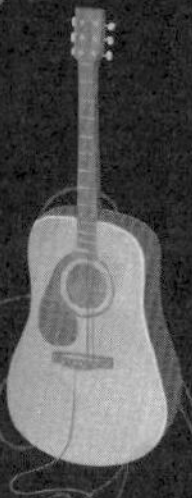

엘릭시르

Welcome to
KANYAFESTA!

クドリャフカの順番

1
잠 못 이루는 밤

1. 001~004 잠 못 이루는 밤

001-♥01

잠이 안 와서 살짝 집 밖으로 나왔습니다.

지탄다가의 역사는 에도 시대 초엽으로 거슬러 올라간다고 합니다.

가미야마 시 북쪽으로 펼쳐지는 전원 지대는 과거 하나의 농촌 마을이었습니다. 지탄다가는 그 마을 촌장으로 넓은 농지를 소유하며 직접 농사를 짓는 한편 다른 사람에게 소작을 주기도 했습니다. 마을 대표로서 조세를 비롯한 각종 문제에 대해 영주 측과 교섭한다든지, 간단한 문제일 경우 재판관 노릇을 하기도 했다고 합니다. 농지 개량을 위한 공사도 진두지휘했습니다. 또 봄가을 제사 때도 마을을 대표했습니다.

이 일대는 결코 자연의 은혜를 풍족하게 받은 곳이 아닙니다. 토지 자체는 비옥하지만 태풍이 자주 찾아오는데다 겨울이면 눈에 갇힙니다. 무엇보다도 에도 시대 중기에 관개 공사를 하기 전까지는 물이 그다지 넉넉하지 못했습니다. 날씨가 조금만 나빠도 금세 흉작이 들곤 했습니다. 사람들이 신불을 경외하는 마음도 자연히 강해졌을 테죠.

그런 가운데 지탄다가는 재산가 가문으로서 제사에서 세속 측 대표를 지냈습니다. 신사에 갖은 봉납을 할 때는 주로 지탄다가에서 사재私財를 털었고, 모심기 전과 추수 뒤, 그리고 백중과 정월에 인근 사람들을 불러 술과 안주를 대접했다고 합니다. 그게 가능했다는 것은 지탄다가가 그만큼 돈을 벌었다는 의미입니다. 아마 토지를 빌려 주고 받은 소작료가 주된 수입원이었을 테죠.

전후 농지 개혁으로 일본 각지의 대지주들과 마찬가지로 지탄다가도 토지의 대부분을 내놓아야 했습니다. 하지만 당시 당주였던 지탄다 쇼노스케는 시류를 읽는 눈이 뛰어났던 덕에, 주식으로 번 돈을 밑천으로 지탄다가의 농업을 한발 앞서 근대화하고 그렇게 해서 얻은 부를 더욱 늘렸습니다. 쇼노스케는 그 돈으로 잃었던 토지를 조금씩 도로 사들였고, 결과적으로 저희 아버지가 당주가 됐을 무렵 지탄다가는 예전의 토지를 절반 정도 되찾았습니다. 쇼와 후기였던 당시, 되찾은 토지는 광대하다고 표현하기 충분한 면적이었습니다.

집안 자랑 같지만, 지탄다 쇼노스케라는 인물은 단순히 사업 능력만 뛰어난 게 아니라 다른 사람에게 신뢰를 받을 만한 인격도 갖추었던 모양입니다. 쇼노스케는 사실 저희 할아버지입니다. 일찍 돌아가셔서 어떤 분이었는지는 잘 기억나지 않습니다.

아무튼 지탄다가는 가산을 잃지 않고 전쟁 전후의 혼란을 그럭저럭 넘겼습니다. 제사에서의 역할도 변함없이 맡았습니다.

그렇기는 해도 지금의 지탄다가는 후쿠베 씨가 말하는 것만큼 재산이 월등하게 많은 것은 아닙니다. 그래서 지역 분들을 모시고 대접하는 것도 연 4회에서 봄가을 두 번으로 줄었거니와, 그때 술값이라는 명목으로 실질적인 회비를 받습니다. 이러면 대접한다기보다 단순한 모임, 술자리죠. 저는 술을 못 마시니까 참석한 적은 없지만요.

봄가을 축제는 마을의 신 같은 존재인 작은 신사에서 거행

합니다. 사자춤이며 가마 행렬 같은 행사를 한바탕하고 나면, 지탄다가 사람이 주민들을 대표해서 신사에 들어가 봄에는 탈 없이 결실을 맺기를 기원하고 가을에는 지난 일 년간 무탈했음을 보고하고 감사를 드립니다.

저도 철들었을 무렵부터 이 의식에 참여해 왔습니다. 동네 친구가 신사에서 뭘 하느냐고 물은 적이 있는데, 딱히 특별한 일은 하지 않습니다. 기도를 마칠 때까지 되도록 소리를 내지 말라고 주의를 받는 게 유일한 특징일까요. 그래서 머리를 숙여 절은 해도 손뼉은 치지 않습니다.

저 자신은 신앙심이 그렇게 강한 편은 아니라고 생각합니다. 측정하는 게 가능하다면 아마 같은 학년 분들과 비슷한 정도일 겁니다. 하지만 이런 제사에 참가했던 경험 때문일까요, 곤란한 일이 있을 때면 이 신사에서 소원을 비는 게 제 은밀한 버릇입니다. 이런 버릇이 제가 팔백만 여러 신들을 믿기 때문인지, 아니면 그런 행위 자체가 불안을 가라앉히기 위한 일종의 자기 암시 장치로서 시스템화 된 것인지 그건 모르겠습니다. 가끔 무척 신경 쓰이는데 좀처럼 답을 못 얻고 있습니다.

최근 들어서는 고등학교 입시를 쳤을 때 소원을 빌었습니다. 그리고 후쿠베 씨가 '빙과'라는 이름을 붙인 그 사건에서도.

그리고 오늘 밤, 저는 또 신사로 갑니다.

내일부터 가미야마 고등학교 축제가 시작됩니다. 가미야마 고등학교의 다채로운 문예계 동아리 중 하나인 저희 고전부는 대단히 곤란한 상황에 처해 있습니다. 상황을 타개할 방법이 보이지 않습니다. 최선을 다할 생각이긴 하지만…… 행운도 필요할 것 같습니다.

새전함에 백 엔 동전을 던져 넣고 불빛이라곤 달빛뿐인 경내에서 두 손을 모으고 눈을 감은 뒤 고전부 분들을 떠올립니다.

이바라 마야카 씨. 후쿠베 사토시 씨. 오레키 호타로 씨.

마야카 씨는 편히 자고 있을까요.

마야카 씨는 현재 고전부가 곤경에 처한 게 자기 책임이라고 생각합니다. 사실은 그렇지 않은데요. 저는 마야카 씨의 뛰어난 일처리 수완에 그만 전적으로 기대고 말았습니다. 마야카 씨의 작업을 제가 적극적으로 거들었다면 이번 사태는 피할 수 있었을 겁니다. 그렇지 못했던 제게도 책임이 있습니다.

후쿠베 씨는 편히 자고 있을까요.

후쿠베 씨의 쾌락주의적 언동이 어디까지 본심인지에 대해 저는 의문을 갖고 있습니다. 적어도 이기주의와 반드시 일치하지는 않을 거라 생각합니다. 마야카 씨가 속상해하는데 웃으면서 모른 척할 것 같지 않습니다.

오레키 씨는 편히 자고 있을까요.

……자고 있겠죠. 오레키 씨가 안 그러면 되레 불안합니다.

오레키 씨가 이따금 보이는, 사물의 이면을 간파하는 예리한 시각에 저는 늘 무척 감탄하게 됩니다. 감동한다고까지 말해도 될지 모릅니다. 하지만 평소의 오레키 씨는, 음, 뭐랄까요, 매우 엉덩이가 무거운 분입니다. 의지가 될지 안 될지 판단이 쉽지 않습니다.

세 분의 모습을 가슴에 품고 기도를 드립니다.

내일부터 사흘간, 저희에게 행운이 있기를. 그 '산'을 어떻게든 넘을 수 있기를.

눈을 뜬 저는 씻을 수 없는 불안에 사로잡혀 지갑에서 오십 엔을 더 꺼냈습니다.

002-♣01

잠이 안 와서 베개 밑에 들어 있던 안내 책자를 꺼냈다.

참가 단체의 한마디(등록순)

· 검도부: 가미야마 고교 대 가미야마 공고 초청 시합. 현縣 내 굴지의 명수 시합이 될 대장 대결을 부디 주목하시라

· 브레이크 댄스부: 개회식을 책임집니다. 신입 수준이 높습니다. 기대하셔도 좋습니다.

· 사교 댄스부: 둘째 날 3시 반부터 체육관을 통째로 빌려 댄스파티를 엽니다. 많은 참가 바랍니다

· 합창부: 둘째 날 10시부터 체육관에서. 부원 모집중(웃음)

· 연극부: 셋째 날 9시부터 무대에서. 오리지널 각본. 현縣 대회 상연 버전을 개량했습니다

· 탐정 소설 연구회: 첫째 날 11:30부터 미스터리 런치

· 복장 연구회: 매일 오전 11시 및 오후 2시부터 복장실에서 쇼를 엽니다. 모델도 모집

· 만화 연구회: 제1 예비 교실에서 문집을 판매합니다. 주목 기획 고금 만화 리뷰 100편 해부, 필독

· 화학부: 나트륨의 위력을 보라. 위험하니 책임은 안 집니다. 화학 실험실

· 2-F: 비디오 영화 〈만인의 사각〉. 경악의 결말, 당신은 과연 예상할 수 있을 것인가? 상영 일정은 별도 페이지 참조

· 응원단 & 치어리딩부 합동: 첫째 날 2시 반부터 운동장에서 합동 퍼포먼스

· 다도부: 간야제 항례, 초超 야외 다회, 물론 이번에도 합니다. 장소는 산성 공원!
· 미술부: 미술실에서. 현 미전 입선작 〈청의 찬가〉를 보러 오세요
· 고적대부: 셋째 날 2시부터 체육관에서 공연합니다
· 수묵화부: 미술부와 공동으로 미술실에서 전시를 합니다
· 주술 동호회: 2학년 E반 교실에서 이것저것 합니다. 굿즈도 팔아요!
· 문예부: 제3 예비 교실과 2층 연결 통로에서 문집 『메아리』 판매합니다. 한 부 200엔
· 하쿠닌잇슈부: 제, 제발 부탁이야…… 누가 대결 좀 해 줘…….
· 오컬트 연구회: 1학년 F반 교실에서 전시를 합니다. 진지한 연구입니다. 흥미 본위의 관람은 사절합니다.
· 퀴즈 연구회: 첫째 날 13시 운동장, 퀴즈 트라이얼 7. 당신의 참가를 기다린다. 상품 있음.
· 천문부: 간야제는 낮에 한다고. 별 안 보인다고. 할 수 없으니까 태양계를 만들었습니다.
· 1-C: 첫째 날 2시부터 체육관 무대 〈정말로 유쾌한 안데르센 동화〉
· 방송부: 매일 낮 12시 반부터 간야제 최신 정보를 교내 라디오에서 소개. 싫어도 들려주마.
· 주산부: 텔레비전에 나오는 것 같은 초고속 암산을 보여 드립니다. 특별동 2층 제4 예비 교실
· 토론부: 3학년 B반 교실을 빌려 첫째 날 11시부터 셋째 날 2시까지 영어 토론 대회
· 쟁箏부: 오전 2회, 오후 1회, 다다미방에서 연주회를 합니다. 자세한 시간은 방 앞에 게시하겠습니다
· 라쿠고 연구회: 첫째 날 9시부터 무대에서. 첫 타자구나 했더니 브레이크댄스부가……(흑흑)

· 서예부: 서예실에서 전시
· 꽃꽂이부: 1층 복도에서 전시를 합니다. 잠깐 멈춰 서서 봐 주세요……
· 생물부: 가미야마 생물 환경 모형. 자화자찬이지만 디오라마가 하도 훌륭해서 무슨 부 전시인지 모르겠습니다
· 장기부: 간야배 토너먼트, 시간은 일인당 삼십 분. 호화 상품 있음. 과장도 있음. 1-G에서
· 공작부: 물리 교실에서 전시. 함재기를 포함한 항공모함. 귀여운 소품도 팝니다.
· 비디오 영화 연구회: 독립 영화 〈료γ〉. 시청각교실. 상영 일정은 별도 페이지
· 사진부: 3-G에서 전시를 합니다. 옛날식 마그네슘 사진 실연도 있습니다.
· 영화 연구회: 시청각실에서 〈시네마 천국〉(1989 이탈리아 · 프랑스) 상영회
· SF 연구회: 작년 세이운 상 미디어 부문 수상작을 시청각실에서. 제목은 (생략)
· 물리부: 로봇을 만들었습니다. 두 발로 서는 놈입니다. 유모차를 밀지만.
· 글로벌 액트 클럽: 3학년 E반 교실에서 전시를 합니다. 꼭 찾아 주세요
· 역사 연구회: '산성'으로 알려진 가미야마 성을 모형으로 재현. 방어력을 검증하고 낙성 경위를 추적한다
· 수예부: 만다라 양탄자. 직접 말하기는 뭐하지만 어쩐지 신통력이 끝내 줄 것 같다
· 제과 연구회: 조리 실습실 앞에서 '부 활동의 목적에 비춰 타당한 범위 내에서' 과자를 팝니다. 사 주세요!
· 경음악부: 밴드 계열은 일단 반드시 경음악부로 등록해 주세요. 격투기 훈련장을 거의 종일 빌려 씁니다
· 바둑부: 제2 예비 교실에서 초보를 위한 강좌를 엽니다. 물론 상대도 해 드립니다.

· 아카펠라부: 3-C에 상설 있습니다. 첫째 날 11시 반부터 안마당에서 노래합니다. 들으러 오세요!

· 벽신문부: 간야제 기간 중 두 시간마다 호외 발행. 따끈따끈한 최신 화제를 전달할 예정

· 조리 연구회: 둘째 날 11시 반부터 요리 배틀 〈와일드파이어〉 in 운동장! 참가자 모집

· 원예부: 고구마를 구워요…… 그게 원예냐, 농업이지! 말이 되냐, 부장!

· 취주악부: 매일 1시 반부터 체육관. 곡은 매일 바뀝니다.

· 마술부: 2-D에서 클로즈업 마술을, 첫째 날 11시 반부터 체육관에서 무대 공연을 즐겨 주십시오

· 점술 연구회: 3층 계단 위

· 고전부: 가미 고 축제는 왜 '간야제'? 해답은 문집 《빙과》 안에. 지학 교실, 한 부 이백 엔

집행 본부

구가야마 무네요시(학생회 회장 · 간야제 실행 위원장): 너무 막 나가지 마라. 할 말은 그것뿐

야자키 게이타(학생회 부회장): 축제 기간 중 학생회실에 집행 본부를 설치합니다. 보고 · 연락 · 상담은 신속하게

쇼가와 하루미(학생회 부회장): 드디어 여기까지…… 싶어 가슴이 벅찹니다. 여러분, 미련이 남지 않도록

후나바시 가쓰지(문화 위원장): 간야제 3대 상에 더해 올해는 부문 상도 있습니다. 젊은이여, 경쟁하라!

다나베 지로(총무 위원장): 쓰레기통은 충분한 수량을 준비했으니 분리수거에 협조해 주십시오

끝까지 훑어본 뒤 나는 완성도에 만족해 안내 책자를 머리맡에 놓았다. 책자 앞면에 고딕체로 커다랗게 '간야제 100배 즐기기'라고 씌어 있고, 그 밑에 작은 글씨로 '제42회 가미야마 고등학교 축제'라고 씌어 있다. 제작은 총무 위원회. 나, 후쿠베 사토시가 소속된 위원회다.

참고로 나는 명예로운 총무 위원인 동시에 실력 있는 수예부원이기도 하며 긍지 높은 고전부원이기도 하다. 나 자신이 어떤 것에 비중을 두느냐 하면…… 글쎄, 역시 고전부일까.

총무 위원장이 직접 이끄는 안내 책자 제작 팀에 들어갔을 때는 작년 것을 그대로 베끼는 간단한 작업일 줄 알았다. 그런데 실제로 해 보니 이게 여간 까다로운 일이 아니었다. 하기야 다소 까다롭지 않으면 재미없지만.

까다로운 일을 처리한 보상이라고 할지, 부수입도 확실히 챙겼다. 직권 남용과 부수입의 경계를 명확히 가늠하는 것, 이게 또 재미있는 일이다. 이 안내 책자로 말하자면, 마지막 코너인 '참가 단체 한마디'에 작은 장난을 쳤다.

작년까지 이 코멘트 코너는 오십음순으로 나열했는데, 그것을 남몰래 등록한 순서로 바꾸었다. 위원장에게는 '아카펠라부가 오십음• 중 맨 첫 사로 시작한다는 이유만으로 공식 홍보의 자리인 코멘트 코너에서 가장 눈에 띄는 자리를 매번 차지한다는 건 공평하다고 할 수 없다'고 설명했지만, 의도는 사실 단순했다. 내가 속한 단체 중 하나인 고전부의 코멘트를 조금이라도 눈에 띄는 위치에 놓고 싶었던 것뿐이다. 처음에는 당황하던 위원장도 금세 전폭적으로 찬성했다. 등록한 순서라는 명분을 내세운 이상 아무래도 맨 먼저 단체 등록을 마친 검도부를 밀어내고 코너 첫머리에 갖다 놓을 수는 없었지만, 대신 끄트머리에 놓아 보았다. '중간 어디께'보다는 훨씬 눈에 띌 것이다.

뭐, 실제로 대단한 홍보 효과가 있는 것은 아니지만. 고전부를 홍보하고 싶었다기보다 안내 책자 제작 팀으로서 재량권을 행사할 수 있는 우월감을 맛보기 위한 잔머리다.

그나저나 학생회 쇼가와 부회장의 코멘트처럼 나도 '용케 여기까지'다 싶어 가슴이 벅차다. 총무 위원회 일도 힘들었지만 수예부는 그보다 더 힘들었다. 자수로 만다라 양탄자를 만들자고 한 인간이 대체 누구냐고 툴툴거리며 한 땀 한 땀 혼을 기울여 떴다. 좋아서 하는 특별 활동이니 조금도 고생스럽지 않았지만, 좌우지간 눈은 아팠다. 총무 위원회와 수예부에 시간을 빼앗기는 바람에 고전부 문집에서 별로 활약을

● 아, 카, 사, 타, 나, 하, 마, 야, 라, 와 순. 각 자음은 아이우에오 순으로 모음 변화 한다.

못 한 게 조금 아쉽다. 하기야 데이터베이스는 결론을 내릴 수 없으니까 시간을 낼 수 있었다 해도 그렇게 재미있는 글을 쓸 수 있었을지는 조금 의문이다.

내일 어디부터 가 볼까. 일단 퀴즈연은 빼놓을 수 없다. 퀴즈연 주최 대회니까 퀴즈연 사람들은 참가하지 않는다. 그렇다면 내게도 승산은 없지 않다. 둘째 날은 요리 콘테스트가 재미있을 것 같다. 내 필살 해산물 볶음밥이 완벽하게 나오면 아무에게도 안 질 자신 있는데.

마야카가 너무 우울해하지 않을까 그게 걱정이지만. 뭐, 마야카는 강하다. 게다가 객관적으로 생각할 때 마야카의 책임은 상당히 가볍다. 지탄다가 노심초사하는 것 같은데, 나는 그 점에 있어선 낙관적이다. 어차피 이젠 어쩔 수 없는 일이니 어떻게든 될 것이다.

아아, 기대된다. 축제 자체도, 그리고 우리 고전부가 실패를 어떻게 만회할지도.

극복해야 할 문제가 있다니 얼마나 멋진 일인가!

좌우지간 지금은 푹 자고 내일을 대비하자. 모처럼 축제를 즐기는 중에 에너지가 동나는 사태가 벌어졌다간 후쿠베 사토시, 인생 최대의 실책이다.

003-♠01

워낙 야행성이다 보니 잠이 안 온다.

책이나 읽을까 했는데 책꽂이에 있는 책 중에는 지금 기분에 맞는 게 없었다. 거실로 내려와 텔레비전이라도 볼까 하고 리모컨을 들었는데, 이쪽도 죄 보고 싶지 않은 것들뿐이다. 하는 수 없이 방구석에서 먼지를 뒤집어쓰고 있는 데스크톱 컴퓨터를 켰다.

이 컴퓨터는 원래 누나가 쓰던 건데, 지금은 오레키가의 공동 인터넷 전용 단말기다. 그래 봤자 실제로 사용하는 사람은 나뿐이고, 나는 인터넷을 하며 노는 취미가 없다. 구형 모델이지만 나와는 비교도 안 될 만큼 뛰어난 계산 능력과 기억 능력을 갖고 있을 텐데, 하는 일이라곤 일주일에 한두 번 검색 사이트의 뉴스를 띄우는 게 고작이다. 생각하면 딱한 컴퓨터다.

검색 사이트를 띄웠다. 뉴스로 들어가려다가 마음이 바뀌어 검색 창에 '가미야마 고등학교'라고 쳐 보았다. 링크 몇 개를 거쳐 우리 학교 사이트에 다다랐다. 이 사이트에 들어와 본 게 처음은 아니다. 학교의 연혁이며 역사 개요, 과외 활동 소개 같은 기본적인 코너 외에 재학생 전용 게시판과 대화방이 마련되어 있는데, 전에 대화방을 이용해 본 적이 있었다.

어쨌거나 명색이 가미야마 고등학교 축제인데 인터넷에서도 뭔가 할 게 틀림없다는 내 예상이 적중했다. 사이트 대문에 명조체로 큼지막하게 '간야제까지 이제 1일'이라고 표시되어 있었다. 화면 구석에 가미야마 고등학교 교복을 입은 남녀 캐릭터가 짐을 주거니 받거니 하는 애니메이션이 있다. 내용도 일정 안내와 참가 단체 목록, 교통편 안내, 방문객에 대한 요청, 통신 판매 코너까지 다양하게 준비되어 있는 것 같다.

어느 단체가 만들었는지는 몰라도 꽤나 작정하고 만들었다. 사진이며 일러스트, 손으로 그린 지도 등을 풍부하게 사용하면서도 화면이 보기 편하고 정보도 쉽게 얻을 수 있다. 대충 둘러본 뒤, 이제 내가 소속된 특별 활동 동아리인 고전부의 소개나 읽어 볼까 하던 차에 접속이 끊겼다.

어디가 문제인지 이 컴퓨터로 인터넷에 접속하면 가끔 뚝 끊어질 때가 있다. 슬슬 잠이나 자자고 생각했을 때, 위층에서 내려오는 발소리가 들렸다. 소리가 가벼운 것을 보니 누나다. 좁은 복도에서 맞닥뜨리면 귀찮아질 것 같아서 의자 등받이에 도로 몸을 기댔다.

발소리는 거실 옆 부엌으로 들어가더니 이어서 냉장고 문을 여는 소리가 났다. 유리컵을 꺼내는 쨍하는 맑은 소리. 방으로 돌아가려는데 별안간 이름을 불렀다.

"호타로."

발소리 주인에 대한 내 판정은 옳았다. 누나 목소리다. 어쩐지 잠에 취한 것 같다.

"너, 내일부터 학교 축제지?"

얼굴만 부엌 쪽으로 돌렸다.

"그래."

"얼른 자."

"엥?"

얼빠진 목소리가 저절로 나왔다. 누나는 내게 일찍 자라느니 밥을 꼭꼭 씹어 먹으라느니 휴지와 손수건을 챙기라느니, 그런 종류의 말을 한 적이 없다. 하는 말이라곤 죄 그 말을 따르려면 좀 더 귀찮은 것들이다. 웬일인가 싶어 내가 당황하는 것도 아랑곳 않고 뭔가를 유리컵에 따르는 소리, 그리고 그것을 꿀꺽꿀꺽 마시는 소리가 이어졌다.

"……무슨 말썽이 생긴 거지? 뻔해."

대답하지 않았다.

또다시, 이번에는 아까보다 적은 양으로 뭔가를 따르는 소리가 났다.

"네 태도를 보면 다 알아. 뭐, 그보다 고전부의 학교 축제는 원래 말썽 없인 안 끝나. 그게 전통이라고."

어이구. 저주인가.

"너도 참, 귀찮은 동아리에 들어갔구나."

"그……."

하마터면 맞받아칠 뻔했다. 나더러 고전부에 들어가라고 한 사람은 누나다.

올해 가미야마 고등학교에 입학한 나는 고전부 동문인 누나의 부탁을 받고 적만 둘 생각으로 고전부에 가입했다. 단 한 명뿐인 유령 부원으로 한가로운 방과 후를 만끽할 계획이었는데, 그렇게 엿장수 마음대로 되지 않았다. 지탄다라는 여학생이 모종의 목적을 가지고 고전부에 들어온 것이다. 그 '목적'과 관련된 몇 가지 성가신 문제를 겪으며 고전부 부원은 결국 네 명으로 늘었다. 사토시가 '빙과' 사건으로 명명한 이 일련의 문제를 소재로 나는 문집에 글을 썼다.

참고로 고전부의 목적이 뭔지는 잘 모르겠다. 이름이 고전부니 고전 문학 연구라도 해야 할 수도 있겠지만, 현재의 고전부원 중에 그것을 할 만한 사람은 없다. '고전부란 이런 동아리야' 하고 가르쳐 줄 선배가 없었던 탓에 레종 데트르를 잃은 것이다. 뭐, 개인적으로는 고마운 일이다.

어쨌거나 원래는 적만 둘 생각이었지만 특별 활동 동아리로 존속하는 이상 활동을 해야 한다. 학교 측에서 공식적으로 존재를 인정한 동아리인 고전부에는 활동비가 지급된다. 병아리 눈물만 한 활동비의 명목은 문집 제작비다.

예산이 있으면 써야 한다는 이유로 우리는 문집 《빙과》를 만들기로 했다. 우여곡절도 있었지만, 《빙과》는 일단 완성되었다.

내일부터 시작되는 축제에서 그것을 판매한다.

……작은 문제가 생겨서 그렇지. 그러니 '무슨 말썽이 생긴 거지? 뻔해'라는 누나의 말은 정곡을 찌른 셈이다.

참고로 누나는 고전부가 어떤 활동을 했는지 알 것이다. 하지만 누나는 얼마 전까지 일본에 없었고 돌아왔을 즈음에는 고전부가 원래 어떤 동아리였는지 별로 신경 쓰이지 않았다.

어쨌든 주관적으로 볼 때 딱히 불쾌한 동아리에 들어간 것 같지는 않다. 그렇기에 누나에게 반론하는 대신 이렇게 말했다.

"그런 지별 같은 전통이 있으면 부적이라도 하나 주지, 선배?"

"네가 나한테 뭘 뜯어내겠다고?"

얼마 동안 침묵이 흐른 뒤, 뒤쪽에서 뭐가 날아왔다. 정말 부적이라도 주었나 싶어 봤는데 도무지 영검한 효력이 있을 것 같지 않았다.

만년필이다.

영검함은 몰라도 풍격은 있었다. 짙은 검은색에 점잖은 은색으로 가장자리를 둘렀다. 그렇게 싸구려는 아닐 것 같다.

"그거 가져."

"……고맙다고 하면 되는 건가?"

"잉크는 다 썼고 펜촉은 갈라졌어."

쓰레기를 주면 어쩌냐, 쓰레기를. 냉장고에 뭘 넣는 소리에 이어 발소리가 부엌에서 나왔다. 복도에서 또다시 말했다.

"……심심하면 보러 가고."

"오지 마."

바로 대답했다. 그렇지 않아도 이것저것 문제가 있는데 누나까지 들쑤시고 다녔다간 큰일이다. 대답 없이 발소리가 계단을 올라갔다.

침대에 누워 있다.

잠이 오기를 기다리는 것뿐 딱히 뭘 생각하는 건 아니다. 이윽고 눈을 감고 크게 숨을 내쉬었다.

오늘은, 정확히 말하자면 어제는 축제 준비에 하루가 다 날아갔다. 가미야마 고등학교 축제는 나흘간 개최되는데, 준비하는 데만 꼬박 하루 걸리니 실질적으로는 사흘 동안 하는 셈이다. 내일이 본격적인 시작이다.

사토시는 축제를 뼛속까지 빨아먹을 작정인 것 같다. 그렇겠지. 뜻밖일 것도 없다. 하지만 '축제를 즐기는 것'은 결코 '해야 하는 일'이 아니다. 건물 어느 구석에서 낮잠을 자도 축제 기간은 알아서 끝난다. 나 자신은 '축제가 뭐 대수라고' 하고 비비 꼬인 말까지는 안 할지언정, '안 해도 되는 일은 안 한다. 해야 하는 일은 간략하게'라는 솔직한 신앙 간증을 하는 사람이다. 주체적으로 참가하는 일은 없을 것이다.

원래는 참가라고 부를 일을 아예 안 할 수도 있었다. 문집 판매나 교대로 하고 당일에는 아무것도 안 해도 되는 시간을 만끽할 수 있었건만.

말썽이 생긴 것 때문에 누구를 탓할 마음은 없다. 잘못을 따지자면 아마 우리 모두의 잘못일 것이다. 그 말은 내 잘못도 있다는 뜻이고, 자기가 저지른 잘못의 뒤치다꺼리는 유감이지만 '해야 하는 일'에 들어간다.

문제는 '간략하게' 할 수 있느냐다.

하지만 만에 하나 해결을 못 해도 결국은 그냥 돈 문제라고 할 수도 있다. 돌이킬 수 없는 사태가 벌어지는 것은 아니다. 지탄다는 너무 심각하게 받아들였다. 좀 더 편안하게, 에너지 절약에 입각해 생각해야 한다.

향후의 전망을 비관하지 않으며, 그렇다고 낙관도 하지 않으며, 일종의 케 세라 세라 같은 기분으로 나는 잠이 오기를 기다린다.

004—◆01

밤에 자다가 문득 깨서 생각했다.

오레키가 착각하는 것 같지만 나는 완벽주의자가 아니다. 준비나 사전 조사가 부족해서 실패하는 것은 논외지만, 상식적인 선에서 준비했는데도 실패하는 일은 물론 있을 수 있다고 생각한다. 그러니 타인이 실패하는 것은 당연하고, 따라서 내가 실패하는 것도 당연하다. 그러므로 타인을 용서하듯 나 자신도 어느 지점에선가 용서해야 한다.

하지만 나는 화를 잘 내는 성격이다. 남들이 모두 용서하는 일도 이따금 용서할 수 없을 때가 있다. 내가 실패하면 화가 나서 미치겠다. 왜 그런 걸까?

전에 후쿠가 이런 말을 했다.

"아니, 마야카, 감정을 맘대로 조절할 수 있으면 좋게? 그건 정말 터무니없는 고민인데."

"고민하는 게 아닌데. 그리고 그런 일반론을 원하는 것도 아니고."

후쿠는 팔짱을 끼고 시선을 내리깔며 큰 소리로 으음, 하고 신음했다. 그런 부자연스러운 제스처가 딱 후쿠다워서 싫지 않다.

"……내가 보기에 그렇다는 거지만, 사실 마야카 넌 성공했다든지 실패했다든지, 완벽하다든지 완벽하지 않다든지, 그런 거로 별로 화내는 것 같지 않거든."

"그래? 그럼 왜 화가 나는 걸까?"

흥미가 생겨 몸을 앞으로 내밀었다.

"어떻게 말하면 좋을지 잘 모르겠네. 내가 어휘는 풍부한 것 같은데 쓸모 있는 말을 별로 모르지 뭐야."

"쓸모없는 어휘는 풍부하고?"

"탱크 데산트라든지, 운둔근이라든지. 아니, 그건 아무래도 상관없고, 가령 호타로는 '에너지 절약'을 좌우명으로 들잖아?"

순순히 고개를 끄덕일 수 없었다.

"그건 그냥 자칭이잖아. 오레키가 진짜 소중히 여기는 게 '에너지 절약'인지 아닌지는 모르는 일이야."

"그렇게 오래 알고 지냈는데도?"

"오레키 같은 거 안중에 없으니까."

후쿠는 쓴웃음을 지었다.

"뭐, 호타로는 그렇다 치고, 어쨌든 그런 좌우명이 너한테도 있는데 그건 '정확함'이라든지 '완벽함' 같은 게 아니란 말이지. 너한테 거슬리는 건 따로 있다고 생각해."

그런가 싶었다. 원래 자기 고찰 같은 화제는 싫어하는 터라 그때는 그 뒤 바로 말머리를 돌렸던 것 같다.

좌우지간 지금 중요한 것은 오늘 밤 신경이 곤두서서 잠이 올 것 같지 않다는 사실이다. 정말이지 아무리 생각해도 모르겠다. 대체 어쩌다 그런 기본적인 확인을 놓쳤을까. 그리고 그런 착오를 왜 마지막 순간까지 못 알아차렸을까.

더욱 화가 나는 것은 실수를 만회해야 할 축제 당일에 나는 꼼짝할 수 없다는 점이다. 만연에서 도저히 못 빠져나올 것 같다. 후쿠는 "별 대단한 실수도 아닌데, 뭘. 편하게 생각하자"라고 했지만…….

아아, 진짜 분통 터진다. 나 자신의 부주의함이 분통 터져 죽겠다.

하지만 이것도 분통 터지는 일인데, 오레키 말이 옳다는 사실이다. 그 폼 잡는 녀석은 초연한 척하면서, 우리 둘만 남자 시선을 다른 데로 돌린 채 이렇게 말했다.

"너무 속상해하지 마라. 네가 계속 그러면 사토시는 그렇다 치더라도 지탄다까지 속상해해야 해. 안 그러냐?"

아닌 게 아니라 맞는 말이다. 부주의했던 사람은 나인데, 지이는 마치 모든 책임이 자기에게 있는 것처럼 파랗게 질렸다. 나는 어쨌거나 지이가 그런 얼굴로 축제 기간을 보내선 안 된다.

그러니 나는 나 자신을 약간만 용서할까 한다. ……하는데, 그 광경을 생각하면 도저히 진정이 안 된다!

아휴 참, 어쩔 수 없다.

개인적으로 가미야마 고등학교 축제에 애착이 있어서 더 신경이 예민해졌는지도 모른다. 그렇다고 밤을 꼬박 새우고 형편없는 컨디션으로 나갈 수도 없고.

잠자리에서 데굴데굴 굴러 나와 약상자에서 수면제를 꺼냈다. 이 약, 별로 좋아하지 않지만.

흰 알약 한 알을 반으로 쪼개서 꿀꺽 삼켰다.

2
무수히 쌓인 그것

2-1. 005~012 고전부에 무슨 일이 벌어졌나

005-♠02

충분히 즐긴다. 말은 간단해도 실제로는 제법 쉽지 않은 작업이다. 개인의 이해력의 차만 해도 도저히 무시할 수 있는 요소가 아닌데, 기호의 차는 더더욱 큰 요인이다. 같은 마술을 봐도 이해력이 떨어지는 사람은 그게 얼마나 대단한 마술인지 100분의 1도 모를 것이다. 그렇다면 '마술을 보려면 마술사의 눈이 필요하다'는 뜻이 된다. 제아무리 풍요로운 오락에 접한들 '마음껏' 즐기는 것은 가능해도 '충분히' 즐기는 것은 거의 불가능하다고 할 수 있다.

아침에 평소보다 일찍 등교했다. 가미야마 고등학교 축제 당일. 후쿠베 사토시가 "기대된다. 아아, 기대된다" 하고 하도 외쳐 대기에 작은 심술로 그렇게 말했다. 그러자 사토시는 유난스레 히죽거리며 고개를 절레절레 저었다.

"탁견이라고 해 주고 싶지만, 뭘 모르는군, 호타로. 뭘 몰라."

"호오, 뭘 모르다니 뭘?"

"너 같은 멋대가리 없음의 화신이 나한테 '즐기는' 것에 대해 설교를 하려 들다니 뭘 몰라도 한참 모르는 거지."

검지를 쳐들고 연극 조로 좌우로 젓는다.

"그런 건 말 안 해도 알아. 애초에 골수까지 빨아먹는다는 게 무리라는 건 나도 알지. 쾌락주의자 놀이에서 제일 중요한 건 그 점을 이해하는 사리 분별이거든. 이 부분 중요해. 언젠가 호타로 네가 '에너지 절약주의'를 버릴 날이 오면 시험에 낼 테니까 그렇게 알라고."

"그런 날 안 와. 그런 사리 분별이 있다면, 어째서 그런데도 기대된다고 할 수 있는 거냐?"

"좋아, 그럼 가르쳐 주지. 첫째, 난 '충분히 즐기자'고 생각 안 해. 그런대로 즐기기만 하면 만족해. 내가 포기가 빠른 건 너도 알잖아? 그리고 또 하나, 멋대가리 제로 호타로가 간

과하는 시점이 있는데 말이지."

뭔지 알겠느냐고 묻듯 사토시는 거기서 말을 멈추고 흘깃 시선을 던졌다. 사토시에게 본때를 보여 주겠다는 야망이 생기지 않기에 잠자코 있었다. 내게 대답할 의사가 없음을 감지한 사토시는 비밀을 고하듯 목소리를 낮추고 말했다.

"이쪽에 '즐길' 소양이 없어도……."

함박웃음을 짓는다.

"저쪽에서 '즐겁게 해 줄' 거라고 기대할 순 있잖아!"

아, 예, 그러십니까.

내 빈정거림을 태연하게 받아넘기고 사토시는 또다시 "아, 참 기대된다" 같은 말을 늘어놓기 시작했다. 나는 그냥 말없이 쓴웃음만 지었다.

후쿠베 사토시. 이 녀석과는 중학교 때부터 알고 지낸 사이다.

사토시는 외모로 따지면 갈색이 감도는 눈동자를 가진 것과 멀리서 보면 여자로 착각할 만큼 선이 가는 것이 특징이다. 실제로는 사이클링으로 다진 다리 힘이 여간 아닌데, 겉만 보면 비실비실하다.

하지만 이 녀석의 진정한 특징은 정신에 있다. 방금 주고받은 대화에서도 얼핏 드러난 것처럼, '즐기는 것'에 대한 집

착이 얼마나 강한지 학업이며 사교 같은 할 일을 아무렇지도 않게 방치할 정도다. 원래 수예부와 총무 위원회에 소속되어 있었는데, 내가 고전부에 들어갔다는 것을 알자 '재미있을 것 같다'며 자기도 들어왔다.

손에는 끈 달린 주머니를 들었다. 사토시가 늘 들고 다니는 주머니인데, 안에 뭐가 들었는지 나는 모른다. 별의별 물건이 들었다는 말밖에 못 하겠다.

앞쪽으로 가미야마 고등학교가 보이기 시작했다. 축제라고 외벽을 분홍색으로 칠한 것도 아니고, 겉으로는 평소와 다름없는 인문계 고등학교로 보인다. 하지만 속은 이미 축제 사양으로 갖춰져 있을 것이다. 그 준비 때문에 오늘은 수업이 없다.

인도를 걷는 학생들의 모습도 오늘은 어쩐지 다르다. 대부분 교복을 입었지만, 어느 동아리인지 사복을 입은 학생도 적지 않다. 게다가 대다수가 가방을 들지 않았다. 오늘은 학습 도구가 필요 없기 때문이다. 이런 미묘한 차이에 평소와 다른 시간이 시작된다는 기대를 품게 되는 기분은 이해 못 할 것도 없다.

가미야마 고등학교는 이 근방에서는 대학 진학에 중점을 두는 학교로 여겨진다. 그렇다고 딱히 보충 수업이 많은 것은 아니며, 유명 대학 진학률이 탁월하게 높은 것도 아니다. 가미야마 고등학교 학생에게 이 학교의 특징을 하나만 들라고 했을 때, 대학 진학을 거론할 학생은 열 명 중 하나 있을까 말까. 나머지 아홉 명은 이렇게 대답할 것이다. '문예계 동아리 활동이 활발한 학교다'라고. 가미 고의 문예계 특별 활동 동아리는 종류도 많은데다 대다수가 활동적이다. 그리고 특별 활동이 정점에 달하는 것은 물론 학교 축제다. 준비에 하루, 실행에 사흘을 들이는 것은 고등학교 축제로는 파격적인 일이리라.

사토시가 별안간 명랑한 목소리로 말했다.

"그건 그렇고 호타로, 저기 있는 거 마야카 아냐?"

사토시가 가리킨 쪽에 등을 돌리고 선 여학생이 있었다. 사복 차림이다. 빨간 카디건에 흰 면바지. 그 뒷모습이 이바라 마야카인지 아닌지 판단이 서지 않았다. 이바라와는 초등학교 때부터 이어지는 인연이지만, 중학교 입학 이래 사복을 입은 모습을 본 적이 몇 번 없다. 하지만 사토시가 그렇다면 그럴 것이다.

이바라는 지금까지 사토시에게 몇 차례 고백했다. 그런데 사토시는 자신도 호감이 없지 않을 텐데 계속 얼버무리기만 한다. 왜 그러는지 나는 짐작도 안 되거니와 알고 싶지도 않다.

"가서 장난 좀 치고 올까."

사토시는 나를 슬쩍 돌아보고 그렇게 말하더니 여학생 쪽으로 달려갔다.

006-♣02

저기 가는 사람은 마야카가 틀림없었다. 호타로를 길가의 불상으로 잘못 보는 일이 있어도 마야카를 잘못 보는 일은 있을 수 없다. 달려가 어깨를 탁 쳤다.

"안녕, 마야카!"

"아이 참, 아프잖아!"라며 노려볼 것이라 생각했다. 그래서 조금 세게 때렸는데, 마야카는 오늘 아침 그런 기분이 아닌 모양이다. 몸을 움찔하더니 천천히 돌아보았다.

"……안녕."

그렇게만 중얼거리고 시선을 다른 데로 돌려 버렸다. 아하, 그것 때문이군. 짐작 가는 데가 있었다. 나는 웃는 얼굴로(웃는 얼굴은 내 특기다. 진지한 표정을 잊어버릴 만큼) 마야카의 걱정을 불식시켜 주려 했다.

"잘 어울려, 그 옷."

"그, 그래?"

"그런데 무슨 코스프……."

마야카가 가까이 파고들어 내 배에 먹인 보디 어퍼가 하려던 말을 가로막았다. 훌륭한 각도다. 일격을 예상하고 복근에 힘을 주지 않았다면 효과가 직방이었을 것이다. 마야카는 눈에 위험스러운 빛을 띠고 나지막이 말했다.

"일반인 앞에서 그런 용어는 쓰지 마."

요새는 코스튬 플레이쯤이야, 금기어일 것도 없다고 생각하는데. 뭐, 마야카가 그런 것을 쑥스러워한다는 것은 잘 알고 있는 터라 구태여 반론하지 않았다. 참고로 마야카가 오늘 코스프레를 하고 온다는 것은 사전에 알고 있었다. 마야카가 소속된 만화 연구회에서 사복 등교 신청서를 총무 위원회에 제출했기 때문이다. 탈의실 부족을 보완하려는 목적에서 총무 위원회는 사전에 신청한 경우에 한해 축제 기간 중 사복 등교를 허가했다.

마야카가 입은 것은 희끄무레한 색의 면바지에 진홍색 카디건. 시월 초의 가을바람에도 견딜 수 있는 실용적인 복장이다. 윗옷에 액세서리를 달았다. 카디건 안에는 칼라가 있는 흰 셔츠를 입고 굵은 벨트를 허리에 둘렀다. 포인트는 이 벨트일 것이다.

머리끝에서 발끝까지 찬찬히 살펴봐도 으음, 모르겠다. 한 번 더 물어보자.

"그래서 무슨 의상인데?"

천연두를 마마라고 하듯 조심스럽게 금기를 피해 바꿔 말한 것을 받아들여 주었다. 마야카는 똑바로 정면을 바라본 채 나지막이 대답했다.

"프롤."

"프롤? 프롤베리체리 프롤? 그런 복장이었던가?"

"응…… 나중에 장갑도 낄 거야."

들어도 모르겠다. 마야카가 바라는 게 바로 그것이겠지만. 동아리 방침으로 코스프레를 하게 됐을 때, 부끄럼을 많이 타는 마야카는 당연히 언뜻 봐서는 코스프레 같지 않은 복장을 선택했을 것이다.

이바라 마야카. 나는 남자 중에서 키가 꽤 작은 편인데, 마야카는 여자 중에서 키가 꽤 작은 편이다. 세일러복 교복을 입지 않으면 아마 어디 가든 초등학생으로 볼 것이다. 그리고 마야카는 지금 교복을 입지 않았다. 체격이 작은 것뿐 아니라 눈과 입의 위치 관계에서 도출되는 일반적 결론으로 마야카는 동안이라 할 수 있다.

다만 마야카는 비판 정신이 워낙 왕성한 탓에 어린애 같은 얼굴에 어린애 같은 표정이 떠오르는 일이 좀처럼 없다. 대개는 화난 것처럼 입술을 꽉 다물고 있다. 그런 마야카이기에 웃는 얼굴에 그 무엇과도 바꿀 수 없는 가치가 있는 것이지만(오래 알고 지낸 사이라면서 그 가치를 알아차리지 못하는 호타로는 가히 눈 뜬 장님이라 할 수 있다).

본인이 원해서 한 게 아닌 코스프레 모습에서 시선을 돌리고 끈 달린 주머니를 한 바퀴 빙그르르 돌렸다.

"어쨌거나 고생 많아. 나중에 만연에도 얼굴 내밀게."

마야카는 살짝 수줍게 웃으며 고개를 끄덕였다.

"마야카는 만연 문집에도 기고했지?"

"응."

"읽어 볼게. ……힘들었겠어, 고전부하고 만연하고 이벤트까지 동시에 진행하기."

"응, 힘들었어. 누구는 원고를 줄 생각도 안 하고 말이지."

내 딴에는 위로한답시고 한 말인데, 마야카의 눈빛이 날카로워졌다. 어이쿠, 이야기가 그쪽으로 갔나. 고전부 문집 작업을 지연시킨 사람은 누가 어떻게 봐도 나다. 변명의 여지도 없다. 변명의 여지가 없다면 화제를 바꾸는 것도 방법이다.

"아, 응, 마야카, 오늘은 내내 만연에 있어?"

마야카는 화제를 바꾼 것이 어딘지 모르게 불만인 듯 보이기는 했지만 고개를 끄덕였다.

"고전부엔 얼굴 못 내밀고?"

"글쎄, 아침엔 만연에 가야 하니까 아마 무리일걸. 그 뒤로도 정말 얼굴만 내밀 것 같고. ……원래는 내가 거들어야 하는데."

나는 한층 활짝 웃으며 마야카의 등을 손바닥으로 탁 쳤다.

"그 일은 별로 생각 안 하는 게 좋아! 이미 벌어진 일은 어쩔 수 없잖아!"

마야카는 모호하게 웃는 얼굴로 고개를 끄덕였다. 음, 좀 다른데. 마야카의 좋은 표정은 그렇게 애매모호한 웃음이 아니다.

마야카의 매력도 모르면서 호타로는 내가 마야카의 고백을 계속 회피하는 것을 의아하게 여기는 것 같다. 뭐, 호타로는 빈말로라도 인간의 미묘한 감정을 잘 안다고 하기 어렵다. 이유를 설명한들 과연 10분의 1은 이해할는지 알 수 없는 일이다. 하기야 이것은 나와 마야카의 문제고, 호타로가 이해할 필요는 전혀 없지만.

정신을 차려 보니 우리는 이미 교문을 지난 뒤였다. 돌아서서 확인하자 조화로 화려하게 장식된 커다란 게이트를 교문

위로 설치해 놓았다. 축제 방문객을 환영하기 위해 총무 위원회에서 고생해 만든 작품이다. 교실 창밖으로 늘어뜨린 현수막에는 '제42회 가미야마 고등학교 축제'라고 씌어 있다.

자, 축제가 시작된다.

내가 어지간히 기대에 찬 표정을 짓고 있었던 걸까. 황홀하게 교문을 올려다보는데 마야카가 팔꿈치로 쿡 질렀다.

"후쿠…… 축제라고 너무 이상한 일은 하지 마. 후쿠는 안 창피해도 내가 창피하니까."

하하하, 내가 그렇게 못 미더운 사람으로 보이나?

뭐, 아무것도 안 할 리 없지만!

007-♠03

주머니에 딱딱한 게 들어 있다. 아까부터 신경 쓰인다.

만년필. 정확히는 과거에 만년필로 사용되었던 쓰레기다. 잉크를 다 썼고 펜촉이 갈라진, 누나가 준 부적이다. 어젯밤 바닥에 그냥 둘 수도 없어서 버릴 생각으로 내 방으로 들고 왔는데, 아침에 급하게 집을 나오면서 손수건과 같이 가지고 나온 모양이다. 쓸모는 없지만, '(글자를) 쓸 수 없다'는

'(맛이) 쓸 수 없다'와 통하니 이건 이것대로 재수가 좋은지도 모른다.

주머니 안에서 딸깍딸깍 뚜껑을 벗겼다 끼웠다 하면서 계단을 올라갔다. 목적지인 고전부 동아리실은 4층에 있다.

가미야마 고등학교의 조감도는 H 자 형태다. 두 개의 세로줄 중 한쪽은 주로 교실이 있는 일반동이고, 다른 한쪽은 과학과 예체능 쪽 특별 교실이 모여 있는 특별동이다. 가로줄은 두 건물의 연결 통로다. 정말로 조감하면 일반동에서 연결 통로가 뻗은 것도 보일 것이다. 그 끝에는 체육관이 있다.

고전부가 사용하는 지학 교실은 특별동에 있다. 그것도 복도 막다른 곳의 끄트머리 방이다. 가미야마 고등학교라는 작은 세계의 변방이라 해도 될 것이다. 평소에는 불편함에 대한 저주와 고요함에 대한 감사가 뒤섞이는 입지 조건인데, 축제 때가 되면 고려해야 할 사정이 하나 더 추가된다. 이런 구석진 곳까지 과연 손님이 올 것인가 하는 걱정이다.

포스터에 마스코트, 간판까지 각 층의 복도는 신물이 나리만큼 총천연색으로 꾸며져 있다. 하지만 그런 활기는 3층에서 끝나고, 4층까지 올라오면 꽤나 살풍경해진다. 장식 끈도, 사슬도, 입간판도 없다. 애초에 이 층을 사용하는 동아리가 몇 개 없다.

그래도 포스터 몇 장은 붙어 있고 그중에는 우리 고전부의 소극적인 포스터도 있다. 하지만 전체적으로 하계의 홍청거림으로부터 고립됐다는 인상을 지울 수 없다. 개인적으로 이 조용함은 바라는 바지만, 고전부라는 작은 조직에게는 곤란한 상황이다. 그중에서도 부장인 그 녀석의 입장에서는 우려되는 사태일 것이다.

지학 교실의 미닫이문을 열었다. 살풍경한 교실 한가운데에 앉아 있던 여학생이 나를 보더니 바로 일어났다.

"안녕하세요, 오레키 씨."

정중하게 머리를 숙여 인사한다. 긴 검은 머리가 찰랑거렸다. 고전부 부장 지탄다다. 십중팔구 이 녀석이 일등으로 와 있을 줄 알았다.

지탄다 에루. 등까지 내려오는 머리는 젖은 까마귀 깃털처럼 검고 눈동자도 같은 색이다. 태도는 청초하다. 키는 여자치고는 큰 편이며 날씬한 체형이다. 온화한 말씨와 더불어 좋은 집 따님이라는 분위기를 풍긴다. 뭐, 실제로 '호농 지탄다가'의 무남독녀다.

다만 내게 묻는다면 저 청초한 일본 여성 같은 이미지는 지단다의 본질이 아니라 하겠다.

온순한 용모 중 유일하게 그 이미지를 배반하는 커다란

눈. 지탄다의 본성은 그곳에 드러나 있다. 이미 여러 차례 작렬했고 앞으로도 작렬할 호기심 폭탄, 그것이 지탄다 에루다. 입학 이래로 그 호기심 덕분에 고전부는 몇몇 성가신 일에 말려들었다. 내가 고등학교 생활 중 내 좌우명인 '안 해도 되는 일은 안 한다. 해야 하는 일은 간략하게'를 실천해 왔노라고 떳떳하게 자부하지 못하는 것은 사실 이 녀석 탓이다.

지탄다는 고개를 들더니 입가에 보일 듯 말 듯 미소를 지었다. 희로애락이 비교적 뚜렷한 지탄다이지만, 그것을 표정에 확연하게 드러내는 일이 별로 없다. 소위 조신한 것이리라.

"드디어 시작이네요."

"그러게."

"우리 잘해 봐요."

"그래."

고개를 끄덕인 것까지는 좋았으나.

나는 나와 지탄다 사이에 놓인 것을 보고 무심코 투덜거리지 않을 수 없었다.

"……잘해 본다고 어떻게 되겠냐, 이게?"

그곳에 있는 것은 다름 아닌 고전부 문집이었다. 제목은 《빙과》. 문집 제목으로 다소 특이한데, 거기에는 한마디로 설명할 수 없는 이유가 있다. 옆매기로 제본하고, 비닐로 코팅하는 PP 가공을 한 짙은 갈색 표지에 개와 토끼가 서로 물어뜯는 그림이 그려져 있다. 이것도 유래가 있는 디자인으로, 《빙과》 창간호에서는 수묵화풍이었던 것을 이바라가 귀여운 그림체로 새로 그렸다. 객관적으로 볼 때 나쁘지 않은 센스라고 생각한다.

이 문집을 만드는 과정에서 나와 지탄다, 그리고 사토시가 한 일이라곤 원고를 쓰는 것뿐이었다 해도 지장 없을 것이다. 그런데 원고를 쓴다고 문집이 완성되느냐 하면 그렇지도 않다. 페이지 수를 확정하고, 글씨체와 종이를 고르고, 원고 배치를 생각하고, 쪽 번호의 위치를 정해서 최종적으로 인쇄소에 발주한다. 이런 일련의 작업을 전부 이바라가 혼자 담당했다. 뿐만 아니라 군데군데 들어가는 삽화조차 이바라가 그렸다.

이바라가 디자인에 관해 의견을 묻는 때도 있었지만, 그래봤자 대부분 우리는 이바라가 준비한 시안을 추인하는 정도였다. 세세한 편집 작업은 보기만 해도 번거로울 것 같았다. 나야 그렇다 치고 지탄다가 돕겠다고 여러 번 말을 꺼냈던 모양이다.

그런데 이바라가 제안을 서절했다. 자신은 이런 일에 익숙하니 별로 힘들지 않다. 작업량도 자기가 보기에는 별것 아니다. 오히려 익숙지 않은 사람에게 하나부터 열까지 가르치는 쪽이 더 힘들 것 같다. 이바라의 그런 주장에도 일리가 있었던지라 지탄다는 물러났다.

그리고 문집《빙과》는 완성되었다. 실로 멋지게 완성되었다. 만듦새도 훌륭했다.

완성품을 보고 이바라는 말문이 막혔다고 한다.

그저께 이바라가 들고 온 그것을 보고 우리도 말문이 막혔다.

……지탄다와 나 사이에 주르르 쌓인《빙과》. 현상은 '주르르'라는 부사의 의미를 배반하지 않는다. '층층이'라고 해도 될지 모른다. '산더미같이'라고 바꿔 말해도 아마 지나친 형용이 아닐 것이다.

회의를 통해 사전에 정한《빙과》의 발행 부수는 서른 부. 우리가 각자 한 부씩 사고, 지도 교사와 동아리실 비치용으로 각각 한 부를 빼고 나면 판매용은 스물네 부. 그것도 다 못 팔 것을 각오한 숫자였다.

그런데 인쇄된《빙과》는 그보다 조금 더 많았다.

그래 봤자 일곱 배 정도.

별로 두껍지 않은 문집도 이백 부를 쌓아 놓으면 '산더미' 같아진다는 사실을 학습했다.

잘해 본다고 어떻게 되겠냐, 이게. 내가 투덜거린 말에 지탄다는 대답이 궁한 듯했다. 희미한 미소가 어색하게 굳었다.

"……음, 그게 말이죠, 잘해 보면 어떻게 되리란 보장은 아닌 게 아니라 없지만, 잘해 보지 않으면 어떻게도 안 되리란 건 보증할 수 있다고 생각해요."

"지당하신 말씀이다."

문제는 구체적으로 어떻게 잘해 보느냐 하는 것이다만.

뒤에서 문이 열리는 소리가 들렸다. 사토시다. 들어오자마자 오른손을 치켜들고 이렇게 부르짖었다.

"여, 안녕, 과잉 재고에 고민하는 제군!"

그중에는 너도 있다.

현상을 있는 그대로 표현한 말에 움찔하면서도 지탄다는 내게 그랬던 것처럼 머리를 숙였다.

"아, 안녕하세요, 후쿠베 씨. ……마야카 씨는 어떤가요?"

"응, 가능하면 오겠지만 아무래도 무리일 것 같다던데."

"그런가요……."

지탄다는 유감이라는 듯 중얼거렸지만, 이것은 이미 예상했던 바였다.

나와 지탄다는 고전부를 제외한 어떤 단체에도 속하지 않았지만, 사토시는 총무 위원과 수예부원, 이바라는 도서 위원과 만화 연구회 부원을 겸한다. 축제 기간 중 사토시가 종종 총무 위원으로서 일하러 가야 할 테고 이바라가 만연 쪽에 내내 가 있으리라는 것은 미리 들어 알고 있었다.

"그럼 우리끼리 시작할까요."

나와 사토시가 고개를 끄덕였다. 지탄다는 우리 둘의 얼굴을 차례대로 보며 천천히 이야기했다.

"개회식까지 시간이 별로 없어요. ……어떻게 하면 《빙과》를 가장 많이 팔 수 있을지, 무슨 좋은 생각이 있으면 가르쳐 주세요."

《빙과》의 배포 가격은 이백 엔으로 잡았다.

이바라와 지탄다가 필사적으로 계산을 다시 한 결과는 이미 들었다. 우리는 원래 서른 부를 한 부에 사백 엔씩 받고 팔 예정이었다. 그 가격으로 서른 부를 다 팔면 매상과 학교에서 나오는 활동비로 인쇄 비용을 충당할 수 있을 터였다.

그런데 《빙과》는 이백 부가 인쇄되었다. 그 자체는 비참하기 짝이 없는 실수이지만, 대량 생산 효과로 한 부당 제작비가 급격히 낮아졌다. 이백 부를 다 판다고 생각할 경우 가격은 120엔까지 낮출 수 있는 모양이다.

하지만 사실상 다 팔리기를 기대하기는 어렵다. 숫자를 딱 떨어지게 맞춘다는 의미에서도 가격을 이백 엔으로 설정하면 손익 분기점은 백스무 부가 된다. 마지막에는 지탄다가 영단을 내렸다. 백스무 부도 상당히 낙관적인 숫자지만……. 뭐, 잠자코 듣기만 해 놓고 나중에 와서 불평할 생각은 없다. 이백 엔이라는 가격은 학교 축제에서 판매하는 문집치고는 충분히 저렴한 축에 속할 것이다.

참고로 설령 다 팔려도 수익은 우리 수중에 들어오지 않는다. '일일 찻집' 금지를 표방하는 가미야마 고등학교 축제에서는 이익을 내는 게 허용되지 않는다. 일인당 천 엔 이하는 봐준다는 말도 들었지만, 그 이상 흑자가 발생할 경우는 국고, 아니고 학교 측에서 거두어 가는 게 규칙이다.

가미야마 고등학교의 학생 수는 천 명이다. 손해도 이득도 없게 하는 것을 목표로 한다면 전교생의 십이 퍼센트, 《빙과》의 재고 소진을 목표로 한다면 이십 퍼센트에게 팔아야 한다. 상당히 어려운 일이다. 예컨대 시청률로 생각해 보면 알 수 있다. 시청률 이십 퍼센트라고 하면 그쪽 사정을 잘 모르는 문외한이 생각해도 엄청나다.

하기야 시장이 천 명으로 국한되는 것은 아니다. 가미야마 고등학교 축제에는 입장 제한이 없다. 일반 시민들도 다수 찾아 줄 것이다. 목, 금, 토, 사흘에 걸친 축제 기간 중 일반객을 노린다면 물론 토요일이다. 하지만 그것이 얼마만큼 판매 실적에 기여할지는 예단할 수 없다.

게다가…….

"문제는 고전부의 지명도가 낮은 거하고 동아리실의 입지 조건이 나쁜 거네."

"네, 그게 제일 큰 걸림돌이라고 생각해요."

두 사람의 의견에는 나도 동감한다.

이 방, 지학 교실의 위치가 얼마나 나쁜지에 관해서는 앞에서 썼다. 지명도는 더욱 문제다. 고전부라는 동아리의 존재 자체를 모르는 학생이 대부분일 게 틀림없다. 실제로 올해 우리가 들어오지 않았다면 고전부는 없어졌을 것이다. 어느 종가를 초청해 화려하게 야외 다회를 거행하는 것으로 유명한 다도부라든지, 시 행사에도 종종 부름을 받을 정도의 실력을 자랑하는 아카펠라부와는 사정이 다르다. 처음 들어 보는 동아리의 문집을 누가 산다는 말인가?

입지 조건과 지명도. 나는 말했다.

"요컨대 좀 더 눈에 띄는 곳에 새로 판매 장소를 마련하는 것하고 고전부를 선전하는 것. 이 두 가지가 대전제로군."

"대전제에 불과하지만 말이지."

사토시가 까불거렸다. 그 두 가지를 해결한다고 문집이 다 팔리는 것은 아니라는 의미일 것이다. 그런 것은 나도 안다. 알지만 할 수 있는 일이 그 정도밖에 없으니 어쩔 수 없다.

한편 지탄다는 감탄 어린 표정으로 고개를 끄덕였다.

"새 판매 장소를 마련한다는 말이죠. 전 어떤 방법으로 손님을 여기까지 모셔 올지 그 생각만 했지 뭐예요. 오레키 씨, 발상의 전환이네요."

"아니, 전환이라 할 정도는……."

"하지만 당일에 허가를 받을 수 있을까요?"

글쎄. 그런 문제는 총무 위원인 사토시의 분야다. 그런데 사토시는 고개를 갸웃거렸다.

"글쎄, 좀 애매한걸. 물리적 공간으로 생각하면 물론 가능하지만 문제는 '이치'론이야. 고전부한테만 그런 특권이 허용될 것인가, 아닌가. 우리 위원장 아니면 학생회장하고 직접 담판을 짓는 게 좋을걸."

"총무 위원장이라면……?"

"2학년인 다나베 선배. 축제 기간 중 총무 위원회는 회의실에서 상시 대기하니까 가 봐."

"네가 부탁해 보면 어때?"

나도 모르게 옆에서 한마디 했다. 사토시는 모호하게 고개를 끄덕였다.

"응, 그 방법도 있긴 한데. ……실은 협상에 별로 자신이 없단 말이지. 지탄다가 말을 꺼내고 내가 옆에서 거드는 형태가 낫지 않을까."

그렇군. 그래, 그편이 나을지 모른다. 그런데 지탄다는 어쩐지 불안한 표정이었다. 밀어붙이는 힘은 있는 아가씨지만, 지탄다도 사토시처럼 논리 정연한 협상은 자신이 없는 모양이다. 그렇다고 도와줄 마음은 나지 않았다. 나도 그런 일은 젬병이다.

현재 우리가 처한 상황은 도무지 유쾌한 것이라 할 수 없었다. 그런데도 사토시는 유난히 즐거워 보인다. 후쿠베 사토시는 원래 그 어떤 일도 즐기는 인간이다. 말썽도 바라는 바일지 모른다. 사토시가 들뜬 목소리로 말했다.

"난 그보다 선전에 주력하고 싶은데."

"호, 선전? 무슨 아이디어라도 있냐?"

"암, 있고말고. 비책이 있지."

어째 불길한 예감이 드는데. 사토시가 실용적인 비책을 생각해 올 리 없다.

"네? 무슨 좋은 방법이 있나요?"

지탄다는 마음이 크게 동하나 보다. 사토시는 가슴을 쫙 폈다.

“이번 축제 때 여기저기서 개최되는 콘테스트며 대회에 고전부 이름으로 출전하는 거야. 그래서 좋은 성적을 거두면 고전부의 명성도 높아지는 수법이지!”

“어, 어머, 그거 좋은 방법이네요!”

어디가 말이냐. 나는 미간을 주물렀다. 지탄다는 속고 있다. 요컨대 사토시는 곳곳에서 개최될 이벤트에 죄 참가하고 싶다는 이야기다. 그것은 사토시가 처음부터 하고 싶었던 일임에 틀림없다. 참가자 이름을 고전부로 바꾸는 것뿐이다.

그렇지만 뭐, 해로운 방법은 아니다. 나름대로 선전도 될 것이다. 할 수 있는 일이라면 그 정도가 아닐까. 나는 시계를 보았다.

“대강의 방침은 정해졌군. 지탄다가 판매 장소 협상, 사토시가 선전.”

“일단 그렇게 가죠. 그런데 오레키 씨는요?”

나?

실은 나도 비책이 있다. 《빙과》의 판매 촉진에 크게 기여하면서 내 좌우명에도 위배되지 않는 훌륭한 방법이. 나는 헛기침을 하고 엄숙하게 말했다.

“……난 말이지.”

“네.”

“여기서 매대를 지킬 거다.”

지탄다가 눈을 깜박거리고 사토시가 “아아” 하고 중얼거렸다.

“……뭐, 아닌 게 아니라 누가 있긴 해야지.”

“그러네요. 점원이 필요하네요.”

어떠냐, 할 말 없지.

“자, 정할 건 다 정했으니 그만 가 볼까. 시간이 별로 없어.”

벽시계를 눈짓으로 가리켰다. 십 분 있으면 개회식이 시작된다. 축제도 교육 활동의 일환인 이상 출석을 체크한다. 하지만 교실의 대다수가 정체를 알 수 없는 전시물로 메워진 상황을 고려해, 기간 중에는 매일 아침 식에 참가하는 것으로 출석 확인을 대신한다고 한다.

지탄다는 고개를 크게 끄덕인 뒤 에헴 하고 헛기침했다. 숨을 들이쉬었다가 부장답게 기합을 넣었다.

“그럼 방금 역할을 분담한 대로 진행하죠. 어떻게든 한 부라도 더 많이 팔기로 해요.

목표는 《빙과》 이백 부 완판입니다! 같이 잘해 봐요!”

와아아.

……뭐, 정말 이백 부를 다 팔 수 있을 거라는 생각은 손톱 끝만큼도 안 한다만.

〔남은 부수 200부〕

008-♥02

가미 고 학생 천 명을 수용한 체육관은 어둠에 잠겨 있습니다. 모든 창문을 암막으로 가려 시월인데도 훈김으로 점점 열기가 차오릅니다. 그 가운데 무대만 휘황찬란하게 조명을 밝혔는데, 방금 그 불빛도 꺼졌습니다. 체육관이 한순간 암흑에 싸였지만, 곧바로 무대에 한 줄기 스포트라이트가 비칩니다. 그 빛 속에 선 남자분은 학생회 회장님 같습니다. 키 크고 이목구비도 단정하고 말투까지 산뜻하고 기분 좋은, 조금 과하다 싶을 만큼 전형적인 학생회장입니다.

마이크 앞에 선 회장님은 멀리서도 알 수 있을 만큼 숨을 크게 들이쉬었습니다. 그러고는 커다란 목소리로 대뜸 이렇게 선언했습니다.

"지금부터 제42회 간야제를 개최합니다!"

동시에 배에 쿵쿵 울리는 낮은 소리가 흘러나오고 그에 호응하듯 천 명의 가미 고 학생들 틈에서 웅성거림이 터져 나옵니다. 가미야마 고등학교 축제의 개회식이 시작됐습니다.

총무 위원회에서 발행한 『간야제 100배 즐기기』에 따르면, 개회식에는 브레이크 댄스부 분들이 출연한다고 합니다. 부끄럽지만 브레이크 댄스라는 것은 아직 본 적이 없습니다. 댄스는 알겠는데 브레이크라는 말이 조금 위험해 보입니다. 예전에 얼핏 봤던, 무대 위의 물건을 부수고 다니는 것 같은 퍼포먼스가 아니면 좋겠는데요.

적, 황, 청, 녹, 네 가지 색의 빛이 무대를 비추더니 어지러이 움직이기 시작했습니다. 어디서 비추는지 궁금해서 올려다보니, 좌우 캣워크에 각각 한 명씩 투광기를 분주히 움직이는 사람이 보였습니다. 무대 위에서 펼쳐지는 라이트의 난무가 만약 사전에 협의한 안무를 따르는 것이라면 여간 숙련된 솜씨가 아니다 싶습니다. 기회가 되면 관계자분께 즉흥인지 협의한 안무인지 꼭 여쭤 봐야겠습니다.

무대 옆에서 천천히 연기가 흘러나왔습니다. 소리가 그치더니 연기를 차 버릴 듯한 기세로 좌우에서 두 명씩 뛰쳐나왔습니다. 그 순간, 귀가 멍멍해질 듯한 음량으로 음악이 재개되었습니다. 요동치는 듯한 전자음입니다. 우주의 이미지일까요. 그에 맞춰 네 분의 댄스가 시작되었습니다.

이게 브레이크 댄스라는 것이군요. 다들 연신 자물쇠를 잠그는 듯한 동작을 합니다. 평영 같은 손놀림에 발을 차 내는 포즈. 완급이 느껴지는 것이 아주 역동적입니다. 비인간적이라고 할까요, 어딘지 모르게 무기물적인 움직임이 아닌 게 아니라 기이한 매력이 있습니다.

와, 뛰어올랐습니다!

와, 회전했습니다!

와, 물구나무를 섰습니다!

이번에는 물구나무를 선 채로 회전하는데요. 저러면 마찰이 정수리에 집중될 것 같은데, 열은 괜찮은 걸까요? 머리 꼭대기의 머리카락이 닳아 없어지지 않을까요? 신경 쓰입니다.

댄스의 속도가 빨라집니다. 빨라요, 정말 빨라요. 팔다리가 어떻게 움직였는지 잔상밖에 보이지 않습니다. 훌륭합니다. 곡도 단숨에 고조돼서…… 아뇨, 음, 이렇게까지 소리가 크니까 귀가 아픈데요. 큰 소리는 조금 불편합니다.

이윽고 칵테일 라이트가 무대 중앙을 비추는가 싶더니 네 명 전원이 동시에 동작을 딱 멈추고 곡이 끝났습니다. 박수가 터져 나옵니다. 저도 같이 브레이크 댄스부 분들을 응원했습니다.

이어서 두 번째 곡이 시작되는 모양입니다. 이번에는 아프리카 부족의 민족 음악 같은 리듬입니다. 음악의 분위기가 조금 전과 워낙 달라서 어떤 춤을 보여 줄지 궁금합니다. 게다가 개회식 뒤에 있을 라쿠고 연구회의 무대도 보고 싶지만……. 그럴 수 있는 상황이 아닙니다.

어느새 출입구로 학생들이 드문드문 나가는 것 같습니다. 십중팔구 판매를 맡거나 전시물 준비를 담당하는 분들이겠죠. 저도 브레이크 댄스부 분들께 방해가 되지 않게 살며시 체육관을 빠져나왔습니다.

평소보다 약간 큰 보폭으로 복도를 서둘러 걷습니다. 어느 동아리일까요, 준비가 늦어졌는지 교실 문에 금은 장식 줄을 붙이는 분들이 있었습니다. 워낙 경황이 없어 보여서 하마터면 도와 드리겠다고 할 뻔했습니다. 이런, 아니죠, 지금은 우리 고전부도 큰일입니다.

저는 어떻게 이야기하면 좋을지 속으로 거듭 연습하며 회의실로 향합니다. 『간야제 100배 즐기기』에 따르면 총무 위원회는 그곳에서 대기하는 모양입니다.

회의실은 일반동 2층에 있습니다. 체육관과 연결 통로로 이어지는 건물은 일반동이니 그리 먼 것은 아닙니다. 저는 이윽고 회의실 앞에 이르렀습니다. 다른 교실과 다를 바 없는 미닫이문에 '총무 위원회'라고 쓴 종이가 붙어 있습니다. 문을 노크합니다.

"……."

어머나?

"실례합니다."

대답이 없습니다. 손잡이를 잡고 옆으로 당겨 보니 잠겨 있습니다.

그렇군요. 생각해 보니 저는 개회식 도중에 빠져나온 셈입니다. 총무 위원회 분이 아직 아무도 안 와 계신 것도 그럴 만합니다. 조금 일렀나 봅니다.

시간을 허비할 수 없다는 마음에 다소 성급했는지도 모르겠습니다. 이런 때는 심호흡을 하는 게 제일입니다. 숨을 크게 들이마셨다가 내쉽니다. 한 번 더 들이마시고, 내쉬고.

주위를 둘러봅니다. 총무 위원회 분이 나타날 기색이 없습니다.

문 옆 게시판에 붙은 축제 홍보 포스터가 눈에 띕니다. 홍보 포스터는 교내와 거리에서 몇 종류 봤는데, 이것은 오늘 처음 봅니다. 마야카 씨가 이따금 그리는 만화풍 그림체로 축제를 준비하는 남학생과 여학생을 그렸는데, 사랑스러운 느낌도 그렇고 입은 옷의 질감도 그렇고 상당한 독창성과 숙련된 솜씨가 느껴졌습니다.

다만 불만이 하나 있다면 제목이 '제42회 간야제'라는 점입니다. 가미야마 고등학교 축제의 정식 명칭은 가미야마 고등학교 축제이고, 간야제는 그다지 의미가 좋지 못한 속칭입니다. 왜 의미가 좋지 못하다는 것인지는 설명하기가 쉽지 않습니다만. 구석에 '학생회 집행부'라고 씌어 있는데, 집행부에서 정식으로 만든 포스터라면 간야제라는 이름을 피했으면 좋았을 것 같습니다.

포스터에서 눈을 떼고 한 번 더 주위를 둘러보았지만, 아직 아무도 올 생각을 안 합니다. 음, 난감합니다. 여기서 이렇게 기다려도 되는 걸까요? 낭비할 시간이 별로 많지 않은데요.

아니죠, 이런 때야말로 침착해져야 합니다. 저는 또다시 심호흡을 합니다. 크게 들이마시고, 크게 내쉬고……. 네, 한 번 더…….

"……뭐 볼일이 있나요?"

"헉!"

대지에 녹아들 것처럼 깊이 심호흡하는데 느닷없이 누가

말을 걸어왔습니다. 놀라 저도 모르게 괴상한 소리를 지르고 말았습니다. 전 아무 짓도 안 했어요, 하고 얼버무리듯 허둥지둥 손을 내저은 다음 제게 말을 건 분에게 머리를 숙여 인사했습니다.

"안녕하세요. 총무 위원장인 다나베 선배시죠?"

전에 벽신문 《가미 고 월보》에서 사진으로 봤던 다나베 총무 위원장이 틀림없습니다. 기름한 얼굴에 렌즈가 작은 안경을 꼈습니다. 깔끔하게 다듬은 짧은 머리와 더불어 상당히 성실할 듯한 인상을 줍니다. 다나베 선배는 놀란 표정을 지으면서도 정중히 답례해 주었습니다.

"아, 네, 안녕하세요. 제가 다나베입니다. ……총무 위원회에 볼일이 있는 건가요?"

"네."

저는 고개를 끄덕인 다음 여러 차례 연습한 대로 말했습니다.

"고전부의 판매 장소를 늘려 주세요."

"……네?"

다나베 선배의 눈이 둥그레집니다. 아, 그렇죠. 제가 실례를 하고 말았습니다. 이번에는 주의해서 차근차근 부탁을 드렸습니다.

"죄송합니다. 이름도 말씀 안 드리고 불쑥. 전 1학년 A반 고전부 부장인 지탄다 에루예요. 그래서 부탁드릴 게 있는데, 고전부의 판매 장소를 늘려 주세요."

다나베 선배의 미간에 주름이 잡혔습니다. 몹시 난처한 표정입니다. 마음이 불안해집니다.

"뭔지 잘 모르겠지만……."

어렵게 말한 것 같지 않은데요.

"우리는 정해진 대로 간야제를 진행하는 것뿐이라 말이지. 갑자기 판매 장소를 늘려 달라고 한들 좋을 대로 하시라고 할 순 없어."

"……안 될까요?"

"미안하지만 그래."

그렇습니까. 무척 유감이지만 안 되는 일은 어쩔 수 없습니다. 아아, 죄송해요, 마야카 씨, 후쿠베 씨, 오레키 씨. 지탄다 에루는 맡은 바를 다하지 못했습니다.

알겠습니다, 감사합니다. 결례가 되지 않도록 또렷하게 감사 인사를 드리려고 했는데, 제 의지와는 상관없이 목소리가 작아졌습니다. 이제 어떻게 해야 하나 생각하며 그 자리를 뜨려는데, 다나베 선배가 붙들었습니다.

"아니, 잠깐. 그건 원칙론이고, 무슨 특별한 사정이 있다면 이야기해 봐. 허가해 준다고 장담은 못 하지만."

사정.

그러고 보니 제가 사정을 전혀 설명하지 않은 것 같습니다. 전에 오레키 씨가 저는 이따금 지나치게 단도직입으로 말하는 버릇이 있다고 했습니다. 저 자신은 별로 그렇게 생각하지 않았는데…… 어쩌면 그런 부분이 조금 있는지도 모르겠습니다. 반성해야겠습니다.

어쨌든 다나베 선배의 호의를 헛되이 할 수는 없습니다. 발길을 돌리려다 말고 다나베 선배 쪽으로 다시 돌아섰습니다.

이러저러하다고 설명합니다.

그러저러하다고 설명합니다.

서른 부였을 인쇄 부수가 이백 부가 된 것은 본래 마야카 씨의 책임이 아닙니다. 저도 주문서를 봤는데, 마야카 씨는 분명히 인쇄소에 서른 부를 부탁드렸습니다. 다만 마야카 씨는 동시에 개인적인 문집을 이백 부 부탁드렸습니다. 마야카 씨가 어째서 개인적으로 문집을 이백 부나 찍으려 했는지는 저도 모릅니다. 문제는 마야카 씨의 문집과 《빙과》가 혼동됐다는 것입니다. 마야카 씨는 확인을 철저하게 하지 않은 자신에게 잘못이 있다고 했습니다. 하지만 누가 그런 사태를 예상할 수 있었을까요?

저는 그 부분의 경위도 다나베 선배에게 이야기했습니다. 짧은 이야기는 아니었지만, 다나베 선배는 잠자코 들어 주었습니다.

제가 이야기를 마치자, 다나베 선배의 표정은 한층 심각해졌습니다.

"그거 큰일인데."

다나베 선배는 잠시 생각하더니 이렇게 말을 이었습니다.

"이백 부란 말이지. 만연도 그 정도로 팔리진 않아. 응, 조금이라도 더 팔기 위해서 판매 장소를 늘리고 싶다는 건 알겠어. 도와주고 싶지만…… 사정은 어느 부에나 있으니 말이지. 고전부만 갑자기 따로 판매 장소를 만들 순 없거든."

확실히 문집을 지나치게 많이 찍은 것은 어디까지나 고전부의 사정일 뿐입니다. 그건 저도 알고 있었지만…….

"역시 어려울까요?"

다나베 선배는 조그맣게 고개를 끄덕였습니다. ……유감입니다.

그런데 다시 한번 감사를 표하고 이번에는 정말 가려고 한 제 등을 향해 다나베 선배가 한 가지 좋은 사실을 알려 주셨습니다.

"하지만 다른 동아리 판매 장소에 고전부 문집을 놓는 거면 이쪽에선 상관 안 해."

그, 그런 방법이 있었군요! 눈이 번쩍 뜨이는 것 같습니다. 아닌 게 아니라 기존의 판매 장소에 저희 문집을 놓으면 고전부만 우대하는 게 아닙니다.

"그거 좋은 방법이네요!"

저도 모르게 뺨 근육이 누그러집니다.

"감사합니다. 생각해 볼게요!"

저는 그렇게 말하고 머리를 정중히 숙였습니다.

……그런데 아까 지학 교실에서 의논한 바로는 총무 위원회에 부탁드리러 갈 때 후쿠베 씨가 옆에서 거들어 주기로 한 것 같은데, 후쿠베 씨는 어떻게 됐을까요?

009-♣03

와하하하하하.

아, 안 되겠다. 기분이 너무 고조돼서 웃음에 대한 내성이 확 떨어졌다. 냉정하게 생각하면 영 아닌 일에도 죽어라 웃을 수 있다. 지금 같으면 젓가락이 떨어져도 웃을 것 같다.

단상에 있는 것은 나도 안면이 있는 두 사람. 라쿠고 연구회다(참고로 이 간판은 완벽한 거짓이다. 가미야마 고등학교의 라쿠고 연구회는 라쿠고를 연구하지 않고 만담이나 콩트를 한다. 가미 고에서 라쿠고를 연구하는 동아리는…… 모르겠는걸).

"아니, 그게, 제대로 초밥집에 자리 잡고 앉아서 초밥을 먹는 게 워낙 오랜만이어야지. 그래서 오래 있게 됐지 뭐야. 얼른 집에 가야 하는데 그만 늦고 말았어."

"흠."

"그래서 서둘러 차에 탄 것까진 좋았는데, 아무리 기다려도 형이 차를 출발할 생각을 않는 거야. 시동을 건 채로 날 보면서 히죽거리기만 하고."

"너희 형, 그거잖냐. 꽉 막히고 고지식한 타입."

"맞아. 그래서 나도 걱정돼서 물었거든. 형, 얼른 가지, 이러다 늦겠어, 왜 웃고만 있는 건데, 하고."

"흠, 그랬더니?"

"형이 글쎄, 웃는지 우는지 알 수 없는 표정으로 '다리가 저려서 브레이크를 못 밟겠는데, 그래도 갈래?' 그러지 뭐야. 위험하잖아?"

"그야 위험하지."

"그래서 액셀을 밟을 수 있으면 가자고 했지."

"네 녀석이 위험하다!"

와하하하하하.

010-◆02

개회식의 브레이크 댄스가 일단락됐을 때 체육관에서 나왔다. 나오면서 어둠 속에 잠긴 체육관을 돌아보니 반 정도 되는 학생이 남는 듯했다.

사실 고전부로 가고 싶은 마음이 컸다. 인쇄소에 발주하면서 똑똑히 확인하지 않은 것은 정말 큰 실수였다. 그에 대한 책임감도 물론 있다. 하지만 고전부에 가고 싶은 마음의 절반 정도는 만연에 가고 싶지 않다는 기분에서 비롯된다는 것을 나는 알고 있었다.

만연이 싫은 것은 아니다. 입학 전 만화 연구회에 기대했던 것은 이루어지지 않았지만, 지금의 만연은 지금의 만연대로 좋아한다. 만화 자체는 아주 좋아한다고 가슴을 펴고 당당히 말할 수 있을 것이다. 하지만 좋아하는 사람들끼리 모였다고 모든 알력이 없어지는 것은 아니다.

……시작도 하기 전부터 마음이 무거운 건 안 좋겠지. 나는 상황을 나쁜 방향으로 생각하는 버릇이 있는 것 같다. 카디건과 면바지 같은 편안한 복장으로 교내를 돌아다닐 수 있다는 특권만 해도 축제가 꽤나 즐거운 시간이어야 하는데.

만연 동아리실은 일반동 2층의 제1 예비 교실이다. 고전부가 쓰는 지학 교실에 비하면 일반 교실 바로 옆이라는 위치는 꽤나 운이 좋은 것이다. 복도에는 '만화 연구회'라고 쓴 간판이 있을 뿐 별로 야단스러운 느낌은 없다. 부장인 유아사 쇼코 선배의 방침이다.

미닫이문은 이제 곧 찾아올 손님을 맞이하기 위해 활짝 열려 있었다.

"안녕하세요."

지이처럼 말투가 정중하지 않으니 '아녀아세요' 같은 발음이다. 별로 특별한 일은 아니겠지만, 나는 지금까지 만화든 소설이든 인사말을 '아녀아세요'라고 표기한 것을 본 적이 없다.

"아, 이바라 왔구나."

2학년 고치 아야코 선배가 서글서글하게 말을 걸어 주었다. 활동적이고 두뇌 회전이 빠른데다 읽는 양도 많고 본인의 작품도 수준이 높은 만연의 중심적 존재다. 축제에서 만연

부원이 그러니까 그, 코스프레를 할 것을 제안한 사람이 고치 선배다. 과연 발안자답게 고치 선배의 분장은 본격적이었다.

선배는 직접 만들었을 것으로 보이는 중국옷을 입고 있었다. 치파오도, 인민복도 아닌, 도교에서 입을 듯한 옷이다. 통이 넉넉한 보라색 바지에, 불룩하게 부풀고 발목까지 내려올 만큼 긴 노란색 소매. 소매를 절개해 옆으로 손을 꺼낼 수 있게 되어 있다. 몸통은 빨간색인데 가슴 쪽만 색이 다르다. 원작에서는 그 부분이 넓게 파여 있을 텐데, 아무리 그래도 거기까지 재현하지는 않은 모양이다. 머리에는 위쪽으로 넓어지는 모자를 썼고, 오른쪽 눈 바깥쪽으로 부적을 늘어뜨렸다. 허리에 노란 띠를 둘렀는데, 아마 등 뒤에서 커다랗게 리본을 묶었을 것이다. 쇼트커트 머리에 눈매가 날카로운데다 평균적인 체형의 고치 선배에게 그 캐릭터는 그런대로 잘 어울렸다.

"강시인가요?"

"공식적으로는 차이니스 고스트."

나를 머리끝부터 발끝까지 훑어본 고치 선배는 교내용 슬리퍼를 신은 것을 보자 "신발도 신경 쓰면 좋았을 텐데"라고만 하고 다른 사람이 있는 곳으로 가 버렸다. 의욕이 전혀 담기지 않은 복장인 것이 일목요연한데도 선배는 그에 대해 아무 말도 하지 않았다. 그저 조금 날 선 공기가 흘렀는지도 모르겠다. ……코스프레에 마지막까지 저항한 사람이 나였다.

"아, 안녕."

옆에서 누가 인사했다. 유아사 부장이었다.

부장은 가미야마 고등학교 교복인 세일러복을 입고 있었다. 분장은 전혀 하지 않았다. 원래 코스프레는 동아리실을 지키면서 판매와 호객을 담당할 다섯 명이 할 예정이었다. 부장은 그중에 포함되지 않는다. 나와 한 살밖에 차이가 나지 않는데도 유아사 부장에게는 어른 같은 관대함이 있었다. 포용력도 느껴진다. 나쁘게 말하면 가끔 아무 생각 없는 것처럼 보일 때도 있다. 고양이와 툇마루가 어울릴 것 같다는 생각마저 든다. 포동포동한 얼굴에 쌍꺼풀진 큰 눈. 유아사 부장은 내 분장을 흘깃 보더니 말했다.

"돈 많이 안 들었겠어?"

"네, 벨트 값 정도예요."

"영수증 있으면 주고."

"아니에요. 평소에도 쓸 수 있으니까 괜찮아요."

부장은 굳이 동아리 돈으로 주겠다고 하지 않고 생긋 미소를 지었다. 고전부보다야 많겠지만 만연도 예산이 넉넉한 편은 아니다.

손님이 본격적으로 움직이기 전까지 아직 시간이 좀 더 있을 것 같다. 나는 ㄷ 자로 책상을 늘어놓은 제1 예비 교실을 둘러보았다. 만연의 주력 상품은 고금의 만화 백 편을 모아 리뷰를 쓴 문집 『제아미즈』. 왜 『제아미즈』냐고 물었더니 작년 문집이 『간아미즈』였기 때문이라고 한다.• 어처구니없어서 작년에는 왜 『간아미즈』였느냐고 물을 마음이 나지 않았다. 그 밖에 부원들의 작품이 몇 개 진열되어 있다. 이쪽은 판매하지 않고 무료로 배포한다. 돈을 받고 팔고 싶으면 동인지 판매회에 출품하면 그만이다.

"안녕하세요."

"안녕."

시간이 지나면서 만연부원들이 속속 모여들었다.

원래는 하지 않아도 될 부원들 중 몇 명도 코스프레를 한 것 같다. 스무 명 조금 못 되는 부원이 모두 모이면 자연히 그룹이 나뉜다.

하나는 남자들 그룹. 다른 곳은 어떤지 모르지만 가미 고 만연에서 남학생은 소수파다. 그리고 그중에 스스로 뭘 해 보겠다는 기개가 있는 남자는 없다. 무독무해하다.

• 간아미와 제아미를 이용한 말장난. 14, 15세기 일본에서 노의 원류인 사루가쿠를 대성시킨 부자를 말한다.

또 하나는 고치 선배를 중심으로 하는 그룹이다. 수적으로는 별로 많지 않은데, 발언력으로 보면 그들이 주류파다. 코스프레를 한 멤버는 대개 코스프레의 제창자인 고치 선배 주위에 모여 있다. 이제 곧 시작될 판매 전쟁을 대비하는지 이따금 전투 구호 같은 소리가 들린다.

"좋아, 다들 기합 넣고 임하자!"

이런 식이다.

그리고 제3의 그룹. 고치 선배를 도무지 못 따라가겠다고 느끼는 사람들이다. 단순히 소란스러운 게 싫은 사람이 있는가 하면, 고치 선배의 언동에 말로 표현할 수 없는 부자연스러움을 느끼는 사람도 있다. 그런 사람들은…….

"마야카, 그거 무슨 복장이야?"

"마야카, 잔돈 이쪽에 놔둘게."

"……아, 얼른 끝나면 좋겠다."

왜 그런지 내 주위에 모여든다.

고치 선배의 말에 대놓고 반대한 사람이 나밖에 없기 때문이지만.

분위기가 팽팽하게 긴장되는 것은 아니다. 불꽃이 튀는 것도 아니다. 만화를 좋아하는 마음은 다들 똑같다. 하지만 역시 나는 축제 기간 중 만연을 못 벗어날 것 같다. 그런 내가 고전부를 위해 할 수 있는 일이라곤 만연에 《빙과》의 위탁 판매를 부탁하는 것 정도다. 만연에서 《빙과》를 팔 수 있다면 지명도를 고려할 때 스무 부 정도는 어떻게 되지 않을까. 지금은 분위기가 이러니 무리겠지만, 긴장이 조금 풀려 분위기가 가벼워지면 부탁해 볼 생각이다. 되도록 빨리.

고전부. 다른 애들은 어떻게 됐을까. 매대는 누가 지키고 있을까.

……아, 생각하나마나다.

그 게으름뱅이가 자원했을 게 틀림없다.

"저, 시작했나요?"

목소리에 돌아보니 열린 문 앞에 남학생 둘이 서 있었다. 나는 영업용 미소를 지었다. 나 자신을 고무하는 의미를 담아 불필요할 만큼 기운차게 말했다.

"어서 오세요! 손님 제1호시네요!"

011-♠04

예상대로 지학 교실에는 아무도 오지 않는다.

조용하고, 평화롭고, 할 일 없다. 축제다운 것으로 말하자면 안마당을 끼고 일반동 쪽에서 어렴풋이 떠들썩한 소리가, 잔재 같은 웅성거림이 들려오는 것뿐. 훌륭하다. 점원 만세.

……감고 있던 눈을 뜨자 짙은 갈색 '산'이 보였다. 해로운 광경이다. 마음의 평안을 지키기 위해서는 눈을 감고 있는 게 제일이다.

물론 이 산을 없애는 것 이상으로 좋은 일은 없다. 《빙과》에는 내가 쓴 원고도 실려 있다. 아니, 학년 초부터 시작됐던 빙과 사건을 글로 정리한 사람은 다름 아닌 나다. 문집 《빙과》에서 내 원고가 가장 큰 비중을 차지하는 셈이다.

고전부의 활동 목적이 불분명한 여파로 《빙과》의 내용도 무질서해졌다. 펴 보지 않아도 기억한다. 나와 지탄다는 빙과 사건의 전말을, 이바라는 고전으로 존중되는 만화에 관해 썼다. 사토시는 고전적 패러독스와 관련된 조크를 칼럼풍으로 썼다.

해야 하는 일로서 간략하게나마 완성한 글에 대한 애착이 전혀 없는 것은 아니다. 축제가 끝나고 이백 부가 버리려야 버릴 수 없는 성가신 쓰레기로 전락하는 모습을 될 수 있으면 안 보고 싶다.

내 애착 같은 별 볼 일 없는 것을 무시한다 해도, 쓰레기가 된 문집의 산을 앞에 둔 지탄다와 이바라를 상상하면 마음이

어두워진다.

그렇기에 나도 지탄다와 사토시의 활동에 기대를 걸고 있다. 나는 상상도 할 수 없는 수단으로 녀석들이 보기 좋게 일대 홍보 일대 선전 활동을 펼쳐, 매대를 지키는 내가 안온을 탐닉할 수 없을 만큼 사람들이 밀려드는 것을 꿈꾸지 않는 것은 아니다.

하지만 지금은 평화에 잠겨 있자. 안일에 몸을 맡기자. 눈을 감고 있으려니 흔들거리는 듯한 아련한 잠기운이 기분 좋다. 책상에 엎드렸다.

귓가에 음악이 들렸다.

그것도 풍부한 하모니로.

굳이 따지자면 브레이크 댄스부가 틀었던 테크노며 부족 음악보다 내 취향에 맞는다. 아카펠라다. 그렇다면 노래하는 것은 아카펠라부고, 장소는 안마당일 것이다. 나는 천천히 몸을 일으켜 창가로 다가갔다. 십중팔구 목소리를 가다듬기 위한 것이었을 최초의 하모니는 호루라기처럼 안마당을 내다보는 창문으로 학생들을 불러 모았다.

교복을 갖춰 입은 학생 다섯 명이 일렬로 늘어서 있다. 그 중 한 명이 한 발짝 앞으로 나오더니 주위를 올려다보고 창가에서 구경하는 우리에게 머리를 숙여 인사했다. 띄엄띄엄 박수가 나왔다. 그가 원 위치로 돌아가자 합창이 시작되었다.

우선은 워밍업일까. 아카펠라 곡으로 친숙한 〈The Lion Sleeps Tonight〉이었다.

만만마웨.

……음, 과연 잘한다. 뛰어난 기량이다. 뛰어난 기량이겠지만, 방금 전까지 졸음과 노닐던 몸에 이 평화로운 노래는 자장가나 다름없다…….

창문에 기대서서 한층 만만치 않아진 졸음에 맞서 싸우며 자도 상관없지 않나 생각하는 사이에 곡이 끝났다. 일반동에서, 또 특별동에서 아낌없는 박수가 쏟아졌다. 나도 잠에서 깨어나 손뼉을 쳤다. 아카펠라부 다섯 명은 일제히 절하더니 옆에 준비해 두었던 아이스박스를 둘러쌌다. 한 명이 뚜껑을 열었다. 멀어서 잘 보이지 않지만 페트병이 든 것 같다. 두 번째 곡은 수분을 보충하고 나서 할 모양이다.

"……?"

어라?

아카펠라부의 움직임이 이상하다. 아이스박스를 가리키며 뭐라 꿱꿱거리는 녀석이 있다. 다른 녀석들도 고개를 내젓고 아이스박스를 들여다보는 등 거동이 수상하다. 무슨 일 있나?

어쨌거나 두 번째 곡을 바로 시작하지 않는다면 이렇게 창가에 들러붙어 있을 필요가 없다. 나는 조금 전까지 앉아 있던 자리로 돌아와 하품을 하며 합창이 재개되기를 기다렸다.

하품이 최고조에 달해 아래턱이 뻐근해졌을 때.

문을 열어 놓은 문간에 누가 나타났다. 오오, 엄청난 게 왔다. 다 찢어진 셔츠를 옷핀으로 이어 붙이고 손가락과 목에는 실버 액세서리를 했다. 펑크족이다, 펑크족이 왔다. 어째선지 주뼛거리는 눈빛이지만. 뭘 하러 왔나 싶어 의아하게 생각하는 내게 펑크족이 조심스럽게 물었다.

"저, 여기서 뭘 하는 거죠?"

"아무것도…… 아니, 문집을 파는데요."

"문집?"

펑크족의 시선이 산더미처럼 쌓인 《빙과》를 향했다. 이제까지 이 짙은 갈색 더미가 문집이라는 것을 못 알아차렸던 게 분명하다.

"양이 엄청 많네요."

"……사정이 있어서요. 원래는 이럴 예정이 아니었는데요."

"하나 주세요."

오오, 손님인가, 손님이란 말인가. 싹싹하게, 싹싹하게.

"이백 엔입니다."

아아, 전혀 싹싹하지 않다. 갑자기 그렇게 싹싹해지는 것은 무리다.

하지만 펑크족은 그런 것은 아랑곳하지 않고 지갑을 꺼내더니 어째선지 미안한 것처럼 머리를 숙이며 《빙과》를 받았다. 어지간히 할 일이 없나. 그런 생각을 하는데 별안간 펑크족의 태도가 돌변했다.

"너, 이, 이거!"

무슨 일인가. 《빙과》에 바퀴벌레라도 들었나.

아니다. 펑크족이 주시하는 것은 《빙과》 더미 옆에 아무렇게나 던져 놓은 쓰레기였다. 망가진 만년필. 펑크족은 그것을 흡사 보물이라도 받들어 들듯 공손하게 집었다.

"이거야! 훌륭해!"

눈앞에서 느닷없이 흥분하면 이쪽은 싸늘하게 식을 수밖에 없다. 나는 방금 전까지 싹싹해지려고 했던 것도 잊고 냉담하게 말했다.

"그 쓰레기가 왜요?"

펑크족은 그제야 정신을 차렸다.

"아, 어, 미안. 난 복장연이거든. 패션쇼를 하는데, 정장

스타일의 가슴 주머니에 꽂을 액세서리를 깜박했지 뭐야. 기본은 흰 손수건이겠지만, 기본을 약간 벗어나는 게 콘셉트라 변화를 주고 싶어서 말이야. 하지만 시간은 없지, 아이디어도 없지, 진짜 고민 많았거든. 봐, 이거 주머니에 꽂으면 돋보이지 않겠어? 좋아, 응. 마음에 들었어."

펑크족은 만년필을 이리 뜯어보고 저리 뜯어보며 히죽거렸다. 뭐, 그렇게까지 마음에 들어 해 주면 쓰레기도 기쁠 것이다.

"가지세요."

"어? 진짜? 정말 준다고?"

그렇게 말하면서 이미 품에 끌어안고 있다.

"그, 그럼 이거 줄게."

펑크족은 주머니를 뒤지더니 휘장 장식을 꺼냈다. 말이 휘장이지, 번호를 쓴 플라스틱 판 뒤에 테이프로 옷핀을 붙였을 뿐인 지극히 간소한 물건이다. 이게 뭐냐 싶어 바라보는데 펑크족이 그것을 내 손에 억지로 쥐여 주었다.

"우리 패션쇼의 우대권이니까 그거 들고 오면 돼. 장소는 복장실. 괜찮아, 코디네이트 잘해 줄 테니까. 패션쇼라고 그렇게 특별한 식으로 걸어야 하는 것도 아니고. 괜찮아, 괜찮아. 그럼!"

자기 할 말만 하고 도망치듯 가 버렸다. 그렇게 허둥대지 않아도 도로 내놓으라고 안 하는데. 아니, 한시라도 빨리 그 정장 스타일에 맞춰 보고 싶었나?

나는 손 안의 휘장을 내려다보았다. 펑크족의 이야기를 종합하자면, 요컨대 이것을 들고 복장 연구회의 회장으로 가면 모델로 설 수 있다는 뜻인 것 같다.

필요 없다. 책상 속에 휙 던져 넣었다.

……뭐, 됐다. 기념해 마땅할 손님 제1호였던 것은 틀림없다. 이백 부 중에서 사정을 고려해 고전부원에게 두 부씩, 그리고 지도 교사용과 보존용까지 도합 열 부는 뺄 테니, 이로써 백팔십구 부 더 팔면 된다.

훌륭하다. 만족스러운 기분으로 또다시 하품을 하는데, 아카펠라부의 노래가 다시 시작되었다. 들려오는 곡은 업 템포의 팝이다. 음, 자장가 같지 않다.

〔남은 부수 189부〕

012-♥03

여섯 곡 모두 훌륭했습니다. 저는 아카펠라부 분들에게 손바닥이 아프게 박수갈채를 보냈습니다.

목소리가 그 정도로 멋지게 울린 것은 분명히 건물로 둘러싸인 안마당에서 노래한 것과도 관계있을 겁니다. 아카펠라부 분들은 리허설을 반복하며 음향 상태가 가장 좋은 곳을 찾았을까요? 조금 신경 쓰입니다.

저는 만족스러운 기분으로 창가를 벗어납니다. 그러다가 무심코 손목시계를 봤습니다.

……어?

버, 벌써 시간이 이렇게 됐나요. 12시가 거의 다 됐습니다. 어느새 시간이 이렇게 됐을까요? 이러면 안 되죠. 관심이 가는 게 있을 때마다 멈춰 섰다간 맡은 바를 다할 수 없습니다.

저는 굳은 결심을 가슴에 품고 창가를 벗어났습니다.

복도로 눈을 돌리니 주술 동호회의 수상쩍어 보이는 포렴과 후쿠베 씨가 정성을 다했다는 수예부의 간판, 구도가 매우 흥미로운 사진부의 포스터…….

아아, 앞만 보이는 안경이 어디 떨어져 있으면 좋을 텐데요!

2-2. 013~019 퀴즈 트라이얼

013-♣04

가미야마 고등학교 퀴즈 연구회에서 주최하는 퀴즈 트라이얼, 그것은 가미야마 시 최대의 퀴즈 대회다!

이 도시에서 다른 퀴즈 대회가 열렸다는 말을 못 들어 봤기 때문이지만.

퀴즈 트라이얼은 개인적으로 첫째 날의 하이라이트다. 절대 놓칠 수 없다. 진정한 데이터베이스가 누군지 똑똑히 보여 주마!

그나저나 뜻밖이다. 솔직히 참가자가 이렇게 많을 줄 몰랐다. 이백 명쯤 되지 않을까. 일반 시민도 드문드문 섞여 있지만 대다수는 가미 고 학생이다. 그렇다면 진짜 동원율 이십 퍼센트! 아이고, 부러워라. 수예부와 고전부에 백 명씩이라도 좋으니 나눠 주면 안 될까.

운동장의 조회대 앞. 웅성거리는 소리가 들린다.

"……끝나고 취주악부 안 갈래?"

"……영연은 어때? 너무 마니악하지 않으면 좋겠는데……."

"……진짜냐? 하하하, 심하다……."

"……이게 어디서 헛소리야 싶잖아?……."

무슨 수로 이렇게 많은 사람을 참가하게 만들었는지는 대충 상상이 된다. 이백 명 모두 어젯밤부터 퀴즈 대회를 학수고대했을 리 없다. 이것은 선전이 거둔 효과다.

점심시간인 12시 반에 전교 방송이 나왔다. 방송부의 유사 라디오 방송이다. 경쾌한 팝 음악으로 시작된 방송은 가미야마 고등학교 축제의 핫한 토픽을 라이브로 리스너 에브리원에게 전해 주었다. 그런데 그중 대략 십오 분이 퀴즈연 부장의 인터뷰였다. 이런 식이다.

"이번이 일곱 번째입니다. 뭐, 꽤 괜찮은 상품도 준비했고 문제도 퀴즈에 자신 있는 사람한테만 유리하지 않게 신경 써서 배분했어요. 게다가 당연한 일이지만, 퀴즈 대회인데 퀴즈연 부원은 참가 안 하고요. 이건 기회입니다. 많은 분들이 참가해 주셨으면 합니다. ……게다가 점심 먹고 나서니까 운동장에서 OX 퀴즈를 풀며 뛰어다니면 소화도 되고 좋지 않을까요."

제법 그럴싸하게 꼬드긴다 싶어 감탄했다. 전교 방송이겠다, 다소 효과가 있겠지 했더니만 다소 징도가 아니다. 구경꾼을 빼고 참가자만 해도 대략 이백 명이다(눈대중이니 조금 많이 잡았을지 모르지만 백 명 이하는 절대로 아니다).

게다가 잊어서는 안 되는 벽신문부도 퀴즈연을 언급했다. 축제 기간 중 벽신문부는 두 시간 간격으로 호외를 내는데, 그중 첫날 12시 호에 퀴즈연이 재미있을 것 같다는 기사가 실렸다. 곳곳의 게시판에 붙어 있었으니 선전 효과가 장난 아니었을 것이다.

방송부와 벽신문부의 위력은 고전부의 홍보 작전을 위해 기억해 놓는 게 좋을 것 같다. 나중에 지탄다에게 가르쳐 주자.

어쨌든 그건 나중 이야기고, 지금은 퀴즈 트라이얼에 집중이다, 집중. 뭐니 뭐니 해도 최초의 순위 사냥이니 말이다. 내가 이렇게 마음껏 이벤트를 만끽하며 놀 수 있는 것도 고전부의 선전을 위해서라는 명분이 있기 때문이다. 그리고 이렇게 말하면 뭐하지만, 고전부원 중 퀴즈 대회에서 우승할 것 같은 사람은 나뿐이다. 쉽사리 질 수 없다.

퀴즈연 부장이 조회대로 올라왔다. 모르는 얼굴이다. 가미야마 고등학교 학생인데 내가 모르는 것을 보면 아무래도 별종 괴짜 부류가 아닌 모양이다. 손에는 메가폰이 아니라 마이크를 들었다. 스피커에서 지직, 하고 짤막한 잡음이 나오더니 퀴즈연 부장의 인사가 시작되었다. 퀴즈 트라이얼에 오신 걸 환영합니다. 참가자가 많아서 깜짝 놀랐습니다. 퀴즈 트라이얼은 이번이 일곱 번째인데 역대 최대 규모겠는데요. 어쩌고저쩌고. 그러더니…….

"그럼 이제 시작할까요? 우선 예선으로 OX 퀴즈를 하겠습니다. 왼쪽이 동그라미, 오른쪽이 가위입니다. 저희 부원이 플래카드를 들고 있으니 헷갈리진 않으실 겁니다. 남은 사람이 다섯 명 이하거나 저희가 준비한 문제가 다 떨어지면 예선 종료입니다. 제한 시간은 십오 초입니다. 그럼 퀴즈 트라이얼 7, 스타트!"

퀴즈연 부장은 그렇게 말하더니 도중에 단상에 올라온 여학생에게 마이크를 넘기고 내려갔다. 조금 안심했다. 저 부장, 발음이 불분명해서 알아듣기 힘든 부분이 있었다. 마이크를 넘겨받은 여학생은 손 안에 들어가는 크기의 메모장을 보며 또렷한 발음으로 말했다.

"첫 번째 문제! 금강석이란 다이아몬드를 말하고, 녹주옥은 에메랄드를 가리킨다. 맞을까요, 틀릴까요?"

헤헹, 첫 문제는 이 정도인가.

물론 동그라미다('녹주석'은 화학식이 같은 아콰마린을 포함하지만, '녹주옥'이라고 하면 에메랄드다)!

014-◆03

생각했던 것보다 한산하다.

그렇게 생각하는 것은 내가 동인지 마켓의 분위기에 익숙하기 때문일 것이다. 지금은 마켓이 아니라 학교 축제. 만화와 애니메이션에 관심 있는 사람들만 모인 게 아니니 이게 자연스러운 것일지도 모른다. 작년 아직 중학생이었을 무렵 후쿠와 같이 왔던 때를 떠올려 보았다. ……그래, 사람이 그렇게 많았던 것 같지는 않다. 건물 한구석의 어둠 속에서 내가 보물을 발견했을 때 주위에 아무도 없었던 것 같다.

하지만 할 일이 없어 심심해하는 부원이 많은 것은 분명하다. 그 때문에 분위기가 뾰족뾰족해졌다. 위탁 판매 이야기는 아직 못 꺼낼 성싶다.

손님들의 발길이 끊기고 동아리실이 조용해지자 멀리서 어렴풋이 스피커 소리가 들렸다. 일반동에 있는 이 교실에서는 안마당과 특별동에 가로막혀 운동장에서 나오는 스피커 소리가 잘 들리지 않는다.

"마야카, 왜?"

같이 매대를 지키던 여자애가 물었다.

"응, 운동장 쪽에서 무슨 소리가 들려서."

"아아, 퀴즈연일걸."

그러고 보니 그런 방송을 들은 기억이 있다. 퀴즈 대회라. 그럼 후쿠가 나갔겠네. 주의해서 들어 보니 문제를 낭독하는 목소리라는 것을 알 수 있었다.

"……두 번째 문제! '깨지락거리다'의 깨와 '깨나른하다'의 깨는 같다. 맞을…… 틀……까요?"

뭐?

생각도 해 본 적 없다. 괴상한 문제다. 참가자를 걸러 내는 게 목적일 테니, 직감으로 대답할 수밖에 없는 문제가 섞여 있어도 안 될 것 없겠지만.

옆에 있는 애도 귀 기울여 듣고 있었는지 내게 웃으며 작은 목소리로 말했다.

"어느 쪽일까?"

"글쎄……."

생각해 보니 둘 다 뭔가 늘어지는 느낌이다. 그럼 같지 않을까? 나도 작은 목소리로 대답했다.

"O 아닐까?"

015-♣05

제한 시간 십오 초가 지나고 O와 X 사이를 로프로 막았다. 주위를 둘러보니 O 쪽에 다섯 명, X 쪽에 네 명이 있다. OX 퀴즈가 예선이라면 십중팔구 이게 마지막 문제일 것이다.

"정답은………………."

문제를 읽는 여학생, 유난스럽게 질질 끈다.

"…………………………."

아니, 끌어도 너무 끈다, 야.

"……X! 예선 종료!"

야호(어원은 모르지만 '나른하다'는 있어도 '지락하다'는 없다는 것 정도는 알 수 있었다). 문제가 이어지면서 점점 흥분한 출제자는 춤을 출 듯한 몸짓으로 우리를 가리켰다.

"축하합니다, 지금 X 쪽에 서 있는 네 분이 예선을 통과하셨습니다! 결승전으로 넘어가기 전에 일단 단상으로 올라오시죠."

오, 기회가 왔다. 이것 때문에 대회에 참가한 것이나 다름없다. 신 나서 부랴부랴 조회대로 향하는데, 뒤에서 누가 어깨를 쳤다.

"여, 후쿠베. 네가 남았냐."

그렇게 내게 말을 건 사람은…….

……잠깐만, 좀만 기다려 봐, 생각해 낼 테니까. 알아, 분명히 아는 얼굴인데. 일단 가슴을 펴고…….

"뭐, 그렇지."

"너, 내가 있는 거 몰랐지."

"하하, 퀴즈에 집중하느라."

누구더라, 얘가 누구더라. 같은 학년인 건 알겠는데.

총무 위원도, 수예부원도 아니다. 그렇다면 같은 반. 우리 반에서 주목할 가치가 있는 애는 주몬지 정도라고 생각했는데.

아, 그렇군. 이제 생각났다. 그래, 틀림없다. 내 인명 기억력도 아직 쓸 만한걸.

"그래서 바둑부는 어때, 다니?"

다니 고레유키. 바둑부원. 바둑부원이라는 점이 재미있어서 가까스로 이름을 기억하고 있었다. 교실에서 만나면 지금처럼 적당하게 대화를 주고받지만 실은 얼굴과 이름이 일치하지 않는, 친한 것도 아니고 안 친한 것도 아닌 다수의 '아는 사람' 중 하나다. 새삼 보니 다부진 체격에 네모난 얼굴, 주먹코까지 제법 개성 있게 생겼다. 그런데도 내게 거의 인상을 못 남긴 것을 보면 이제까지의 언동에 규격을 벗어난 부분이 전혀 없었나 보다.

나는 의외성이 있는 사람이 좋다. 가령 지탄다에게는 흥미로운 점이 있고, 가미 고 입학 이후의 호타로를 보며 꽤나 놀랐다. 의외성이 없으면 얼굴이 재미있게 생겼건 소속된 동아리가 재미있건 그 사람의 이름을 좀처럼 기억 못 하겠다.

하지만 다니는 이렇게 퀴즈 트라이얼 예선을 통과했다. 그렇게 쉬운 문제만 있지는 않았다. 그래, 다니, 지금까지 받은 인상만큼 안정 지향이 아닌 모양이네. 지식의 양이거나 운이거나 둘 중 하나에 눈여겨볼 부분이 있나 보다.

다니는 우쭐한 표정을 감추려 하지도 않았다.

"바둑부 말이냐. 좀 재미있는 이야기가 있는데 어때, 들어볼래?"

재미있는 이야기라. 인상이 다소 달라졌다지만 다니는 재미있는 이야기를 할 수 있을 듯한 이미지가 전혀 아니다.

"단상으로 올라오시죠!"

별로 관심이 당기지 않던 차에 다시 부름을 받았다. 어이쿠, 그렇지, 귀중한 선전 기회다. 나는 손으로 조회대를 가리키며 다니에게 가자고 했다.

단상에 올라온 사람은 남자 셋에 여자 하나. 모인 사람들을 보니 조금 안심되었다. 다니를 뺀 나머지 두 사람은 모르는 얼굴이다. 만약 결승에 여제 이리스 후유미 선배라든지 총무 위원장 다나베 지로 선배, 도서관의 새 터줏대감 주몬지 가호가 남아 있었다면 처음부터 아예 포기하고 들어갔을 것이다. 지식의 양으로 따지면 결코 뒤지지 않겠지만, 어쩐지 그 사람들에게는 도무지 이길 수 있을 것 같지 않다. 그런 낮은 한계치가 바로 내가 데이터베이스를 부득이 자인하는 이유지만.

다니를 포함한 세 사람은 출제자의 질문을 받고 성명과 학년 반을 밝혔다. 자, 내 차례다.

출제자는 마이크를 고쳐 들더니 만면에 웃음을 띤 채 말했다.

"자, 네 번째 결승 진출자입니다! 그럼 학년 반 이름을 말씀해 주세요!"

헛기침을 한 다음 참가자 이백 명, 그리고 아마도 스피커를 통해 듣고 있을 건물 내의 수백 명을 향해 가슴을 펴고 말했다.

"고전부 후쿠베 사토시입니다."

"네?"

"고전부요. 현대 문학과 고전 문학 할 때의 고전부입니다."

출제자는 순간 당황한 듯했다. 예상외의 말에 얼어붙는 타입이라면 썰렁하겠군. 그렇게 생각했지만, 그녀는 금세 힘차게 고개를 끄덕였다.

"그렇군요, 고전부란 동아리도 있군요. 이 학교에는 괴상한 동아리가 워낙 많으니 말이죠."

응, 좋은 전개다. 나는 말이 빨라지지 않게 주의하며 그다음부터는 나오는 대로 말했다. 아무렇게나 말해도 하고 싶은 말을 빠뜨리지 않고 다 할 수 있다는 게 내 몇 안 되는 무기 중 하나다. 목소리가 저절로 들떴다.

"고전부라고 『쓰레즈레구사』• 같은 걸 읽는 건 아니고요. 그럼 뭘 하느냐, 우리도 그걸 잘 모른다는 점이 좀 멋지죠. 어쨌거나 부원 수 제로에서 대역전, 대부활을 이룩해 낸 동아리니까요. 그렇지만 문집을 만드는 동아리란 것만은 그럭저럭 알았거든요. 그럼 만들지 뭐 하는 마음으로 문집을 만들었어요. 그런데 이 문집이 글쎄, 우리가 생각해도 엄청난 거예요. 꽤 본격적이란 말이죠."

• 14세기에 쓴 일본의 수필집.

016-♠05

“본격적이란 말이죠.”

그래, 본격적이지.

주로 양이.

〔남은 부수 185부〕

017-♣06

“어쨌거나 간야제의 중대한 비밀을 풀었으니 말이죠.”

“오, 오오. 그게 뭐죠?”

흥미가 동한 듯 추임새를 넣는 것은 분명 연기만은 아니다. 퀴즈연 부원에게 당신이 모르는 지식이 있다고 했으니 간단히 낚이는 게 당연하다(야유하는 뜻은 전혀 없다. 내게도 퀴즈연 부원에 부합하는 요소가 있기 때문에 막연히 아는 것뿐). 나는 자신 있게 큰 소리로 말했다.

“간야제란 이름 자체입니다. 미리 말해 두는데, 이거 가미야마 고등학교 축세를 줄여서 간야제가 되었다는 식의 간단한 게 아니거든요. 고전부는 그 이름의 유래를 밝혀낸 겁니다.”

"호? 그럼?"

"그건……."

잠깐 뜸을 들인다.

"물론 비밀입니다. 저희도 문집이 안 팔리면 곤란하니까요. 괜찮아요, 값은 단돈 이백 엔입니다! 엄청 싸죠! 단돈 이백 엔으로 가미야마 고등학교 축제 삼십삼 년의 비밀이 당신 것이 됩니다! 고전부 문집 《빙과》는 특별동 4층 지학 교실에서 절찬 판매중입니다!"

그러고는 군중을 노려보며 오른손 주먹을 힘차게 쳐들었다.

좀 과했나? 순간 불안에 사로잡혔는데…….

박수와 환성이 터져 나왔다. 예상했던 대로 다들 개회식 때 내가 그랬던 것처럼 이벤트에 대한 감수성이 예민해져 있다. 바로 호응해 주었다. 작전 성공이다!

나는 주먹을 쳐든 채 잠시 감격의 눈물을 흘렸다.

퀴즈 대회 따위 이제 아무래도 상관없다.

018-♥04

"지학 교실에서 절찬 판매중입니다!"

네? 절찬받고 있나요?

몰랐습니다.

아주 기쁜 일입니다. 미래에 희망이 생깁니다.

운동장 쪽에서 참가자 여러분의 환호성이 어렴풋이 들려왔습니다. 후쿠베 씨의 연설이 많은 분들에게 감명을 준 모양입니다. 그 뒤로도 몇 마디 이어지더니 이윽고 퀴즈 대회 결승전 개시를 알리는 한층 큰 목소리가 들려왔습니다. 잘해 주세요, 후쿠베 씨. 속으로 건투를 빕니다.

저도 질 수 없습니다.

생각해 봤는데, 위탁 판매라는 방법도 분명히 효과가 있겠죠. 하지만 다른 분들 동아리에 저희 《빙과》를 가져다 놓는다고 《빙과》의 매력이 커지는 것은 아닙니다. 판매 장소를 늘리는 것도 물론 생각해야 할 문제이지만, 《빙과》의 매력을 키우는 것도 그에 못지않게 중요하지 않을까요?

점심을 먹으면서 저는 곰곰이 생각했습니다. 저희 집 이야기입니다만, 농사를 지어 수확한 쌀의 판로는 대개 정해져 있습니다. 판매처를 확대한들 품질이 정부미와 큰 차이 없으면 더 많은 분들이 사 주실 것이라 기대할 수 없습니다.

왜냐하면 쌀은 굳이 따지자면 남아돌기 쉬운 작물이기 때문입니다. 이것은 문집이 결코 필수 불가결한 상품이 아니라는 고전부의 현재 상황과 비슷합니다.

더 많은 분들이 사시게 하기 위해서는 역시 좋은 쌀을 농사짓는 게 제일입니다. 그때 '좋은'에는 '맛있다', '안전하다' 같은 기준도 있을 테고, '값싸다'라는 기준도 있을 테죠.

하지만 저희 《빙과》는 이미 완성됐습니다. 품질에 관해서는 최선을 다했다고 생각하지만 어쨌거나 이제는 손쓸 방법이 없습니다. 완성된 지금 조정할 수 있는 것은 일단 '싸다'라는 기준이겠죠. 이것은 손익 분기점을 생각할 때 가능하면 이 이상 손대고 싶지 않습니다.

그래서 저는 생각했습니다. '유명하다'라는 기준에서 저희 《빙과》를 '좋게' 만들면 되지 않을까 하고.

그때 벽신문 《가미 고 월보》의 호외가 눈에 띄었습니다. 자세히 읽어 보니 두 시간에 한 번씩 나오는 모양입니다. 여기에 《빙과》에 관한 글이 실리면 많은 분들에게 《빙과》를 알릴 수 있습니다. 다행히 저는 벽신문부 부장님과 안면이 있습니다. 안면이 있다는 게 큰 무기라는 것을 저는 압니다.

그래서 느지막한 점심을 먹고 나서 벽신문부 부장님을 찾아가는 중인데…….

"아, 지탄다. 잠깐 보고 안 갈래?"

죄송해요, 좀 급해서요.

"마술부 제2회 공연, 오 분 뒤에 시작합니다!"

……아차, 아뇨, 벽신문부에 가는 길이었죠. 미련이 남습니다.

"2학년 F반 영화 봤냐?"

"아, 그거? 봤어. 꽤 괜찮지 않았냐?"

우후.

축제의 온갖 장식과 인파에 제 마음이 심히 현혹됩니다. 이럴 때는 오레키 씨의 어디에도 혹하지 않는 정신력이 부럽습니다.

그래도 그럭저럭 특별동 3층 생물 교실까지 왔습니다. 안에 있는 생물 자료실이 벽신문부의 동아리실입니다. 그런데 벽신문부 분들은 자료실이 아니라 교실에서 펜이며 가위, 풀, 일회용 카메라 등을 늘어놓고 작업하고 있었습니다. 모두 네 분이 계셨습니다. 지금은 바쁘지 않은지 커다란 실험용 테이블을 둘러싸고 담소중입니다. 그중 한 분, 저와 안면이 있는 도가이토 마사시 선배가 저를 발견하고 일어섰습니다.

저도 여자치고는 키가 큰 편인데, 도가이토 선배와 마주서면 조금 올려다봐야 합니다. 저는 도가이토 선배의 아버님과 저희 아버지가 친교가 있어서 선배를 아는 것입니다. 말을 주고받은 것은 올해 칠월경이 처음입니다만.

도가이토 선배는 웃는 얼굴로 말을 걸어 주셨습니다.

"안녕."

저는 머리를 숙여 인사한 다음, 조금 전 다나베 선배에게 저질렀던 결례를 되풀이하지 않도록 조심스럽게 말했습니다.

"안녕하세요, 도가이토 선배. 벽신문부에서 고전부를 다뤄 주실 수 없을까요?"

그런데 도가이토 선배 역시 눈이 둥그레졌습니다. 제가 뭐 잘못 말했을까요? 황급히 제가 한 말을 돌이켜 봤지만 딱히 실례를 한 것 같지 않습니다.

아…… 또 잊어버리고 사정을 설명드리지 않았네요.

도가이토 선배는 다른 부원분들을 얼핏 돌아봤다가 제게 고개를 돌리고 목소리를 낮추었습니다.

"……뭐라고 해야 할지, 갑자기 그런 말을 하면 곤란한데."

"죄송합니다. 미리 약속을 드리고 찾아뵐 걸 그랬나요?"

"아니, 그런 뜻이 아니라."

도가이토 선배는 관자놀이를 긁적였습니다.

"나, 이젠 벽신문부가 아니거든."

"네?"

"3학년이잖아. 은퇴했어."

아!

제, 제가 너무 멍청했습니다. 평소에는 이렇지 않은데요. 네, 그렇죠, 당연히 그렇습니다.

"죄, 죄송해요."

"아니, 사과할 건 없는데……."

이로써 연고가 없어진 사실에 잠시 마음이 슬퍼졌는데, 금세 좋은 방법이 생각났습니다. 도가이토 선배가 은퇴하셨다면 이러면 됩니다.

"그럼 후배분을 소개해 주실 수 없을까요? 부탁드리고 싶은 게 있거든요."

그런데 제가 보기에 도가이토 선배는 한층 곤혹스러워 하는 것 같았습니다.

"뭐, 소개 정도는 해 줄 수 있지만, 미안한데 소용없을 거다."

"소용없다고요?"

"두 시간마다 호외를 낸다고. 스케줄이 미리 정해져 있어. 지금 와서 갑자기 고전부 기사를 끼워 넣긴 좀……."

그렇군요. 아닌 게 아니라 두 시간에 한 번 벽신문을 내붙이는 게 어떻게 가능한지 신경 쓰였는데, 사전에 원고를 써

놓았을 줄 몰랐습니다. 감탄했는데, 그럼…….

"무리라는 말씀인가요?"

목소리가 조금 어두워졌습니다.

"무리라는 건 아냐. 이틀째 낮부터는 여유 있게 지면을 잡아 놨을 테고, 불가능하진 않겠지. 하지만……."

도가이토 선배가 어쩐지 정색하는 듯 보입니다.

"실어 달라고 부탁한다고 실어 줄 순 없어. 간야제엔 쉰 개가 넘는 단체가 참가한다고. 전부 소개하는 건 불가능하겠다, 소개한다면 주목해야 할 곳이 우선시돼. 이렇게 말하면 좀 그렇지만 고전부는 그거잖아, 문집을 파는 것뿐이잖아?"

가차 없는 말씀입니다. 그렇게 말하면 실제로 문집을 파는 것뿐이긴 하죠.

"그, 그렇지만 내용이……."

"내용은 어느 동아리나 진지하다고. 사람들의 이목을 끌 애드벌룬 같은 거라도 있으면 우리 쪽에서 먼저 부탁하겠지만."

애드벌룬. 그런 것은 준비하지 않았습니다.

조금 전 후쿠베 씨는 《빙과》가 간야제의 어원을 밝혔다는 점을 강조했습니다. 하지만 방금 도가이토 선배는 내용은 어느 동아리나 진지하다고 했습니다. 저희 《빙과》에 내용 외에 주목을 끌 만한 점이 있느냐 하면…….

유감입니다. 오레키 씨와 후쿠베 씨, 마야카 씨를 볼 낯이 없습니다. 저는 이번에도 맡은 바를 다하지 못한 모양입니다.

"……그런가요. 시간을 빼앗아서 죄송합니다."

도가이토 선배는 기운을 북돋워 주듯 이렇게 말했습니다.

"재미있는 이야기가 생기면 다시 와. 힘이 돼 줄 수 있을지도 모르니까."

저는 고개를 끄덕였지만, 동작에 힘이 없었는지도 모릅니다.

일이 생각대로 안 됐을 때 몸에서 힘이 쭉 빠지는 것은 어쩔 수 없는 일이라고 생각합니다. 그렇다고 너무 힘없이 터벅터벅 걸으면 보기 좋지 않습니다. 저는 애써 평소대로 걸으려고 했습니다. 그래도 낙담이 겉으로 드러났을까요? 이제 어떻게 해야 좋을지 알 수 없는 채 울긋불긋 장식된 복도를 걷는데 별안간 누가 말을 걸었습니다.

"무슨 일이야, 에루? 묘하게 어둡네."

목소리가 들린 쪽을 보니 계단을 올라간 곳에 작은 텐트 같은 것을 만들어 놓았습니다. 텐트라고 할까요, 아메리카 인디언들이 쓰는 티피를 연상시킵니다. 목소리는 티피 안에서 들린 것 같았습니다. 저는 살며시 안을 들여다보았습니다.

"어깨가 축 늘어졌어. 무슨 일 있어?"

티피 안에는 교실에서 보통 쓰는 책상 하나가 놓여 있었습니다. 의자에 앉아 있는 분은 저와 친한 사람입니다. 저는 미소를 짓습니다.

"이것저것 일이 좀 있어서요……."

"그래?"

그녀는 고개를 갸웃하더니 보일 듯 말 듯 웃었습니다. 그러고는 책상 위에 명주 수건을 깔고 올려놓은 멋진 수정 구슬을 가볍게 쓰다듬었습니다.

"뭐하면 점쳐 볼까?"

이 사람은 주몬지 가호 씨라고 합니다. 가미야마 시에 아레쿠스 신사라는 아주 오래된 신사가 있는데, 가호 씨는 그 댁 따님입니다. 지탄다가가 봄가을 축제 때 신세를 지는 신사는 아레쿠스 신사가 아니라 따로 있습니다만, 인연이 있어 가호 씨와 친하게 지냅니다. 반드르르한 머리와 렌즈가 작은 안경이 시선을 끄는 아주 매력적인 사람입니다. 저는 어딘지 모르게 어른스럽고 초연한 가호 씨의 독특한 분위기가 좋습니다.

어렸을 때부터 도서관을 아주 좋아했던 가호 씨는 제가 모르는 것을 많이 아는 박학다식한 분입니다. 동아리에 들어갔다는 말을 들었을 때는 놀랐습니다. 가호 씨는 사람들과 어울리기를 싫어하는 면이 조금 있거든요.

"점을 치신다는 건……."

"응, 점술 연구회."

"다른 부원분들은 어떻게 되셨나요?"

그렇게 묻자 가호 씨는 약간 비뚜름하게 웃었습니다.

"점술 연구회, 나 혼자야."

"네? 뜻밖이네요. 인기 있을 것 같은데요."

"주술 동호회가 따로 있거든. 그쪽은 인기 있어."

그러고 보니 그런 간판을 본 것도 같습니다.

"어쩔래?"

가호 씨는 그렇게 물으며 책상 위에 잇따라 이것저것 늘어놓습니다.

"수정 구슬이 취향이 아니면 점대나 트럼프는 어때? 어차피 다 시늉이지만. 특이한 거로는 커피 점이랑, 아, 맞다, 타로도 기본이고……."

바닥에 놓은 종이 쇼핑백에서 그런 물건들을 꺼내던 가호 씨가 느닷없이 동작을 멈췄습니다.

"아, 타로는 안 된다."

"네? 왜요?"

평소답지 않게 언짢은 듯한 가호 씨의 말투에 흥미가 일었습니다. 게다가 지난 여름방학에 고전부에서 타로 카드가 화제에 올랐던 터라, 만약 점을 쳐 본다면 타로가 좋겠다고 생각했는데요.

가호 씨는 제 표정을 슬쩍 살폈습니다.

"……그러게, 에루는 이런 거 좋아할지도 모르겠네. 잠깐 볼래?"

쇼핑백에서 카드가 나왔습니다. 가호 씨가 건네준 카드를 언뜻 봤다가 저는 눈을 떼지 못했습니다. 카드에는 꽤 큼지막한 글씨로 이렇게 씌어 있었습니다.

> 점술 연구회는 이미 운명의 수레바퀴를 잃었다
>
> 주몬지+文字

"이건……?"

"혼자 있다 보니까 꽤 자주 자리를 비우거든. 잠깐 어디 갔다가 왔더니 내 타로 카드 중에서 '운명의 수레바퀴'가 없어졌지 뭐야. 그리고 그런 게 놓여 있고."

도둑맞은 걸까요? 하지만 끄트머리의 서명은…….

"'주몬지'라고 씌어 있는데요."

"뭘까, 그거. 날 가리키는 걸까?"

주몬지가에는 자식이 둘 있지만, 가미 고에 현재 다니는 사람은 주몬지 가호 씨뿐이고 이 도시에 주몬지 성을 쓰는 다른 집안이 있다는 말은 못 들었습니다. 즉, 추측이기는 해도 여기 가미야마 고등학교에서 주몬지라고 하면 가호 씨입니다. 가호 씨의 이름을 사칭해 가호 씨의 물건을 훔치다니 참 이상합니다.

특이한 이야기입니다. 저는 일단 맨 먼저 신경 쓰였던 것을 물었습니다.

"카드는 찾았나요?"

가호 씨는 쓴웃음을 지었습니다.

"찾았으면 타로는 안 된다고 하겠어?"

아, 그러네요.

"그건 걱정되네요."

"응. 싸구려긴 해도 어쨌든 점치는 도구니까. 함부로 다루지 않았으면 좋겠는데."

"그렇지만……"이라고 하면서 가호 씨는 방금 보여 준 카드와는 다른 조그만 메모지 한 장을 주머니에서 꺼냈습니다.

"별로 걱정은 안 해. 무슨 생각인지 이런 것도 남겼더라고."

메모장에서 찢어 낸 종이에 '축제가 끝나면 돌려 드릴게요'라고 급히 갈겨썼습니다. ……도둑치고는 정말 특이합니다. 저는 어쩐지 웃음이 났습니다. 그런 저를 보고 가호 씨가 웃으며 말했습니다.

"표정이 밝아졌네."

"그래요?"

"이거, 신경 쓰여?"

저는 고개를 갸웃했습니다.

"……네, 조금."

"조금이야? 그럼 마지막으로 하나 더 보여 줄까."

쇼핑백에서 나온 것은 저도 가지고 있는 것이었습니다. 『간야제 100배 즐기기』. 가미야마 고등학교 축제의 안내 책자입니다. 저는 수정 구슬 옆에 놓인 그것을 유심히 바라보며 물었습니다.

"뭔가 특별한 건가요?"

가호 씨는 고개를 내저었습니다.

"내용은 다른 거랑 똑같아. 그렇지만 이게 그 카드랑 같이 놓여 있었거든. 맨 끝의 참가 단체 한마디 페이지가 펴진 채."

참가 단체 한마디라면 이 안내 책자의 맨 마지막 코너입니다. 몇 페이지에 걸쳐 말 그대로 이번 축제에 참가하는 단체가 한 줄씩 홍보를 합니다.

딱히 색다른 말이 씌어 있는 페이지 같지 않은데요.

"……뭔가 의미가 있을까요?"

가호 씨는 엷게 웃으며 어깨를 으쓱했습니다.

"글쎄, 모르지. 축제니까 무슨 생각을 하는 인간이 있어도 이상할 것 없긴 해. 난 '운명의 수레바퀴'가 무사히 돌아오기만 하면 다른 건 관심 없어."

019-♣07

결승은 벨을 빨리 눌러 7점을 먼저 따는 사람이 이기는 방식으로 진행됐다.

승패는 아무래도 상관없지만, 나는 어쨌든 내세울 게 데이터베이스라는 것밖에 없다. 어느 정도는 적극적으로 해야지, 안 그러면 아깝다.

교내 방송에서 퀴즈연 부장이 '퀴즈에 자신 있는 사람만 유리하지는 않을 것'이라는 식으로 말했는데, 과연 그렇구나 싶었다. 연예계며 스포츠, 사회 정세, 유행까지 소위 퀴즈다운 문제 외에 지역색이 강한 문제와 고등학생의 본분인 학업과 관련된 문제도 꽤 높은 비율로 출제됐다. 지역 쪽으로는 오히려 강하지만 학업 관계는……. 꼭 끝까지 말해야 아나. 해解의 공식을 답하는 문제에서 손이 움찔하지도 못한 것은 내가 생각해도 너무 한심했다. 하여간 지금까지 어떻게 수학 시험이란 난관을 헤치며 살아왔을까?

네 사람 중 셋이 6점을 얻었다. 나와 다니와 여학생, 이렇게 세 명이다(다니는 이상한 문제에는 손이 움직이지 않는데 평범한 문제에는 반응이 빠르다). 나머지 한 사람도 5점을 얻었으니 제법 치열한 접전이다. 구경하는 사람들도 보는 재미가 있지 않을까? 퀴즈연으로서는 이벤트가 성공을 거두었다 할 수 있을 것이다.

그렇지만 이제 그만 끝내자. 다음 문제는 내가 맞힌다!

"……그럼 다음 문제입니다. 가미야마 고등학교의……."

학교에 관한 문제인가. 정신 집중…….

"학생회장의 풀 네임……."

알기는 아는데, 잠깐. 함정 문제일 수도 있다. '풀 네임은 이것인데 그럼 교장 선생님의 풀 네임은?'이라고 문제를 꼬는 것은 흔한 수법이다.

"……을 답해 주세요."

좋아, 전광석화, 번개처럼 누른다! 불이 들어온 것은…….

"자, 시미즈!"

어라? 나 아니고?

시미즈, 즉, 마작으로 말하자면 리치가 걸린 여학생은 침착한 목소리로 대답했다.

"구가야마 무네요시."

"……."

출제자 씨, 뜸들이지 않아도 돼. 맞으니까.

출제자는 충분히 뜸을 들였다가 펄쩍 뛰어오르듯 하며 오른손을 높이 쳐들었다.

"정답! 퀴즈 트라이얼 7, 우승자는 3학년 E반 시미즈 노리코!"

하하, 이것 참, 아쉽네.

상품은 우승자에게만 주었다. 시미즈 노리코 선배(묘한 지식을 묻는 문제에도 눈썹 하나 까딱하지 않고 대답했다. 재미있을 것 같은 사람이다. 이름을 기억해 두자)가 받은 상품도 포장지로 싸여 있기 때문에 뭔지 모르겠다. 뭐, 오기로 하는 말이 아니라 정말 상품에는 전혀 관심 없었지만.

우승자를 박수로 기리는 시상식에 이어 퀴즈연 부장의 인

사로 퀴즈 트라이얼이 끝났다. 구경하던 사람들이 삼삼오오 건물로 돌아간다. 응, 꽤 재미있었다. 고전부 선전도 했겠다, 만족스러운 시간이었다. 그럼 다음에는 어디로 가 볼까. 웃는 얼굴로 돌아가려는데 누가 불러 세웠다.

"야, 후쿠베."

다니다. 나는 웃는 얼굴로 한 손을 들었다.

"여, 우리 둘 다 아쉽게 됐어."

"그러게. 무승부군."

무승부라니, 나는 딱히 다니와……. 뭐, 아무래도 상관없지만.

"그렇지."

그렇게만 대답하고 "그런데 왜?" 하고 이어서 물었다.

"결승 시작하기 전에 하려던 재미있는 이야기, 하다 말았잖냐."

그러고 보니 그랬다. 잊어버릴 뻔했다. 나는 듣고 싶은 눈치를 보이지 않았으니 요컨대 다니가 이야기하고 싶은 것이리라. 들어서 손해 볼 것도 없으니 들어 주자.

"그랬지. 바둑부에서 무슨 일이 있었다고?"

다니는 만족스레 고개를 끄덕였다.

"그래, 바둑돌 몇 개를 도둑맞았거든."

"저런."

'그렇습니까' 하는 생각밖에 안 든다.

"없어진 게 아니라 도둑맞았다고? 어떻게 그렇게 단정하는데?"

다니가 씩 웃었다.

"바둑돌 통에 범행 성명이 들어 있었으니까. '바둑부에서 바둑돌을 가져갔다' 운운하는. 더 재미있는 건 정말 도둑맞았는지 아닌지 알 수 없다는 점이야. 바둑돌이야 통에 든 걸 다 쓰는 게 아니니까 한두 알, 잘하면 열 알쯤은 가져가도 모른다고."

"그런 걸 훔쳐서 어쩌자는 거지?"

"그야 물론 오목이라도 두려나 보지."

다니는 사뭇 재미있다는 듯 말했다. 그 정도로 고급 농담 같지는 않았지만, 나도 적당히 웃어 주었다. '재미있는 이야기'가 그것으로 끝이라면 구태여 오래 끌 정도는 아닌 것 같다. 나는 웃음을 거두고 짤막하게 말했다.

"바둑부원 중에 누가 장난쳤겠지."

내가 호응해 주지 않은 게 불만인지 다니의 말투가 조금 어두워졌다.

"뭐, 그럴 수도 있겠지."

"응. 그럼 이만."

"아니, 잠깐."

움직이려던 발을 멈추었다. 다니는 묘하게 굳은 웃음을 띠고 있었다.

"후쿠베, 너 이 뒤로도 대회 같은 거 나갈 생각이지?"

"……그런데?"

고개를 끄덕이자 다니는 내 쪽으로 오른손을 내밀었다.

"너한테 질 순 없지. 무승부로 끝내는 건 찝찝해. 승부를 내자고."

……대답할 말이 없었다.

침묵과 내가 늘 짓고 있는 막연히 웃는 듯한 표정을 어떻게 해석했는지, 다니는 매우 만족스러운 표정으로 물었다.

"좋아, 다음엔 무슨 대회에 나갈 거냐?"

뭐라 대답해야 할지 순간적으로 판단이 서지 않아 있는 그대로 대답했다.

"……내일은 조리 연구회일려나."

"오케이. 거기서 우리 승부를 가리는 거다! 기대하마!"

다니는 혼자 신 나서 손을 흔들고 가 버렸다.

음, 난감하다.

승부라. 생각도 해 본 적 없는데. 다니가 찝찝하건 말건 나는 알 바 아니고.

나는 아닌 게 아니라 온갖 것을 즐긴다. 지나치게 많은 것들이 재미있어서 호타로가 싸늘한 눈초리로 나를 바라볼 만큼.

하지만 그것이 개인적 체험이라는 부분을 지금까지 소중히 여겨 왔다. 즐긴다는 행위를 순수하게 제공자와 수령자의 관계로 환원하는 게 내 취향이다. 그렇기에 나는 셜록 홈스 취미건 본초학 취미건 가장 친한 친구(어우, 이렇게 쓰니 엄청 창피한걸. 하지만 실제로 맨 먼저 나오는 이름이니 어쩔 수 없다)인 호타로와도, 저 멋진 마야카와도 같이 즐기려 하지 않는다.

좋아한다든지, 재미있다든지, 즐겁다든지, 그런 것은 꽤 나이브한 부분이라고 생각한다. 비유를 들자면 마음에 드는 책꽂이 같은 것이다. 참고서며 심심풀이용 소설 등을 꽂아 놓은 대외용 책꽂이라면 또 몰라도 내 방 구석에 있는 책꽂이를 타인에게 보여 줄 마음은 없다(마야카가 꼭 봐야겠다면 혹시……. 마야카는 그런 소리 안 하지만). 그것과 마찬가지다. 나는 제공자와의 일대일 관계 속에서 상대방에 대한 기대를 조용히 높여 가며 유유히 즐기고 싶다.

그 유사 쾌락주의를 비집고 들어와서 '승부'라고!

으음, 멋대가리 없기는.

하지만 뭐, 사소한 문제다. 나는 상대방에게 맞춰 줄 마음이 눈곱만큼도 없다. 내가 참가하는 게임에 다니가 참가하건 말건 그것은 다니의 자유다.

나는 어느새 한산해진 운동장을 뒤로하고 어슬렁어슬렁 건물로 향했다.

참고로 혼자 즐기는 것과 친구를 걱정하는 것은 전혀 별개다.

호타로는 어떻게 됐을까?

마야카는 얌전히 있을까?

2-3. 020~022 또 하나의 폭풍

020-◆04

얌전히 있을 생각이었다.

논쟁 같은 것을 벌일 생각은 전혀 없었는데.

손님이 뜸해진 몇 분 사이에 고치 선배가 유아사 부장에게 이렇게 말한 게 발단이었다.

"그거 봐, 역시 너무 수수한 게 패인이라니까. 아무도 안 오잖아. 지금이라도 안 늦었으니까 분위기를 바꿔 보자. 캐릭터를 내세워서 말이지. 어차피 할 일도 없겠다, 포스터 그리는 정도는 별로 귀찮을 것도 없고."

내가 보기에는 고치 선배가 말하는 것만큼 손님이 없는 것 같지 않았다. 문집도 그런대로 팔리고 있다. 하지만 아무리 잘 봐줘도 북적거린다고 할 정도가 아닌 것은 사실이었다. 캐릭터의 포스터를 그려 분위기를 띄운다는 아이디어에는 별반 반대하지 않았다. 더 과감한 코스프레로 남학생의 시선을 끌라고 하는 것보다 만 배는 더 낫다.

그렇지만 고치 선배가 부장에게 바짝 다가서는 것을 보고 고치 선배의 추종자들이 부장을 에워싼 게 마음에 들지 않았다. 어쩐지 집단으로 몰아세우는 분위기가 됐다. 유아사 부장은 온화하게 웃고 있지만, 속마음은 어떨까.

"응, 그렇지만 이런 분위기로 가자고 다 같이 결정한 거고……."

"말이 그렇지, 다수결로 정한 것도 아니잖아. 애초에 이 문집이 이상해. 리뷰 백 편이라니 너무 딱딱하다고. 이런 걸 누가 읽는다는 거야? 패러디 같은 걸 내자고 했잖아."

패러디를 그리고 싶은 만연부원은 누구나 출품해도 된다

고 되어 있었다. 실제로 지금도 몇 권 놓여 있다. 양이 많지 않은 것은 단순히 다들 자기 작품을 학교 축제에 내놓기가 겁나서 뺐기 때문이다. 또는 돈을 못 받는다는 게 싫었을 뿐이다. 그런데도 문집 『제아미즈』 탓으로 돌리는 것은 이상하다.

고생해서 만든 문집인데 "이런 걸 누가 읽는다는 거야?"라는 말에 동아리 내 분위기가 미묘하게 긴장된 듯했다. 애초에 대놓고 말해서 고치 선배 그룹은 『제아미즈』 제작에 내내 비협조적이었다. 비협조적이라고 할지, 귀찮아하면서 모조리 다른 사람에게 떠넘겼다고 말하는 게 정확하려나. 저 게으른 오레키도 귀찮다, 귀찮다 하면서 자기에게 할당된 원고를 완성했건만, 고치 선배의 추종자들은 그냥 나 몰라라 하며 땡땡이쳤다. 지금도 고치 선배의 그룹 중에는 매대를 지키는 사람이 없다. 그런 태도에 대한 반감은 동아리 내에서도 결코 적지 않았다.

그것이 분출되지 않은 것은, 고치 선배 본인만은 제법 재미있는 칼럼 등을 부지런히 쓰고 했기 때문이다. 그래도 당일에 와서 구태여 그런 말을 할 필요는 없지 않나.

고치 선배는 턱을 쳐든 자세로 소매가 길고 풍성한 도복의 어깨 언저리에 있는 절개로 팔을 내놓아 팔짱을 끼고 있다,

어딘지 모르게 귀찮은 것 같다.

"도대체가 말이지, 세상에 재미없는 만화가 있을 리 없잖아. 그런데 재미있다, 재미없다 그런 걸 백 번이나 되풀이해봤자 무슨 소용이 있다는 거야? 의미가 없다고, 의미가. 안 그래?"

그러면서 주위에 동의를 구한다. 추종자들 중 누가 모깃소리로 "맞아요"라고 했다. 예스맨 노릇을 할 생각이면 최소한 좀 더 분명한 태도로 하면 좋겠다.

그나저나 의미가 없나. 으음.

몇몇 부원이 매대 앞 의자에 앉은 내게 시선을 돌렸다. ……고치 선배에게 대놓고 이의를 제기한 적이 있는 사람은 나뿐인 게 맞지만, 그렇다고 왜 나를 보나.

고치 선배가 말을 이었다.

"그러느니 호객인 게 뻔한 캐릭터로 사람을 모으는 편이 훨씬 말 되잖아. 음침한 문집 같은 걸 주력 상품으로 할 게 아니라 좀 더 화끈하게 하자."

그러더니 이번에는 추종자가 아닌 다른 부원들을 빙 둘러보았다. 말없이 매대를 지키고 있던 내게도 시선을 맞추었다.

그리고 기분 탓은 아니라고 생각하는데, 내게만 입꼬리를 치켰다.

도발? 방금 나를 보고 웃은 것은 도발인가?

후쿠는 믿어 줄까. 문득 그런 생각이 머리를 스쳤다. 믿지 않을 것 같다. 하지만 사실이다. 나, 축제 기간 중에는 만연에서 얌전히 있고 싶었다. 위탁 이야기도 해야 할 테고.

하지만 틀렸다. 나는 왜 이 모양일까. 의자에 앉은 채 한 말은 내가 생각해도 깜짝 놀랄 만큼 싸늘했다.

"소용없다느니, 의미가 없다느니, 그게 무슨 뜻이죠, 선배?"

선배는 역시 반론을 할 사람은 나라고 생각했던 모양이다. 그때까지 다가서 있던 유아사 부장에게 서슴없이 등을 돌리고 나를 향하더니 이번에는 확실하게 웃었다.

"재미있다 없다 같은 걸 말하는 게 소용없다. 말 그대로의 뜻인데 이해가 안 가?"

"말의 의미는 알아요. 왜 그렇게 되는지를 모르겠다는 거죠. 이 문집엔 저도 꽤 많은 시간을 들였어요. 다른 사람들도 그렇고요.

노력했으니까 인정해 달란 말이 아니에요. 그냥 소용없다고 그렇게 내칠 거면 좀 더 명확히 설명해 주시면 좋겠어요."

여유 있는 고치 선배와 점점 태도가 뾰족해지는 나. 남들이 보면 내가 멍청해 보이겠지. 문득 그런 생각이 들었다.

고치 선배는 조소 어린 표정을 지은 채 내 쪽으로 한 발짝 다가섰다.

"그러게, 무의미하다는 건 아닌가. 미안해, 이바라. 나, 적극적으로 유해하다고 말하고 싶었는지도 몰라."

"그런 건 어느 쪽이든 상관없어요. 이유를 알고 싶은 거예요."

"그렇잖아. 한번 생각해 보란 말이야."

고치 선배는 천천히 두 팔을 벌렸다.

"어떤 만화든 전부 명작이 될 수 있는 거 아냐? 어떤 작품이든 누군가의 '내 마음의 한 권'이 될 수 있잖아. 천 명 중 구백구십구 명이 안 된다고 해도 말이야. 그런데 우리는 별로 폭넓은 시각을 가진 것도 아니면서, 이건 재미없다, 저건 틀렸다, 그런 식으로 괜히 잘난 척하면서 편견을 늘어놓는 것뿐이잖아? 딱 잘라 말해서 유해해."

대꾸하려다가 잠시 주저했다. 그 틈에 내 근처에 있던 부원이 비명을 지르듯 말했다.

"어떻게 그런 식으로 편견이라고 잘라 말할 수 있는 거죠?"

그렇게 말하고 싶은 심정은 이해하지만 지금 끼어들면 곤란하다. 하지만 고치 선배는 그 부원에게 흘깃 시선만 던지고 무시했다. '그게 편견이냐 아니냐'로 이야기를 끌고 가면 '편견이란 무엇인가'라는 정의론定意論으로 비틀어 흐지부지할 수 있는데도 선배는 그 기회를 일부러 포기했다.

그 말은, 흐지부지할 마음이 없다는 뜻일까.

나는 침을 삼켰다.

"확인할 게 있는데요. 선배는 주관이란 말을 하시는 거죠?"

"그래."

"선배는 '주관에 따라 어떤 작품이나 명작이 될 수 있다. 그러니 어떤 것을 나쁜 작품이라고 말하는 건 무의미한 걸 넘어서 심지어 유해하다'라고 하시는 거죠?"

고치 선배는 만족스레 고개를 끄덕였다.

"그래, 그런 말이야."

"그건……."

거기까지 말했을 때 옆에서 손이 나왔다. 내 눈앞에 쌓여 있던 『제아미즈』를 유아사 부장이 치운 것이다. 나는 신경 쓰지 않았다.

선배의 말에는 결정적인 약점이 있다. 하지만 선배가 그것을 모를 리 있을까? 조금 불안을 느끼며 의식적으로 온건한 말투로 말했다.

"'주관에 따라 어떤 작품도 명작이 될 수 있다. 그러니 이걸 좋은 작품이라고 말하는 건 무의미한 걸 넘어서 심지어 유해하다'란 말이 되지 않나요?"

예스라고 대답할 수 있을 리 없다. 노라고 한다면 선배는 자신의 의견을 좀 더 온건하게 고쳐 말해야 할 것이다. 내 생각은 그랬다. 그런데 결정적인 모순을 지적한 줄 알았건만, 고치 선배의 웃음은 거기서 더욱 뚜렷해졌다.

"맞아."

"네?"

순간 말문이 막혔다. 고치 선배의 일부 추종자들도 웅성거린 것 같다. 허무를 건드린 듯한 인상이 가슴을 언뜻 스쳤다. 여기서 예스라고 대답하는 게 무엇을 의미하는지는 누가 봐도 명백하다.

고치 선배는 내 동요를 놓치지 않고 즐거운 표정으로 말했다.

"그렇잖아? 이바라 너도 그렇게 생각하지 않아?

재미없다는 건 만화가 재미없단 뜻이 아냐. 그 만화의 재미를 느끼는 안테나가 낮았던 걸 재미없다고 하는 거지. 그래서 과격한 표현을 쓰기 싫은 소심한 인간들은 '재미없다'는 걸 '나랑 안 맞았다'고 말하잖아?

그럼 당연히 재미있다는 건 만화가 재미있단 뜻이 아냐. 그 만화의 재미를 느끼는 안테나가 높은 걸 재미있다고 하는 거야. 무슨 말인지 알지?"

전부터 고치 선배에게 어딘지 모르게 될 대로 되라는 듯한 부분이 있다고 생각했다. 만연의 중심인물 중 한 명으로서 자기를 따르는 부원이 여럿 있는데도, 어쩐지 자신을 따르는 사람조차 업신여긴다는 느낌이 들었다. 방금 그런 느낌의 밑바닥에 흐르는 저류를 봤다는 생각이 들었다. 고치 선배는 이런 사람이구나.

질까 보냐. ……그런 것에 질까 보냐.

처음에는 다 같이 만든 문집을 노골적으로 무의미하다고 말한 것 때문에 울컥해서 고치 선배에게 대들었다. 하지만 지금은 그게 다가 아니다. 고치 선배는 그보다 더 근원적인 부분에 대해 나를 비웃었다. 그것을 거짓 웃음으로 넘길 수 있다면 애초에 이런 성격이 아니었을 것이다. 투지가 끓어올랐다. 나는 입술을 핥았다.

"……그럼 선배는 명작 만화라든지 걸작 만화가 존재하지 않는다고 생각한다는 말이네요. 만화가 아닌 음악이랑 그림, 소설엔 보편적으로 명작이니 걸작이란 말을 듣는 게 존재하는데, 선배는 그것도 인정하지 않는 거네요. 아니면 만화에

만 그런 게 존재 안 한다는 말인가요?"

나는, 그리고 아마도 만연부원 대다수는, 만화가 표현 도구로서 절대적인 결함이 있는 존재라고 생각하지 않는다.

아무리 그래도 고치 선배도 만화는 만화이기 때문에 처음부터 명작이 될 가능성이 없다고 하지는 않을 것이다.

선배는 아닌 게 아니라 그렇게 말하지는 않았다.

"난 만화에 명작이나 걸작이 없단 말 안 했는데."

"한 거랑 뭐가 다르죠? 주관에 따라 어떤 거든 쓰레기가 될 수 있다고 했잖아요."

"응, 그렇게는 말했어."

여유 있는, 남을 업신여기는 듯한 웃음은 선배의 얼굴에서 사라지지 않았다.

"하지만 명작은 있을 수 있거든.

긴 세월, 많은 감상자, 그런 것에 계속 씻기고 체로 걸러져서 점점 최대 공약수만 남게 돼. 그걸 편의적으로 '명작'이라고 부르는 거야. 안 그래? 최대 공약수란 표현이 마음에 안 들면 '보편성을 획득한 것'이라고 바꿔 말해도 돼. 그거나 이거나 마찬가지니까.

그래서 그러는 거야. 만연에서 평론을 하는 선, 나나 네가 저게 좋다, 이게 나쁘다 하는 건 바보 같다고. 교만이란 소리야. 그런 건 그만두고 주어진 거나 보면서 낄낄 웃으면 되는 거야."

"그럼 선배는……."

나는 거의 용수철처럼 곧바로 되받아쳤다.

"명작의 예감이라든지 천재의 편린 같은 건 인정 안 하나요? 이 사람은, 이 작품은 확실히 대단하다, 두고두고 후대에 남을 가치가 있다고 감탄하는 걸 인정하지 않아요?"

"끈질기네, 이바라. 인정할 리 없잖아. 그런 게 바로 네 편견이고 주관적 문제라는 거야. 시간에 도태되지 않은 걸 괜히 좋게 생각하는 게 잘못이란 말이니까."

"……."

선배의 눈이 조금 전보다 날카로워졌다. 나도 아마 선배를 노려보고 있을 것이다. 심호흡을 하고 싶었다.

비장의 카드를 내놓을 때라고 생각했다.

선배를 부정하기 위해 내 보물을 꺼내야 한다고. 선배를 부정하지 않으면 내 보물들이 부정당할 것이라고. 마음은 내키지 않았지만 어쩔 수 없는 일이었다. 나는 천천히 말했다.

"아뇨, 그렇지 않아요."

"뭐가?"

"그건 주관의 문제가 아니에요. 경험 문제죠. 선배는 그저 그런 엄청난 걸 접하고 충격 받은 경험이 없는 것뿐이에요. 이 사람 같으면 언젠가 굉장한 걸 그려 줄 거다, 그런 생각이 드는 사람을 못 만난 것뿐이에요."

"흥, 제법 세게 나오는데."

강시로 분장한 선배가 어딘지 모르게 어두운 목소리로 말했다. 나는 기죽지 않고 말을 이었다.

"선배처럼 말하면 제가 그린 만화도 다른 모든 만화랑 가치가 똑같다는 뜻이 되는데, 그건 그렇지 않아요. 어떤 의미로든 제 만화랑 절대 견줄 수 없는 작품이 존재해요. 그것도 아무런 도태도 안 거친 상태에서.

예를 들어 선배, 작년에 우리 학교 축제에서 판매했던 『저녁에는 송장이』란 만화, 읽으셨나요?"

어느새 선배의 표정에서 여유가 사라지고 없었다. 고치 선배는 나를 목 졸라 죽일 것 같은 얼굴로 짤막하게 대답했다.

"……몰라."

"그럼……."

그래도 안 된다면 어쩔 수 없다. 내 그 보물조차 인정할 수 없다고 한다면 백기를 들자.

"내일 갖고 올게요. 그래도 수긍할 수 없다면 전 더는 할 말 없어요."

후 하고 숨을 돌렸다. 사실로써 결판을 내겠다고 말한 이상, 이 자리는 여기서 끝낼 수밖에 없다. 이번에는 한숨을 쉬었다. 《빙과》 위탁 이야기는 이로써 결정적으로 꺼낼 수 없게 됐다.

문득 깨달았다. 나도 모르게 말했다.

"뭐야, 이게."

동아리실이 거의 만원이었다. 조금 전까지 만연부원밖에 없었는데 지금은 손님으로 가득했다. 어, 어째서? 언제부터? 어느새? 내가 꿱꿱거리는 것도 다 봤단 말이야?

어안이 벙벙한 얼굴로 손님들을 둘러보니 하나같이 시선을 피했다. 그러고는 변명처럼 줄 뒤에 서서 문집 『제아미즈』를 사 들고 갔다. 한 묶음에 열 부씩, 두 묶음 놓아두었던 『제아미즈』가 거의 없어졌다. 유아사 부장이 새 묶음을 내놓는 게 보였다.

어, 저기.

나는 심호흡을 한 다음 활짝 웃었다.

"어서 오세요!"

나를 흘끔거리던 사람들이 일제히 등을 돌렸다. 그야 약간 말투가 거칠었을지 몰라도, 그렇다고 위험물 취급할 것은 없지 않나.

만화였으면 웃음 띤 얼굴의 관자놀이에 핏대가 불끈 솟았을 장면이다.

021-♥05

놓치지 마시라! 현재 결전중! 소녀의 싸움 in 만연 MANHWA론 열혈 토론중(강시 vs 양성체)

……무슨 포스터일까요? 아주 굵은 펜으로 쓴 POP풍 글씨체인데요.

근처에 온 김에 마야카 씨를 찾아보고 가려고 만화 연구회 앞까지 왔는데, 이상한 포스터가 붙어 있어 그만 한참 들여다보고 말았습니다.

이 소녀의 싸움이란 것은 지금 하는 중일까요? 안을 들여다보려는데 여학생 한 명이 뛰쳐나왔습니다. 낯익은 얼굴입니다. 만화 연구회 부장 유아사 쇼코 선배입니다.

"저, 이거……."

포스터를 가리키며 물었습니다. 그런데 유아사 선배는 부드럽게 미소를 짓더니 눈에 보이지 않을 만큼 빠른 동작으로 포스터를 뜯어냈습니다. 눈을 희번덕거리는 제게 유아사 선배가 가르쳐 주었습니다.

"벌써 끝났어요. 내일 오전 중에 한 번 더 할 테니까 그때 꼭 오세요. 만화 연구회를 잘 부탁드립니다."

네에.

저…….

고전부도 잘 부탁드립니다.

022-♠06

시계를 보니 조금 있으면 5시다. 이제 곧 첫째 날이 끝난다.

교내에 뿔뿔이 흩어져 있던 고전부원은 이때 모두 지학 교실에 모여 있었다. 지탄다와 사토시는 중간에 가끔 얼굴을 비쳤지만, 이바라는 아침에 얼핏 본 이후 처음 보는 것이다.

따로 할 일이 없는 시간이 잔뜩 있었던지라 나는《빙과》의 대부분을 상자 속에 감춰 놓았다. 대량의 재고를 그냥 드러내면 손님이 의구심을 갖는다는 것을 안데다, 매대를 지키는 내게도 우울한 광경이었기 때문이다.

"어때? 내 선전이 조금은 도움이 됐어?"

사토시가 물었다. 그 태평한 면상을 기쁘게 해 줄 마음은 없었지만, 마지못해 사실대로 말했다.

"그런대로."

"어, 정말?"

고개를 끄덕였다. 실제로 사토시가 마이크를 통해 선전한 직후 손님이 몇 명 왔다. 선전이라는 게 내가 생각했던 것보다 무시할 것이 못 된다. 즐기고 싶은데 뭘 즐겨야 할지 모르는 이들에게는 등을 살짝 떠밀어 주는 게 의외로 효과가 있는 모양이다.

사토시가 주먹을 쳐들었다.

"좋아! 내일도 열심히 해 볼까. 오전에 조리 연구회에서 하는 콘테스트가 있거든."

들뜬 표정의 사토시에게 옆에서 이바라가 무심코 말했다.

"세 명이 한 팀인 그거?"

사토시의 웃는 얼굴이 굳었다.

"엥? 세 명이 한 팀? 정말?"

허둥지둥 안내 책자를 꺼낸다. 총무 위원이 이벤트의 내용을 파악하지 못하다니 안 될 일이군.

한편 지탄디는 침울했다.

"죄송해요. 제가…… 제대로 못 해서……."

"신경 쓰지 마라."

솔직히 지탄다에게는 별로 기대하지 않았다. 지탄다의 능력을 기대하지 않았다기보다, 이미 시작된 이벤트에서 특별 사례를 인정해 주리라는 기대를 하지 않았다고 해야 할까. 고개를 들지 않던 지탄다가 생각난 게 있는지 문득 얼굴을 들었다.

"아, 하지만 신경 쓰이는 게 있었어요."

신경 쓰인다고?

그 말을 듣고 전율했다. 이 좋은 집안 아가씨가 '신경 쓰여요'라고 하면 돌이키는 게 불가능하다는 뜻이다. 호기심이 대단히 왕성한 지탄다는 이상하게 생각한 것을 끝까지 밝혀내야 직성이 풀린다.

이 녀석의 "저, 신경 쓰여요" 한마디로 내가 지금까지 얼마나…… 아니, 우리가 지금까지 얼마나……. 과거의 정경이 머릿속을 빙빙 맴돈다.

하지만 아무리 그래도 지금은 그럴 여유가 없다. 한번 발동이 걸린 지탄다의 호기심을 억누르기는 쉽지 않지만, 지탄다는 그것을 아무런 제한 없이 무작정 배출하지는 않는다. 가령 호기심을 이유로 타인의 내면에 함부로 침입하거나 하지 않는다. 마찬가지로 따로 할 일이 있는데 자신의 호기심을 우선하는 일도 없을 터였다.

본인도 현재의 위기 상황에 대한 자각이 있는지, 《빙과》가 든 상자에 얼핏 시선을 던지더니 "……아, 아뇨, 역시 신경 안 쓰여요" 하고 물러섰다. 그래, 잘했다.

그리고 이바라는 묘하게 부루퉁했다. 언제는 안 그랬느냐고 하면 동의할 수밖에 없지만, 뭔가 생각할 게 있는지 말이 토막토막 끊어진다. 입 밖으로 소리 내어 말하지는 않지만 혼잣말을 하는 것처럼 입술이 약간 달싹일 때도 있다.

"이바라, 만연에서 무슨 일 있었냐?"

"일은 무슨 일!"

아무 생각 없이 물었다가 호통을 들었다. 내가 그렇게 못 할 말을 했나? 얼굴까지 벌게져 화낼 것까지는 없을 것 같은데.

"그래서 호타로, 전적戰績은 어때?"

사토시가 물었다. 나는 의자 등받이에 천천히 체중을 실었다.

"열세 부."

제법 괜찮은 출발이라 해도 될 숫자다. 스물네 부를 판매한다는 처음 예정을 생각하면 첫날 열세 부를 판 것은 쾌거라 할 수 있으리라. 어차피 결전의 장은 토요일인 셋째 날이겠다.

하지만 그런 말은 하지 않았다. 말하면 이바라를 비아냥거리는 게 될 수 있다. 사토시는 느긋한 표정으로 "그래"라고만 했다.

남은 날짜는 이틀. 대책이라는 게 그렇게 쉽게 생각나는 게 아니다. 폭발적으로 무슨 일이 생길 것을 기대할 것인가. 아니, 그것은 기적을 기다리는 것이나 다름없나.

벨이 울렸다. 가미야마 고등학교 축제, 첫날 일정이 끝났다.

〔남은 부수 177부〕

3
'십문자' 사건

3-1. 023~028 아침 풍경

023-◆05

『저녁에는 송장이』는 서른 페이지쯤 되는 단편이 세 편 수록된 단편집이다. 제목에 무서운 말이 들어가 있기는 해도, 이는 물론 렌뇨•의 '아침에 홍안이어도 저녁에는 백골이 될지니'라는 말을 빌려 바꾼 것이다.

단편집 전체에 흐르는 것은 이 말로 대변되는, 간단히 설명할 수 없는 무상관無常觀이다. 쇼와 시대 비슷한 분위기가

• 15세기 일본의 승려.

질게 남아 있는 고색창연한 거리를 무대로 아름다운 것, 친숙한 옛것이 변모되어 가는 필연성과 그에 대한 슬픔의 수용을 그렸다. 그렇다고 단순히 회고주의에 탐닉하는 것은 아니고, 한편으로 여고생의 매우 플라토닉한 사랑을 이야기하는 오락성 또한 풍부한 작품이었다.

중학교 3학년이던 나는 가미야마 고등학교 축제에서 무심코 산 그 작품이 너무나도 훌륭해서 할 말을 잃었다. 테마가 특이한 것도 아닌데 강렬한 인상이 두고두고 남았다.

대사와 정취 있는 이야기 전개가 무척 인상적인데다, 개성적이고 정성을 들인 그림이 그것을 든든히 받쳐 주었다. 가부키에서 감정이 고조됐을 때 동작을 멈추고 포즈를 취하는 것과 비슷하다고 할까. 여기다 싶은 장면에서 삽입되는, 사실주의적 견지에서 보면 반칙이나 다름없을 그림. 그것이 아주 효과적이었다. 인상적인 한 장면이라는 점에서는 상업 작품을 포함해 『저녁에는 송장이』에 견줄 것을 아직 찾지 못했다.

그리고 그것은 이렇게 말로 늘어놓아서는 매력이 전혀 전달되지 않을, 힘 있는 만화였다. 굳이 결점을 들자면 배경이 다소 허술하게 그려졌지만, 그렇게 치명적인 흠 같지는 않다.

나는 큰 충격을 받았다. 동인 작품에 이 정도로 반한 것은 이제껏 두 번뿐이다. 『저녁에는 송장이』, 그리고 가미 고와 전혀 상관없는 판매회에서 산 『보디 토크』, 이렇게 두 권은 내 보물이다. 하지만 둘 중 한 권만 고르라면 고뇌 끝에 『저녁에는 송장이』를 들 것이다.

고치 선배에게 이기려면 취향의 차를 넘어 좋다고 말할 수밖에 없는 것, 취미와 관계없이 뛰어나다고 인정할 수밖에 없는 것의 편린을 들이미는 수밖에 없다. 나는 그 작품에 그만한 힘이 있다고 확신한다.

가미야마 고등학교에 합격했을 때 기뻤다. 단순히 시험에 합격했다는 기쁨 외에, 그런 대단한 만화를 마치 캔 주스처럼 아무렇지도 않게 팔던 가미야마 고등학교에 대한 동경이 이루어졌다는 기쁨이 컸다. 입학하고 바로 만화 연구회에 가입했다.

하지만 그 뒤, 나는 약간 실망했다.

『저녁에는 송장이』의 작가를 아는 사람이 만화 연구회에 없었기 때문이다.

그래도 같은 취미를 가진 사람들과 교류하는 것은 즐거웠던 터라, 만연에 들어간 것 자체는 괜찮은 선택이었다고 생각한다.

……그렇기는 한데.

가미야마 고등학교 축제 이틀째 아침, 나는 무척 암담한 기분으로 등교했다. 하지만 뒤로 미뤄 봤자 소용없다. 출석 확인을 대신하는 식 전에 만연으로 갔다.

나도 꽤 일찍 왔다고 생각했는데 고치 선배는 벌써 와 있었다. 오늘은 턱시도를 쫙 빼입었다. 아마 무에타이 기술을 구사하는 남장 여자일 것이다. 늘씬하고 키 큰 몸매가 아니라 어제만큼 잘 어울리지 않았다. 고치 선배는 게임 캐릭터로 통일할 건가, 아니, 그보다 사흘 동안 매일 다른 코스프레를 할 생각일까. 나도 어제와 다른 캐릭터의 복장이지만, 들인 돈과 시간은 하늘과 땅 차이일 것이다.

선배는 나를, 아니, 가슴에 단 하트형 브로치를 보더니 말했다.

"또 그렇게 옛날 걸 들고 나왔네."

나는 블라우스 위에 카디건을 걸치고 플레어스커트에 무릎까지 올라오는 양말을 맞춘, 어디에나 널려 있을 법한 평범한 복장이었다. 코스프레다운 부분이라곤 브로치와 머리에 쓴 베레모뿐이다.

"은단도 튀어나와?"

"아뇨, 모양뿐이에요."

"마미를 할 거면 머리 모양도 맞춰 주지."

말도 안 된다. 중력을 거스르는 것 같은 그런 머리 모양을 창피해서 어떻게 하라는 말인가. 머리카락 양도 충분하지 않고.

본론은 그게 아니다.

"그래서 『저녁에는 송장이』, 있었어?"

선배가 먼저 말을 꺼냈다. 딱 한 번 말한 제목을 선배가 기억한다는 게 뜻밖이었다. 하기야 나와 생각이 철저하게 맞지 않아서 그렇지, 선배가 머리 좋은 사람이라는 것은 처음부터 알고 있었다.

아직 준비중이라 만연부원만 있는 교실 안이 조용해졌다. 어제 그 자리에 없었던 사람들을 포함해 모두 나와 고치 선배 사이에 있었던 일을 아는 것이다.

어제는 꽤나 여유 만만했던 고치 선배도 어쩐지 긴장한 표정이다.

어, 어색해라.

그렇다고 도망칠 수는 없다. 나는 숨을 크게 들이쉬어 각오를 다진 다음 비굴해지지 않게 노력하며 말했다.

"죄송해요. 없었어요."

"엥?"

"여름방학 때 잘못해서 시골로 가져갔나 봐요."

그랬다. 어제 밤늦게까지 찾고 오늘 아침 일찍 일어나 또 찾았지만 『저녁에는 송장이』를 찾지 못했다.

생각나는 곳은 죄다 뒤졌다. 좋아하는 작품을 모아 놓은 책꽂이는 열 번쯤 뒤집어엎었다. 다른 책꽂이도, 책꽂이에 미처 못 꽂은 만화를 보관하는 상자도 하나하나 샅샅이 찾아 보았다.

그런데도 『저녁에는 송장이』는 나오지 않았다. 다른 사람에게 빌려 준 기억도 없는데. 그 책은 심지어 후쿠에게도 보여 주지 않았다. 1학기 때 몇 번 읽은 기억은 있지만…….

『보디 토크』를 대신 가져갈까 생각도 했다. 하지만 『저녁에는 송장이』를 가져가기로 결심해 놓고 『보디 토크』라니 아무래도 한 수 뒤떨어지는 것 같았다. 완전히 만족할 수 없는 것을 가져가느니 아예 안 가져가는 게 도리에 맞을 것이라고 판단했다.

잃어버렸다는 충격은 별로 없었다. 여름에 방을 정리하면서 옛날 책 몇 상자를 아버지 고향집 창고에 보관했다. 그때 섞여 들어간 것 아닐까 짐작이 갔기 때문이다. 찾아보면 아마 나올 것이다.

하지만 그렇게 큰소리를 쳐 놓고 없었다고 하다니 너무 창피하다. 정말이지 요새 바보 같은 실수를 너무 많이 한다. 어쨌거나 반성해 봤자 소용없다. 지금 할 수 있는 일은 기껏해야 깨끗이 인정하는 것 정도다.

엑, 하고 짤막한 항의가 어디선가 터져 나왔다. 그쪽을 돌아보니 온화한 표정의 유아사 부장밖에 없었다. 방향을 착각했나 보다.

"그래, 없었단 말이지."

고치 선배의 표정이 누그러졌다. 대조적으로 나는 입술을 깨물었다.

나는 도마 위의 잉어나 다름없다. 말로 싸운다면 아직 승부가 판가름 난 게 아니라고 생각하지만, 증거로 말하겠다고 해 놓고 내놓지 못했으니 손쓸 방법이 없다. 고치 선배의 추종자가 히죽거리는 게 신경에 거슬렸다. 그중 한 명이 말했다.

"어제 그렇게 큰소리쳐 놓고 없었단 말로 끝내겠다고?"

편승하는 인간도 나타났다.

"그러게 말이야. 좀 더 제대로 사과해야 하는 거 아냐?"

무릎이라도 꿇으면 만족할까? 나는 그들을 무시했다. 이것은 나와 고치 선배의 문제다. 선배가 무릎을 꿇으라면 어쩔 수 없이 하겠지만.

하지만 고치 선배는 이제 내게 관심 없다는 양 나른하게 손을 내저으며 짤막하게 말했다.

"그래. 그럼 포스터 그리는 거 거들어."

"포스터요?"

"사람들이 버닝 할 만한 거로. ……난 잠깐 나갔다 올게."

고치 선배는 그 말만 하고 몸을 획 돌려 교실 밖으로 나갔다.

남은 추종자들이 내게 싸늘한 시선을 던지는 가운데, 나는 유아사 부장을 돌아보았다.

"부장 선배, 포스터를 그릴 도구는 있나요?"

"어? 응, 있는데."

나는 고개를 끄덕이고 손목시계를 보았다. 슬슬 체육관에 가야 할 시간이다. 나는 내 손목시계를 가리키며 말했다.

"갔다 와서 그릴게요."

작업에 몰두하게 해 주겠다니 꽤나 온정 넘치는 판결이라고 생각한다. 승자의 주문은 '버닝 할 만한 것'이다. 음, 뭘 그릴까.

024-♣08

출석 확인이 끝나자마자 바로 체육관에서 뛰쳐나왔다.

보고 싶은 게 있어서가 아니다. 이래 봬도 나는 총무 위원이고, 총무 위원은 축제 전체를 원만하게 운영하는 것이 의무다. 정해진 시각에 총무 위원회가 대기하는 회의실에 출두해 위원장 이하 수뇌부의 지령을 수행해야 한다. 보안과 관련된 일인가 하면 회장 정리에 관한 일일 때도 있다. 일손이 필요하다면 각 참가 단체의 이벤트 준비 및 철수를 도와주지 못할 것도 없다. 참고로 아무 임무도 없으면 바로 해방된다. 나는 숭고한 사명감을 가슴에 품고 회의실 문을 노크했다.

"후쿠베인데요. 할 일 없죠? 그럼 이만 실례하겠습니다."

아아, 유감이다. 총무 위원회를 위해, 나아가 가미야마 고등학교 축제를 위해 일하지 못하다니. 시청각 교실에서 SF 연구회가 뭔가 수상쩍은 것을 시작한 것 같으니 그쪽부터 가볼까. 그렇게 생각하던 참에 붙들렸다.

"거기 서, 후쿠베. 할 일 있다."

에이.

실내에 있던 사람은 다나베 위원장 한 명뿐이었다. 화이트보드에 붙은 스케줄 표와 눈씨름중이었다. 이내 내게 시선을 향하더니 쓴웃음을 지었다.

"엄청 싫은 듯한 그 표정은 뭐냐?"

"아뇨, 공헌할 기회가 주어져서 기뻐하는 표정인데요."

뭐, 어차피 오늘 정말 노리는 것은 11시 반부터 시작될 요리 콘테스트인데다, 총무 위원으로서 무대 뒤에서 일하는 것도 내 취향에 맞는다. 방금 농담으로 지은 표정만큼 싫지는 않다. 나는 닫히던 문을 도로 열고 회의실로 들어갔다.

"무슨 일인데요? 11시 반까지 끝나기만 한다면 물불 안 가립니다."

두 손을 맞비비며 물었다.

"금방 끝나. 방문객용 신발주머니가 직원용 현관에 와 있을 테니까 그걸 각 출입구에 두 개씩 추가해 줘. 그거면 돼."

아닌 게 아니라 시간을 별로 안 잡아먹을 것 같다.

다나베 위원장과는 안내 책자를 작업할 때 같이 꽤 열심히 일했다. 불현듯 말을 걸어 볼 마음이 났다.

"선배는 구경 안 하시나요?"

또 스케줄 표를 보던 선배는 나를 돌아보더니 온화하게 말했다.

"뭐? 아, 응. 워낙 잡무가 많으니 말이다. 뭐, 그것 때문에 온 학교 안을 돌아다니니까 네가 걱정하는 만큼 아무것도 못 보는 건 아니야. 아, 맞다, 2학년 F반 영화 꽤 괜찮던데."

오오, 그건 우리에게도 반가운 이야기다. 그렇지만…….

"그렇지만 이벤트 같은 건 참가 못 하잖습니까."

선배는 쓴웃음을 지었다.

"총무 위원 아니었어도 아마 안 했을 거다. 난 너하고 달리 별 재주도 없고 취미도 없거든."

다른 사람 눈에 나는 재주도 많고 취미도 많아 보이나?

"어때? 뭐 재미있는 이야기라도 있냐?"

"재미있는 이야기라고요……."

잠시 생각해 보았다. 고전부의 문집 재고 이백 부가 아마 이야깃거리로서는 가장 강렬하겠지만, 그것을 우스갯소리로 하는 것은 어쩐지 마야카와 다른 애들에게 미안한 것 같다. 개회식 직후 라쿠고 연구회의 공연은 제법 재미있었지만, 그것은 보는 사람의 기분이 고조된 덕에 재미있었던 셈이고. 그 밖에도 이것저것 보고 듣기는 했지만, 새삼 재미있는 이야기가 있느냐고 물으니 마땅한 게 생각나지 않는다.

으음. 나 자신은 별로 흥미를 느끼지 못했지만, 여기서 "없는데요" 하고 대답하기도 재미없으니까. 이건 어떨까.

"바둑부에 괴도가 출현했다던데요."

"호오?"

"통에서 바둑돌을 훔쳐 가면서 범행 성명을 남겼대요."

"호오오. 그래, 바둑부에서 그런 일이 있었단 말이지."

다나베 위원장은 제법 관심을 가지고 맞장구를 쳐 주었다. 약간 뜻밖이다.

어차피 바둑부원의 자작극이겠죠, 하고 끝을 맺으려던 찰나, 다나베 위원장이 중얼거리듯 말했다.

"오카노가 그러는데, 아카펠라부에서도 비슷한 일이 있었다더라."

"네?"

이번에는 내 쪽에서 관심을 보였다. 아카펠라부에서도 비슷한 사건이 있었다면 바둑부 내부의 장난일 가능성이 거의 사라지는 셈 아닌가.

"아이스박스에서 음료수 하나가 없어졌다나."

"그쪽도 범행 성명이 있었고요?"

"범행 성명인지 아닌지는 알 수 없었지만, 괴상한 쪽지는 들어 있었던 모양이야."

오, 좀 재미있는데. 적어도 어제 다니가 이야기했을 때보다 훨씬 흥미가 당긴다. 가미야마 고등학교 축제를 무대로 괴도 사건이 벌어지다니! 제법 그럴싸한 농담을 날리는 녀석이 있군.

흠. 자, 그렇다면 앞으로 나는 어떻게 움직여야 할까?

……아니지, 아직 뭘 할 단계는 아니다.

"왜 그러냐, 후쿠베? 뭘 그렇게 히죽거려?"

"아무것도 아니에요."

이 일로 즐기고 놀자고 정하기는 아직 이르다. 괴도 사건이 실제로 일어났다 해도 장난에 임하는 괴도 씨의 마음가짐을 아직 모른다. 만약 일찌감치 가게 문 닫고 끝낸다면 나만 손해다. 경험에 비추어 볼 때 꽤나 썰렁할 수 있다. 기대할 수 없는 놀이 상대는 곤란하다.

게다가 이 사건은 아직 학교 내에 알려지지 않았을 터. 나조차 방금 들었으니 말이다. 다른 사람이 호응해 주느냐 아니냐는 내 관심사가 아니지만, 춤을 추기에는 피리 소리가 너무 작다.

이벤트에 참가하는 것은, 좀 더 추이를 지켜보면서 범인의 센스와 근성을 확인하고 나서도 늦지 않을 것이다. 그래서 별것 아니면 잊어버리면 그만이니까.

좋아, 어쨌거나 일단은 신발주머니다.

"그럼 전 일하러 갈게요."

"그래, 부탁한다."

다나베 위원장은 그런 말로 나를 격려하고 또다시 스케줄표로 몸을 돌렸다.

025-♠07

오늘은 정말 열심히 해 볼게요. 그런 말을 남기며 나가는 지탄다를 나는 멍하니 배웅했다.

자, 그럼 오늘도 매대를 지켜 볼까.

그나저나 아무도 오는 사람 없는 매대를 지킨다는 게 이렇게 따분한 일일 줄 몰랐다. 할 일 없고 느긋한 것을 좋아하는 나지만, 따분한 것은 그렇게 적극적으로 좋아하지 않는다. 거스름돈용으로 꽤 많은 동전을 준비해 놓은 터라 마음대로 움직일 수 없다. 화장실 가는 것도 조심스러운데, 그런 것에 비해 손님이 오지 않는다. 뭐, 오늘은 시간 때우기용으로 페이퍼백도 준비해 왔겠다, 마음가짐도 다르다. 따분한 나머지 활동에 의욕을 불태운다는, 에너지 절약주의자로서 있을 수 없는 사태는 막을 수 있을 것이다.

일단 《빙과》를 꺼내 놓았다. 한 열 부 쌓아 놓으면 모양새가 살까.

진열을 마친 직후 손님이 왔다. 모르는 남학생이다. 옷깃의 배지를 보기로 2학년 같다.

"문 열었냐?"

오오, 징조가 좋다. 붙임성있게 대하자, 붙임성.

“네.”

음, 별로다. “열었어요, 우후”는 어떨까. 그쯤 되면 붙임성이 아닌가. 2학년은 어슬렁어슬렁이라는 의태어가 어울리는 걸음걸이로 《빙과》로 다가오더니 표지를 빤히 보았다.

“간야제의 어원이 실려 있다는 게 이거냐?”

어이쿠. 사토시의 마이크 선전 효과가 아직 남아 있는 모양이다. 아니면 입소문이 났나? 어느 쪽이든 고마운 일이다. 고개를 끄덕이자 2학년이 물었다.

“읽어 봐도 되냐?”

“안 되는데요.”

“뭐 어때? 이백 엔이잖아.”

“이백 엔이니까 사서 봐 주세요. 엄청 남아 돌아서 울고 싶을 지경이거든요.”

나는 아니지만.

2학년은 하하 웃더니 지갑을 꺼냈다. 한 부 사 주신다. 감사합니다. 지갑을 도로 주머니에 넣을 때 눈에 띄었다.

“선배, 대문 열렸는데요.”

“헉, 진짜?”

허둥지둥 사타구니로 손을 가져간 2학년은 하늘을 우러렀다.

"어이구야, 이걸 어쩌냐. 끊어졌잖아."

자세히 보니 검은 실오리가 늘어져 있다. 상황을 알겠다.

"지퍼가 망가졌군요."

"그래. 꿰맨 걸로 하루 정도는 버텨 줄 줄 알았는데."

그건 딱하게 됐다. 내가 해 줄 수 있는 일은 없지만.

아, 그렇지만도 않나. 아직 안 버렸던가? 책상 속을 뒤지니 아직 거기 있었다. 어제 물물 교환으로 손에 넣은 휘장이다. 패션쇼에는 가지 않았지만. 옷핀을 테이프로 붙였을 뿐이니 쉽게 뗄 수 있다.

"하나 갖고 될지 모르겠네요. 이거 써 보세요."

"오오, 너 엄청나다. 이런 걸 용케 갖고 있었네."

옷핀으로 고정했다. ……음, 자세히 보면 어색하지 않은 것은 아니지만, 어쨌든 괜찮을 것 같다. 2학년은 기쁨에 차 신음했다.

"너 엄청 멋진 녀석이다, 야. 고맙다. 덕분에 살았어."

"사례는 됐으니까 한 부 더 사 주시죠."

2학년은 웃으며 손을 내저었다.

"일 없다."

그러더니 퍼뜩 생각난 것처럼 허리 뒤로 손을 가져갔다. 바지 뒷주머니라도 뒤지나 했더니, 글쎄 권총을 꺼냈다. 나를 겨눈 총구를 꼼짝 않고 바라보며 "손이라도 들까요?" 하고 물었다.

"멍청한 소리 마라. 물총이야."

2학년은 그것을 내 앞에 놓았다.

"답례로 주마."

"네에."

물총과 2학년을 번갈아 보았다.

"……취미십니까?"

2학년은 방금 산 《빙과》를 말아 허물없는 태도로 내 머리를 때렸다.

"바보냐. 원예부에서 고구마를 굽는다고."

무슨 말인지 모르겠다. 2학년은 우쭐한 표정으로 뜸을 들였다.

"고구마를 구울 때 불을 쓰잖냐. 불을 쓰려면 물을 준비하잖냐. 그렇다고 그냥 양동이에 물 떠다 놓으면 재미없잖냐."

아아, 그런 이야기군. 보초를 세운다는 말이지. ……별 쓰잘머리 없는 일을 하는 동아리가 다 있다. 나는 권총을 내려다보았다.

"그럼 이거 필요하신 거 아닌가요?"

"필요하면 주겠냐. 그건 보조 무기고, 주무기는 따로 있어. 카라시니코프."

그렇습니까. 정말 불이 번졌다간 물총으로는 언 발에 오줌 누기일 것 같은데. 불조심에 최선을 다해 주면 좋겠다.

아니, 그 이전에 고전부의 점원에게 물총으로 무엇을 하라는 말인가. 휘장 이상으로 필요 없는 물건을 받은 것 같다. 뭐, 고사하지는 않겠지만.

"그럼. 고맙다!"

2학년은 유난히 기세 좋게 지학 교실을 뛰쳐나갔다. 뒤에 남은 권총을 자세히 보았다.

혼잣말이 새어 나왔다.

"……글록 17이군."

메인이 AK에 사이드가 글록. 지조가 없어도 너무 없다.

〔남은 부수 176부〕

026-♥06

오늘은 정말 열심히 해 볼 겁니다.

어젯밤 생각 많이 했습니다. 다나베 선배와 도가이토 선배의 말씀이 다 옳습니다. 판매 장소를 늘리는 것도 실패했고,

벽신문부에 기사를 써 달라고 부탁드리는 것도 안 됐습니다. 그렇지만 이제 손쓸 방도가 없다고 포기하기에는 아직 이릅니다.

2학년 F반에서 제작한 비디오 영화가 인기를 모으는 중이라고 들었습니다. 몇몇 친구에게 확인했는데, 아닌 게 아니라 첫째 날 시청각 교실이 매회 거의 만원이었다고 합니다.

2학년 F반의 비디오 영화 제작에는 저희 고전부도 조금 관여했습니다. 촬영 도중 발생한 문제와 그 해결을 후쿠베 씨는 '여제' 사건이라고 부릅니다. 저는 아무 역할도 못 했지만, 오레키 씨의 조언은 2학년 F반에 큰 도움이 된 모양입니다. 그러니 2학년 F반의 비디오 영화가 호평인 것은 제게도 기쁜 일입니다.

2학년 F반의 이리스 후유미라는 선배와 저는 조금 안면이 있습니다. 그러고 보니 '여제' 사건에 관여한 것도 이리스 선배를 통해서였습니다. 선배는 2학년 F반의 비디오 영화 제작 프로젝트에서 리더 역할을 했거든요.

인기 있는 비디오 영화를 상영하는 장소에 저희 《빙과》를 놓아두면 판매를 기대할 수 있지 않을까요?

오늘은 그에 대한 협상부터 시작할 생각입니다.

열심히 하겠습니다.

시청각 교실에서는 마침 비디오 영화 〈만인의 사각〉을 상영하는 중이었습니다. 교실 문을 열어 놓고 암막으로 빛을 차단했습니다. 이번 회도 만원일까요. 암막 때문에 안을 볼 수 없는지라 모르겠습니다. 제 키보다 더 큰 간판에 '만인의 사각 절찬 상영중'이라고 쓰고 그 밑에 상영 시간을 적은 종이를 붙여 놓았습니다.

책상을 나열해 접수처처럼 만들어 놓았습니다. 그렇지만 관람은 무료이니 표를 받는 것은 아닙니다. 보아하니 비디오 영화의 팸플릿을 판매하는 것 같습니다. 매대를 지키는 것은 여학생분인 듯한데, 상영중인 지금은 손님이 없는지 다른 분과 이야기하고 있습니다.

그 이야기 상대가 이리스 선배였습니다. 운이 좋습니다. 어쩌면 온 학교를 찾아다녀야 할지 모른다고 각오했거든요. 두 분의 이야기가 일단락되기를 기다려 말을 걸었습니다.

"안녕하세요, 이리스 선배."

"어? 아, 지탄다구나."

선배는 저를 보더니 바로 점원분과 이야기를 중단하고, 시청각 교실 입구에서 조금 떨어진 방화문 앞으로 저를 데려갔습니다.

이리스 후유미 선배는 가미야마 고등학교 가까이 있는 렌고 병원 원장님의 따님입니다. 키는 저와 비슷한데, 저보다 날씬합니다. 혹시나 해서 쓰자면 저도 그렇게 살집이 있는 편은 아닌데요. 선배는 얼굴 윤곽도 턱이 날렵하게 빠진 것이 날카로운 인상을 줍니다. 무척 의연하고 그 어떤 어려운 문제도 해결할 것 같은 이리스 선배의 분위기를 저는 동경하고 있습니다.

제가 입을 열기도 전에 선배는 시청각 교실 쪽을 손으로 가리켰습니다.

"너희 덕분에 보다시피 2학년 F반의 학급 참가는 대성공이야. 한때는 완성도 위태로웠는데 말이지. 정말 고맙다."

"아니에요, 그런 말씀을……. 혼고 선배는 괜찮으신가요?"

혼고 선배는 이 비디오 영화의 대본을 원래 쓸 예정이셨던 분입니다. 스트레스로 쓰러지셨다고 들었는데요.

"응, 이제 다 나았어. 만나 볼래?"

"그럴까요? ……아, 지금은 좀."

도중에 말을 바꾼 저를 이상하게 생각했는지, 선배는 조금 목소리를 낮추었습니다.

"나한테 뭐 볼일 있어?"

"네. 선배라기보다 2학년 F반에 부탁드릴 게 있는데요."

저는 힘차게 고개를 끄덕였습니다.

여기가 중요한 대목입니다.

"고전부 문집을 팔아 주세요."

선배는 눈을 두 번 깜박이더니 금세 말씀하셨습니다.

"2학년 F반이 비디오 영화를 상영하는 장소에서 너희 문집을 팔아 달라는 뜻이야?"

"네, 맞아요."

"알았어. 몇 부지?"

네?

"스, 승낙하시는 거예요?"

저도 모르게 되묻자, 선배는 눈살을 찌푸렸습니다.

"왜 놀라지?"

"아, 아뇨, 그게……."

어제는 단칼에 거절당했는데 이렇게 그 자리에서 바로 승낙하시면 어떻게 대처해야 할지 헛갈립니다. ……그것도 사정 설명을 또 깜박했는데요.

"……감사합니다."

"인사는 팔린 다음에 하고. 그래서 몇 부고, 값은 얼마?"

선배는 오른손을 허리에 얹고 벽에 기댄 자세로 물었습니다.

"인쇄는 이백 부 했는데요……."

"이백? 많이도 찍었네."

이리스 선배의 가느다란 눈이 순간 크게 벌어졌습니다.

"착오가 생겨서 많아졌어요. 그래서 어떻게든 팔아야겠다 싶어서 제가, 제가……."

이러면 안 됩니다. 이리스 선배가 도와주신다고 생각하니 감정이 왈칵 북받쳤습니다. 이야기는 아직 안 끝났는데요. 어금니를 악뭅니다.

"죄송해요. 가격 말씀이시죠? 이백 엔이에요."

선배는 조그맣게 고개를 끄덕였습니다.

"백오십 엔으로 깎아서 스무 부 줘."

"네? 값을 깎으라고요?"

"우리 팸플릿이 오십 엔이야. 너희 문집하고 합해서 이백 엔에 팔 거야. 수는 약간 쓰겠지만."

"저, 하지만 2학년 F반 다른 분들하고 상의는……."

"그래, 나중에 말해 놓을게."

이상하죠. 이리스 선배라면 문제없이 동의를 받으리라는 생각이 듭니다. 그나저나 스무 부씩이나 드려도 폐가 안 될까요? 저희는 원래 스물네 부를 사흘 동안 팔 생각이었는데요.

불안이 표정에 드러났나 봅니다. 선배는 아무 일 아니라는 듯 덧붙였습니다.

"아마 오늘 중으로 다 팔 수 있을 거야. 다 팔리면 추가분을 가져오고."

"괜찮을까요?"

"괜찮아."

……또 가슴이 메었습니다.

선배는 허리에 얹고 있던 오른손을 제 쪽으로 내밀었습니다. 악수하자는 뜻일까요? 그렇게 생각해 손을 내밀었더니 손을 치웁니다.

"?"

"손은 잡아서 뭐하려고? 견본 갖고 왔지?"

견본? 고개를 흔듭니다. 그 즉시 선배가 살짝 한숨을 내쉬었습니다. 뭐가 잘못됐나요? 가슴이 철렁 내려앉은 제게 선배가 조용히 말했습니다.

"……지금 경우는 괜찮지만, 만약 앞으로도 문집을 팔 생각이면 실물을 갖고 다녀. 설득력이 달라."

그, 그렇군요. 그런 점에도 신경을 써야 했는데요.

"네, 알겠습니다. 감사합니다!"

그때 문득 생각났습니다. 저, 어제의 성과는 참담했습니다. 다음으로 어떻게 할지 생각을 너무 오래 하는 바람에 시간을 허비한 것도 그렇지만, 막상 부탁드리러 가서도 거절당했습니다. 다나베 선배의 말씀도, 도가이토 선배의 말씀도 지당했지만, 혹시 이리스 선배가 부탁하러 갔다면 거절당하지 않았을 수도 있습니다.

그렇습니다. 어제처럼 하면 안 됩니다. 성공률을 더 높여야 합니다.

저는 결심하고 선배에게 한 가지 부탁을 더 드렸습니다.

"선배!"

"어, 어, 왜?"

아, 그만 너무 가까이 다가갔습니다. 이것도 오레키 씨가 자주 주의를 주는 버릇인데요. 한 발짝 떨어져 섭니다.

"선배는 부탁을 참 잘하시죠."

"……."

"부탁하는 법을 가르쳐 주세요!"

"뭐?"

이리스 선배답지 않게 당황한 목소리였습니다. 하지만 그것도 잠깐뿐, 선배는 짤막하게 웃었습니다.

"……후후, 지금까지 이 말 저 말 많이 들었지만 '부탁을 참 잘한다'는 말은 처음 듣네."

그렇게 중얼거리는 소리가 들립니다.

방화문에 기대고 있던 몸을 꼿꼿이 일으켜 세운 선배는 저를 똑바로 보며 천천히 말했습니다.

"그러게, 넌 너무 직설적이야. 네가 기억해야 할 점을 나도 두세 개 정도는 가르쳐 줄 수 있겠지."

"가, 감사합니다."

"도움이 될지 안 될지는 모르겠지만."

이리스 선배는 잠시 고개를 숙이고 눈을 감았습니다. 곰곰이 생각에 잠겨 있습니다. 선배가 시간을 들여 뭔가를 생각하는 모습을 처음 봅니다. 긴장감에 몸이 딱딱하게 굳습니다.

"……그래…… 응, 이 정도겠지."

선배는 그렇게 중얼거린 뒤 눈을 뜨더니 느닷없이 제 쪽으로 주먹을 불쑥 내밀었습니다. 저도 모르게 상체를 뒤로 젖혔습니다.

"남한테 뭘 부탁한다는 행위는 두 종류로 나뉘어. 첫째는 대가가 있는 부탁."

검지를 쳐듭니다.

"둘째는 대가가 없는 부탁."

이어서 중지를 듭니다. 손은 금세 다시 주먹이 되어 이리스 선배의 허리로 돌아갑니다.

"대가가 있는 부탁일 경우, 상대방을 신뢰하면 안 돼."

"네?"

차분한 말투였습니다. 선배의 조용한 목소리가 멀리서 들려오는 축제의 소음을 배경으로 스며듭니다.

"오래 관계를 맺을 게 아니라고 예상되는 경우, 상대방은 십중팔구 자기 이익만 챙기고 주진 않으려고 할 거야. 그렇게까지 안 할 경우라도 반드시 자기 노력을 최소한으로 줄이려 들 테지. 그러니까 대가를 준비한 경우엔 자기가 부탁한 만큼 상대방이 애써 줄 거라고 생각하지 말고 일정과 작업량에 충분한 여유를 둬. 상대방이 안 움직일 경우도 대비해서 예비계획을 준비해 놓고. 그게 싫으면 상대방한테도 위험 부담을 지워야 해.

자기 이익만 챙기려는 심리를 역이용해서 결과적으로 돕게 하는 방법도 있지만, 이건 너한테 어려울 테고. 어디까지나 단기간에 한하는 이야기인데, 신뢰할 가치가 있는 건 후자, 그러니까 대가가 없는 쪽이야.

그 경우, 상대방을 움직이는 건 정신적 만족감이야. 물질적 만족을 얻기 위한 행위를 대충 하는 일은 있어도, 정신적 만족을 얻기 위한 행위를 대충 하는 경우는 없어. '카리스마'나 '전통성'을 이용할 수 있으면 더할 나위 없겠지만, 이건 써먹고 싶다고 써먹을 수 있는 게 아니야. '신앙'이나 '사랑'

도 강력하다지만 사전 작업에 충분한 시간을 들여야 하고. 이 두 가지는 나도 써 본 적이 없어.

가능하면 '정의감'이나 '사명감', '프로 의식', '자존심'을 이용하고 싶지만, 이것도 중급 이상이겠지. 요령만 알면 이쪽은 범용성이 있는데.

반대 방향으로 공략하자면 '공포'라든지 '노악 취미' 같은 것도 생각할 수 있어. 지금 이 경우엔 상관없겠지만.

네가 지금 당장 활용할 수 있을 초보적인 방법이라면 '기대'일 거야.

알겠어? 상대방한테 '이 녀석은 나한테 부탁하는 것 말고 다른 방법이 없다'고 생각하게 하는 거야. 자기가 유일무이한 기대를 받고 있다고 생각하는 인간은 쉽사리 애써 주게 마련이야. 자기희생조차 마다하지 않는 경우도 드물지 않아. 상대방한테 기대를 거는 거야. 시늉만이라도 좋으니까.

그때 한 가지 주의할 점이 있어. 문제를 너무 커 보이게 하면 안 돼. '내가 도와주면 이 녀석은 죽느냐 사느냐의 위기를 벗어날 수 있다'고 생각하게 하면 안 되는 거야. 자기 도움으로 타인이 막대한 이익을 얻거나 치명적인 불이익을 회피하는 걸 반기는 사람은 많지 않거든. 자기한테는 작은 일이지만 상대방한테는 그런대로 중대한 일 같다, 정도로 공략하는 게 중요해. 우월감을 만족시켜 주니까.

그리고 또 하나. 될 수 있으면 남들이 안 보는 데서 이성한테 부탁해."

잠깐 머리가 멍해졌습니다.

어, 엄청난 이야기를 들었습니다. 죄 생각지도 못했던 것들입니다. 오래 관계를 맺을 게 아닌 상대방에게는 자기 이익만 챙기는 걸 역이용해서 사랑과 신앙이 기대에 우월감은 남들이 안 봅니다. ……바로 이해하기는 어려울 것 같습니다.

찬찬히 이해를 심화할 필요가 있겠습니다. 아무튼 이리스 선배에게 감사 인사를 드려야 합니다.

"저, 저기, 제가……."

하지만 이리스 선배는 "문집, 얼른 가져와"라고 하고는 빠른 발걸음으로 시청각 교실 쪽으로 돌아갔습니다.

최소한 이렇게라도 하자 싶어 뒷모습을 향해 머리를 숙였습니다.

감사합니다! 선배의 가르침을 결코 헛되이 하지 않을게요!

027-♠08

집에서 가져온 페이퍼백은 아주 지루했다.

비교적 최근 책을 파는 중고 서점에서 백 엔 주고 샀으니 금전적으로 손해라고 생각하지는 않는데, 어쩐지 이 책을 팔아치운 인간을 상대로 도둑 잡기 게임의 조커를 뽑은 기분이다. 무리해서 읽을 마음은 도무지 나지 않지만, 대신 할 수 있는 일이라곤 하품 정도다. 백업용 책을 가져왔어야 하는데.

어제 아카펠라부 공연은 시간 때우기로 썩 괜찮았다. 그런 게 또 없을까 싶어 일어나 창문을 열었다. ……마른 잎을 태우는 냄새가 난다. 바로 밑에서 모닥불을 피우는 인간들이 있다. 주위에 보초를 세웠다. 저게 원예부인가.

군고구마. 냄새만 맡는 것은 너무 허무하다. 군고구마만큼 든든하지 않아도 되니 먹을 게 있으면 좋겠다. 아침에 늦잠을 자는 바람에 아침밥을 걸렀다. 그것도 누나가 내 방에서 멋대로 자명종을 가져갔기 때문인데, 어쨌거나 좀 출출하다. 손목시계를 보니 11시쯤 됐다. 도시락을 먹기에는 아직 이른데.

모닥불을 내려다보며 그런 생각을 하는데…….

"트릭 오어 트리트!"

"예이."

기묘한 구호와 더불어 누가 쳐들어왔다. 목소리는 여자 목소리인데, 얼굴을 봐도 누구인지 모르겠다. 아니, 얼굴을 볼 수 없다. 난입자는 두 명인데, 둘 다 흰 천을 몸에 두르고 바구니를 들고 호박을 머리에 썼다. 호박?

뭐, 뭐지? 펌프킨 헤드인가? 매드 핼러윈? 당황해서 반응을 못 하는 내게 이인조는 "트릭 오어 트리트!" "예이" 하고 한 번 더 되풀이하며 손발을 버둥거렸다.

혹시 춤추는 건가.

……침착함을 되찾았다. 알았다. 요는 핼러윈인가. 핼러윈은 콩을 던지는 거였나? 수국차를 끼얹던가? 아니, 그게 아니고 이거다. 나는 싸늘한 시선으로 춤추는 호박을 바라보며 말했다.

"너희 줄 과자는 없으니까 가라."

그러자 한 호박이 소리쳤다.

"와, 쌀쌀맞다!"

"문집은 사 가도 돼."

"와, 필요 없네요!"

"누구냐, 너희?"

그러사 두 펌프킨 헤드는 정확한 동작으로 정렬했다. 손에 든 바구니를 둘이 동시에 내게 내민다. 어지간히 훈련을 많이 했는지 목소리도 딱딱 들어맞았다.

"제과 연구회의 방문 판매입니다. 쿠키, 비스킷, 슈크림 사세요."

…….

"필요 없다니까."

"……트릭 오어 트리트!"

"예이."

알았다. 알았으니까 춤은 그만 춰라. 강매라도 하는 거냐.

뭐, 마침 좋은 타이밍이기는 하다.

"비스킷은 얼마지?"

"헤헤, 한 봉지에 백 엔입죠, 나리."

대사에 통일감이 없는 인간들이군. 나는 문집 《빙과》를 내밀었다.

"……이게 뭐야?"

오, 제 목소리로 돌아왔다.

"고전부 문집. 이백 엔. 비스킷 두 봉지하고 물물 교환 어때?"

"필요 없다니까."

"그러지 말고. 난 비스킷을 원하거든."

"수요랑 공급의 균형이 안 맞는다고."

안 되나.

"와, 이게 뭐야, 멋지다!"

지갑을 꺼내려는데, 주위를 물색하던 펌프킨 헤드 한쪽이 소리쳤다. 손에 든 것은 글록 17.

"와아, 우와아, 왜 이런 걸 갖고 있어? 마니아?"

"아, 그거 들고 팔러 다니면 좋겠다!"

그러냐? 무서울 것 같다만.

뭐, 원한다면야.

"지금 구매하시면 문집에 그 반자동까지 얹어 드려서 비스킷 두 봉지."

"어? 준다고?"

내가 고개를 끄덕이자 펌프킨 헤드는 글록을 든 채 또 춤을 추기 시작했다. 멋지게 턴을 하더니 바구니를 열어 비스킷이 든 작은 봉지 둘에 조그만 노란색 종이봉지를 꺼냈다.

"호박의 감사 증표로 이거 줄게."

"이게 뭐냐."

"예이."

"예이."

두 펌프킨 헤드는 내 의문에 답해 주지 않은 채 글록과《빙과》한 부를 들고 달려 나갔다. 중심이 높은지 조금 휘청거리며. ……넘어지지 마라.

종이 봉지를 끌어당겨 뒷면을 보았다.

밀가루. 괄호 열고 박력분.

한층 쓸모없는 것이 됐다.

만년필이 휘장, 휘장이 글록, 글록이 밀가루. 어째 볏짚 부자 같아졌지만, 가치가 전혀 올라가지 않는 점이 민화와 다르다. 아니, 그보다 저 녀석들, 실수로 들고 온 물건을 그냥 귀찮다고 놓고 간 거 아냐?

지갑에서 이백 엔을 꺼내 금전 등록기를 대신하는 사탕 통에 넣었다. 나는 창가에 걸터앉아 비스킷 봉지를 뜯었다.

〔남은 부수 171부〕

028-♣09

11시가 지났다. 조리연, 결전은 11시 반.

이렇게 말하면 자랑 같지만, 나는 이래 봬도 요리에 자신이 있다. 다만 셋이 한 팀이라는 것은 오산이었다. 혼자 즐긴다는 게 좌우명이지만 혼자서는 참가도 할 수 없는 이상 어쩔 수 없다. 뭐, 절대로 양보할 수 없는 중요한 좌우명까지는 아닌 터라 마야카와 지탄다에게 애걸복걸해서 같이 참가하게 되었다. 호타로에게 식칼을 들려도 재미있을 것 같지만, 어차피 말해 봤자 오지 않을 테고.

다만 음…… 마야카는 요리를 잘한다. 그건 알고 있다. 가끔 직접 도시락을 싸서 가져오기 때문이다. 하지만 지탄다는 어떨까. 완전히 미지수다. 참가를 부탁했을 때 "알겠습니다. 선전이 된다면야" 하고 선뜻 대답했는데.

일말의 불안, 아니, 이말의 불안일까. 그나저나 불안의 단위는 '말'인가? 불안은 가산 명사인가? 애초에 '말'은 뭔데? 음, 조사해 볼 가치가 있겠다. 아무튼 불안의 씨앗은 하나 더 있다. 마야카, 만연에서 빠져나올 수 있으려나.

상황을 살펴보려고 제1 예비 교실로 향했다.

오, 사람이 꽤 많잖아. 마야카, 어제 만연도 한산했다는 식으로 말하더니만. 초만원까지는 아니지만 이 정도로 성황이면 만만세다. 그렇게 생각하며 문을 지나려다 붙어 있는 포스터를 발견했다.

초스피드! 포스터 작성 서바이벌

만화 연구회가 자랑하는 두 장인의 경연(초능력자 vs 퓨마)

주저 없는 손놀림과 반짝이는 센스 현재 실연實演중

그런 이벤트가 있었나? 처음 들었는데.

슬쩍 들여다보았다.

"……오오오."

나도 모르게 말했다.

블라우스에 카디건을 걸치고 베레모를 쓴 마야카가 A3쯤 되는 종이에 일심불란으로 펜을 놀리고 있었다. 진지하다. 저 마야카는 진지하다. 펜이 종이를 스치는 사각사각 소리가 여기까지 들린다. 심지어 볼이 가볍게 상기된 것처럼 보인다. 뭘 그리는지 여기서는 보이지 않는다.

그 옆의, 턱시도를 입은 여학생이 또 엄청났다. 아직 흰 부분이 많이 남은 그림을 꼼짝 않고 바라보는가 싶더니 하늘에서 계시라도 받은 양 별안간 붓을 들어 대담한 붓놀림으로 색을 칠했다.

이쪽도 무엇을 칠하는지 알 수 없었지만, 오 분도 안 돼서 "완성!" 하며 대기하던 여학생에게 넘겼다. 순식간에 몇 명이 모여들어 책받침으로 부채질해 그림을 말리기 시작했다. 얼핏 보였다. 월간지의 인기 연재 작품에 등장하는 여자 캐릭터다. 잘 그렸다. 그리고 마야카의 그림체였다. 마야카가 그리고 턱시도 여학생이 채색하는 모양이다.

만화 연구회가 자랑하는 장인이란 말이지. 좋은데.

나는 살짝 웃었다. 그리고 발길을 돌렸다.

마야카가 나오지 못해 부전패가 되는 일이 있어도 나는 아쉽지 않을 것이다.

3-2. 029~036 와일드파이어

029-♥07

거추장스러운 긴 머리는 말끔하게 뒤로 묶었습니다.

조리 연구회는 왜 조리 연구회라고 할까요.

제 그런 의문에 조리연 부장님이 바로 대답해 주셨습니다.

"불상사가 있어서 요리 연구회가 폐부되고 이름을 바꿔 재출발했거든."

무척 신경 쓰이는 경위입니다.

후쿠베 씨가 꼭 같이 나가자고 해서 저는 조리 연구회에서 개최하는 이벤트 〈와일드파이어〉에 참가하게 됐습니다. 들불이라니 꽤나 특이한 이름이라고 생각했는데, 실제로 참가하고 그 까닭을 바로 알 수 있었습니다. 〈와일드파이어〉의 무대는 조리 실습실이 아니라 운동장이었습니다.

책상을 붙여 만든 주방은 무척 좁은데다 쓸 수 있는 물의 양도 제한되어 있습니다. 불은 팀당 두 개씩 준비된 휴대용 가스레인지에 의지해야 합니다. ……특이한 생각을 하는 사람이 다 있군요. 아닌 게 아니라 구경하는 분들은 보기 편하겠지만요.

그나저나 이 이벤트는 세 명이 한 팀으로 참가해야 하는데…….

"마야카 씨, 늦네요."

참가 신청은 이미 마감되었고, 시합이 개시되는 11시 반까지 삼십 분쯤 남았습니다. 하지만 후쿠베 씨는 의외로 침착합니다.

"이십 분씩 교대로 하는 거니까 마야카한테 대장을 시키면 돼. 사십 분 사이에 못 오면 어쩔 수 없고, 어차피 이름을 팔러 온 거니까 꼭 안 이겨도 돼."

그건 그렇지만요. 출입구로 흘끔흘끔 눈길이 갑니다.

뒤에서 남자 목소리가 들렸습니다.

"안 이겨도 된다고? 그런 자세면 재미없는데, 후쿠베!"

후쿠베 씨의 친구분일까요? 저는 모르는 분이었습니다.

늘 명랑한 후쿠베 씨가 이번 축제에서 대활약을 하느라 역시 피곤하신 걸까요. 친구분에게 대답하는 말투가 멈칫하리

만큼 무심했습니다.

"아니, 뭐, 열심히 할 거야."

하지만 친구분은 후쿠베 씨의 태도를 의아하게 여기지도 않고 웃는 얼굴로 말했습니다.

"그나저나 셋이 한 팀이란 건 괜찮은 규정 아니냐? 내가 요리를 못 해도 나머지 둘이 제대로 하면 이길 수 있고, 한 명만 실력이 있어도 소용없으니 말이지. 제법 괜찮은 생각이야."

"글쎄, 괜찮은 생각이랄지, 그냥 단체전 그 자체인데."

"좋은 팀원은 모았고? 너 B반 스하라 아냐? 혼 정町 '미라쿠' 집 아들이라나."

"그래, 들어 본 적 있어."

"우리 팀이야."

후쿠베 씨는 모호하게 웃었습니다.

"오, 그거 대단한데. 같이 잘해 보자."

역시 이상합니다. 제가 아는 후쿠베 씨는 좀 더 붙임성이 있는데요. 그래도 친구분은 기분 좋아서 자신의 팀으로 돌아갔습니다. 저는 후쿠베 씨의 등에 대고 조심조심 물었습니다.

"후쿠베 씨…… 어디 안 좋으신가요?"

그런데 저를 돌아본 후쿠베 씨는 여느 때와 같은 모습이었습니다.

"안 좋냐고? 컨디션 최고인데! 후쿠베풍 해산물 볶음밥을 잘 봐 두라고!"

아무래도 공연한 걱정을 했나 봅니다. 저는 미소를 지었습니다.

"기대할게요. ……다만 제가 착각한 게 아니라면 이 대회는 밥을 새로 지어야 하는데요. 볶음밥을 만들려면 후쿠베 씨가 대장이어야 하지 않을까요?"

후쿠베 씨의 얼굴빛이 안 좋습니다. 역시 눈에 보이지 않는 피로가 쌓였는지 모르겠습니다.

구경하는 분들이 꽤 많이 모였습니다. 백 명, 이백 명, 아니, 더 될까요? 이렇게 많은 사람 앞에서 요리를 하는 건가요? ……조금 창피합니다.

"저…… 대장은 마야카 씨로 정한다 치고 선봉은 누가 맡을까요?"

"어? 지탄다, 밥 짓는 거 하고 싶다며? 그럼 지탄다가 선봉이어야지."

"아뇨, 밥 짓는 데 한 시간이나 걸리진 않거든요. 그보다 저, 좀……."

잘 설명할 수 없었지만, 주위를 신경 쓰는 제 시선을 보고 짐작했는지 후쿠베 씨가 이렇게 말했습니다.

"알았어, 내가 선봉 하지, 뭐. 후쿠베풍 해산물 볶음밥을 만들 수 없는 이상 언제 나가도 마찬가지지!"

저, 그렇게 명랑하게 할 말이 아닐 것 같은데요.

가설 주방 옆에 조회대를 끌어다 놓았습니다. 조리 연구회 부장님이 올라와 인사말에 이어 규정을 설명했습니다. 한층 더 큰 목소리로 참가 팀을 소개합니다.

"참가 신청은 모두 다섯 팀이 했습니다만, 주방 수의 관계상 선착순 네 팀만 받았습니다. 이 네 팀이 와일드파이어 컵을 놓고 다투겠습니다.

그럼 소개할까요. 참가 번호 1번, 맛 좋아 팀!"

3학년 남학생 세 명으로 이루어진 팀입니다. 저는 봤습니다. 그중 두 명이 손톱이 깁니다. 요리를 많이 안 하는 분들이 아닐까요.

"참가 번호 2번, 파타 모르가나 팀!"

조금 전 후쿠베 씨 친구분이 있는 팀입니다. 풍격까지 느껴지는 침착한 분이 한 분 있는데, 그분이 '미라쿠'의 아드님일까요.

"참가 번호 3번, 천문부 팀!"

어머나? 후쿠베 씨와 똑같은 생각을 한 동아리가 또 있었나 봅니다. 구경하는 분들에게 열심히 두 손을 흔드는 것은…… 저희와도 안면이 있는 사와키구치 선배라는 여선배입니다. 오늘도 좌우로 머리를 둥글게 말아 올렸습니다. 아, 키스까지 날리는데요. 왜 그런지 만만치 않겠다는 생각이 들었습니다.

"참가 번호 4번, 고전부 팀!"

후쿠베 씨가 오른손 주먹을 힘차게 쳐듭니다. 저는 어떻게 하면 좋을지 몰라 일단 사방의 구경하는 분들에게 돌아가며 머리를 숙여 인사했습니다.

"규정은 조금 전 설명해 드린 바와 같습니다. 모두 세 가지 요리를 만들어 주십시오. 재료는 중앙에 있는 바구니에서 선착순으로! 쌀밖에 못 챙겼다 하는 사태가 일어나지 않게 해 주시고요. 재료가 부족할 경우 가미 고 부지 내에서 보급하는 건 인정하겠습니다! 원예부가 고구마를 굽던데요!"

맞아요, 그랬죠. 재료가 선착순이라면 선봉이 준비한 것으로 중견과 대장이 요리한다는 뜻입니다. 선봉을 후쿠베 씨에게 맡겨 다행입니다. 저는 이걸 할까 저걸 할까 망설이느라 못 고를 것 같거든요.

"그럼 선봉 여러분, 준비하시고……."

"그럼 갔다 올게."

후쿠베 씨가 손을 흔들고 교실용 책상으로 만든 간이 주방으로 향합니다. 네 개의 간이 주방은 재료를 담은 바구니를 둘러싸듯 설치되어 있습니다.

조리연 부장님이 단상에서 소리쳤습니다.

"와일드파이어, 스타트!"

후쿠베 씨가 확보한 재료는 쌀 서 홉, 마른 멸치 한 봉지, 유부 조금, 양하 피클 한 병, 두부 네 모, 무 반 토막, 파 세 줄기, 감자 여섯 개, 검은깨 조금, 잘게 썬 돼지고기 이백 그램, 분홍 새우 한 팩, 녹말가루 한 봉지인 것 같습니다. 일본 된장, 간장 같은 조미료와 고추냉이, 고춧가루, 후추 같은 향신료는 제한 없이 쓸 수 있습니다.

후쿠베 씨는 잠시 생각하더니 물을 끓이기 시작했습니다. 물이 끓는 시간을 이용해 파를 썹니다. 손에 넣은 세 줄기 중 하나를 전부 송송 썰었습니다. 타타타타 하는 속도는 아니고 탁탁탁 같은 느낌이지만, 위태로워 보이지는 않습니다. 이어서 멸치를 꺼냅니다. 된장국이군요.

조리연 부장님은 조회대로 올라가 구경하는 분들을 위해 실황 중계를 합니다.

"어이쿠, 고전부 팀, 정성을 들이는군요! 멸치를 하나하나 다듬고 있습니다. 이런 사전 준비가 중요합니다!"

다듬은 멸치로 국물을 내고 그사이 무를 조금 잘라 사 등분해서 썰기 시작했습니다.

앗, 후, 후쿠베 씨, 사 등분 썰기는 완벽합니다만, 무의 껍질을 안 벗겼는데요! 그럼 안 됩니다. 하지만 팀원의 조언은 규정에 의해 금지됩니다. 무요! 무! 몸짓으로 가르쳐 드리고 싶은데…… 무!

아아, 다 썰고 나서야 깨달았습니다. 감자 깎는 칼을 준비합니다. 세상에, 한 조각씩 껍질을 벗기다니요, 저기, 물이, 물에서 냄새가 나겠어요!

껍질을 다 벗기고 나서 허둥지둥 멸치를 버립니다. …… 다듬은 멸치니까 그렇게 냄새가 심하지는 않겠죠. 이어서 후쿠베 씨가 준비한 것은 돼지고기입니다. 중앙으로 달려가 된장을 가져옵니다. 흰 된장, 붉은 된장, 누룩, 이렇게 세 종류 중 흰 된장을 골랐습니다. 이쯤 되면 저도 알겠습니다. 그냥 된장국이 아닙니다. 왼손에 된장 거름망, 오른손에 숟가락을 들고 있습니다.

이십 분이 지났을 즈음 저희 주방의 휴대용 가스레인지 위에는 돼지고기 된장국이 완성되어 있었습니다.

"자, 이십 분 경과! 선수 교대입니다!"

후쿠베 씨가 뛰어오더니 이렇게 말했습니다.

"실수했어!"

"껍질 벗기는 것 말씀인가요?"

후쿠베 씨는 고개를 세차게 내저었습니다.

"그것도 그렇지만, 돼지고기 된장국을 끓일 거면 멸치를 그렇게 정성스럽게 다듬지 않았어도 되는데! 거기에 시간을 너무 많이 썼어."

그건 그렇지만, 손해를 보는 수고는 아니라고 생각해요.

"자, 잘 부탁해, 지탄다."

저는 고개를 끄덕였습니다.

맡겨만 주세요.

030-♣10

지탄다의 요리, 어떨까 싶었는데…….

빠, 빠르다! 동작도 빠르지만 요령이 있다고 할지, 공간이 좁은 것도 개의치 않고 동에 번쩍 서에 번쩍 하는 느낌이다. 실황 중계자도 주목했다.

“천문부 팀의 2번 선수 사와키구치, 대체 저게 뭐냐! 무슨 요리냐! 아니, 그 이전에 요리긴 하냐! ……어이쿠, 여기서 고전부 팀, 2번 선수 지탄다, 완벽한 돌려 깎기군요!”

무가 스르르 벗겨져 얇은 종잇장이 되어 간다. 도마에는 이미 파의 푸른 부분과 양하 피클이 준비되어 있다. 지탄다, 어째서 그런 손동작이 가능하면서 평소에는 그렇게 느려터…… 아니, 느긋한 거지?

그렇게 벗긴 무로 양하와 파를 말아 접시에 늘어놓았다. 한 접시 완성. 아니, 시작한 지 아직 이 분밖에 안 됐는데.

그때 별안간 지탄다가 동작을 멈추었다. 그 상태로 십 초. 프리즈? 라고 생각했을 때, 허겁지겁 움직이기 시작했다. 그래, 밥이야, 밥. 다행이다, 역시 지탄다다.

쌀을 씻기 시작했는데, 그 손놀림도 더할 나위 없이 정확하다.

“고전부 팀, 쌀을 씻기 시작했습니다만…… 육 리터밖에 없는 물을 아낌없이 버립니다! 밥맛을 위해서는 자원을 아끼지 않는 고전부 팀! 게다가 손바닥을 맞비비며 씻는군요! 후배들아, 잘 봐 둬라, 저게 바로 쌀 씻는 법이다!”

작업에 공을 들이면서도 신속하다. 밥물을 정확히 재서 안치더니 냄비는 거들떠보지도 않는다.

"……맛 좋아 팀, 두 번째 요리인 된장국을 완성했습니다. 된장국 코스? 된장국 코스인가? 자, 파타 모르가나 팀, 드디어 방어 양념구이가 클라이맥스로 접어들었습니다!"

지탄다의 움직임이 점점 능숙해졌다. 행주로 두부를 짜서 절구에 넣고 소금과 설탕으로 간한다. 프라이팬을 가열하고 있다. 아니, 그냥 프라이팬이 아니다. 기름으로 검은깨를 볶는 것이다. 으깬 두부를 프라이팬에 고루 편다. 중계자가 소리 질렀다.

"오오오, 고전부 팀, 저, 저건 기세 두부! 감동입니다. 감동이에요, 고전부 팀, 중견 지탄다!"

난 이름도 처음 들어 본다…….

지탄다는 이어서 감자 껍질을 벗기기 시작했다. 도중에 프라이팬의 두부를 뒤집는다. 껍질을 벗긴 감자를 대충 썰고 나자, 프라이팬에서 적당히 노릇하게 구워진 두부가 나왔다. 칼집을 넣어 접시에. 두 번째 요리가 완성됐다.

설탕이 눌어붙는 달짝지근한 냄새가 내가 있는 곳까지 풍겼다. 볶은 깨 냄새도. 이루 말할 수 없이 향기롭다. 미, 미치겠다!

"……고전부 팀에서 달콤한 냄새가 나는군요! 강적입니다, 고전부 팀! 냄새를 먹이겠다는 건가!"

그러나 그 직후, 간장이 눌어붙는 맛있는 냄새가 그것을 뒤덮었다. 다니의 팀이다.

"자, 파타 모르가나 팀도 양념구이를 완성했습니다. 색깔이 근사합니다! 이 두 사람, 도무지 평범한 학생 같지 않군요. 대체 누구냐!"

호농 지탄다가의 영애 지탄다 에루 양이다! 기억해 둬라!

프라이팬을 씻을 시간은 없다. 냄비에 물을 따라 불에 얹고 끓기를 기다린다. 아니, 기다리지 않는다. 지탄다는 그사이 분홍 새우의 대가리를 떼고 재빨리 껍데기를 깠다. 밥물이 끓어올랐다. 약불로 줄인다. 냄비의 물이 끓자 감자를 넣었다. 남은 무로 접시에 곁들일 야채를 마련하고, 한편으로 고추냉이 간장을 만들었다. 응, 분홍 새우는 그것밖에 없지.

그러면서 아까 두부를 갈았던 절구를 간단히 씻어 녹말가루를 넣었다. 뭘 하려는 거지? 흥미가 생겨 나도 모르게 시선을 떼지 못했다.

감자가 다 삶아진 것 같은데, 물을 따라 버리지 않고 요리용 젓가락과 된장 거름망을 이용해 능숙하게 감자만 건져 냈다. 물기를 빼고 녹말가루가 기다리는 절구로. 절구를 쓰는 음식이 특기인가? 녹말가루와 삶은 감자. 뭐가 나오려나? 심오하군, 요리의 세계. 의외성이 있는 사람은 역시 최고로 재미있다. 즐거움을 준다. 절구에서 나온 허연 것을 행주로 싸서 한 입 크기로 빚었다. 감자 삶은 물에 퐁당퐁당 던져 넣는다.

"천문부 팀의 아방가르드 요리가 이어집니다! 심사위원 제군의 건강을 기원합니다. ……자, 고전부 팀, 이번엔 감자 떡입니다! 지탄다 선수, 요리가 손에 익었군요! 하지만 괜찮을까요?"

감자떡이라. 감자떡, 좋지. 그런데 시간은? 손목시계를 보았다. 이제 이 분밖에 안 남았다. 아니, 중계자는 시간을 말한 게 아닌가?

주방을 보았다. 음식이 놓여 있고, 조리 도구가 놓여 있고, 현재 진행형의 요리에, 그리고 재료…….

"아!"

나도 모르게 큰 소리가 나왔다.

"어이쿠, 고전부 팀, 조언은 반칙입니다."

아이고, 답답해라.

그렇군. 방금 깨달았다! 큰일 났다. 지탄다가 중대한 실수를 저질렀다. 돌이킬 수 있을 것인가? 나는 머리 위로 크게 가위표를 그려 지탄다에게 어떻게든 실수를 깨닫게 하려 했다. 엑스야, 엑스.

지탄다가 내 제스처를 알아차려 주었다. 알아차리고는 어떻게 했나?

생긋 웃으며 가위표로 답했다.

……커뮤니케이션이 성립되지 않는다.

틀렸다. 이제는 알아차려도 방법이 없다.

냄비에서 삶은 감자떡을 건진다. 접시에 담고 간장을 살짝 친다. 그 순간, 마치 시간을 잰 것처럼 중계자가 말했다.

"사십 분 경과했습니다. 대장과 교대해 주세요!"

"어땠나요?"

지탄다는 그렇게 빠른 속도로 움직이고도 피곤한 기색이 전혀 없이 미소를 지었다. 나도 이제 할 수 있는 일은 그것뿐이니 미소로 답했다.

"지탄다, 굉장한걸. 요리를 그렇게 잘할 줄 몰랐어."

지탄다는 수줍게 대답했다.

"그런가요? 저, 요리 좋아하거든요."

"응, 훌륭했어. 다만……."

"다만? ……무슨 문제라도 있었나요?"

표정에 그늘이 드리운다.

실황 중계를 맡은 조리연 부장이 부르짖었다.

"고전부 팀, 대장이 나타나지 않는군요! 지금까지 훌륭한 퍼포먼스를 보여 줬는데요."

"지탄다, 이거, 세 명이 한 팀이야."

"그렇죠. 마야카 씨, 걱정되네요."

"아니, 마야카가 와도 말이지……."

나는 방금 전까지 지탄다가 격전을 벌이던 가설 주방을 가리켰다.

끓고 있는 밥. 양하 피클과 파 무쌈말이, 기세 두부. 감자떡. 분홍 새우 회. 돼지고기 된장국.

지탄다는 최선을 다했다. 좋은 것을 보여 주었다. 다만…… 지탄다의 고개가 오른쪽으로 기울었다가 이어서 왼쪽으로 기운다. 그러더니 흠칫 놀라 입에 손을 가져갔다.

"……아!"

농담으로는 나쁘지 않다. 간이 주방에 남아 있는 재료는 돌려 깎기를 하고 남은 무와 파 꽁다리 약간뿐. 음식물 쓰레기 일보 직전이다.

하하하, 마야카, 미안.

031-◆06

시간을 좀 더 들이면 더 비슷하게 그릴 수도 있는데 빨리 그리다 보니 아무래도 내 그림체가 나온다. 그게 마음에 들지 않아 세세한 수정을 되풀이했다. 후쿠와 약속한 시간이 이미 오래전에 지났다는 것은 알고 있었다. 하지만 이 눈 모양만은 어떻게든 고쳐야겠다. 명확히 균형이 맞지 않는데 채색으로 넘길 수는 없다.

그렇지만 어디선가 끝을 내야 한다. 그냥 이만하면 됐다고 치고 지우개질을 시작했다. 시간이 쏜살같이 지나간다.

"다 됐어요!"

"별로 안 닮았지만 알아볼 순 있으니까 넘어가지, 뭐."

고치 선배는 보일 듯 말 듯 미소를 짓는 소녀의 얼굴 그림을 눈살을 찌푸리며 보더니 중얼거렸다.

대략 두 시간 반 동안 전신 그림 다섯 장, 얼굴 그림 여덟 장을 그렸다. 속도가 빠르다고 뽐낼 양은 아니지만 이 정도면 충분하다고 생각하련다. 내가 담당한 것은 지우개질까지다. 아직 채색이 끝나지 않은 그림도 있지만 이제는 정말 가야 한다. 12시까지 오면 된다고 했는데 벌써 십 분 이상 지났다.

둥글게 만 포스터를 든 유아사 부장이 말했다.

"고마워, 이바라. 약속이 있었는데, 미안해."

부장은 그림 그리는 일을 못 하기 때문에 매대를 지키고 완성된 포스터를 붙이고 있었다. 나는 부장에게 머리를 살짝 숙여 인사한 뒤 제1 예비 교실에서 뛰쳐나왔다.

그 순간, 축제의 특별한 분위기가 나를 둘러쌌다. 복도는 저 멀리 막다른 곳까지 홍보물과 장식으로 메워져 있고, 표정이 느슨하게 풀어진 학생들이 오가고 있었다. 나는 그 사이를 누비며 달려갔다. 이런 때는 몸집이 작은 게 유리하다.

포스터 그리기에 열중하느라 몰랐는데, 어제 퀴즈 연구회 때처럼 운동장에서 스피커를 통해 목소리가 들려오고 있었다.

"……자, 맛 좋아 팀은 디저트로 사과를 깎을 모양이군요. 저런, 사과를 깍둑썰기 하는 겁니까? 껍질의 두께가 재미있는데요! 고전부 팀의 대장은 아직 모습을 나타내지 않습니다."

옆으로 미끄러지며 복도 모퉁이를 돌아 포스터로 장식된 계단을 껑충껑충 달려 내려간다. 슬리퍼를 신발장에 집어넣을 시간도 아까워 신발을 대충 꿰고 구르듯 뛰쳐나갔다. 흰 포스터 용지만 보던 눈에 햇빛이 눈부셨다. 운동장에 사람들이 모여 있다. 그 사이로 얼핏 보인 지이가 나를 가리켰다. 머리를 묶은 지이는 처음 보는걸. 그런 생각이 문득 스치고,

사람들의 시선이 일제히 나를 향하고, 스피커가 부르짖었다.

"어이쿠, 저 사복 입은 여학생이 고전부 팀 대장인가? 하지만 시간에 댈 수 있을 것인가!"

모인 사람들 사이에서 왜 그런지 박수까지 터져 나왔다. 중계 멘트를 듣고 그제야 내 차림새를 깨달았다. 맞다, 나 지금 코스프레하고 있었지…….

체온이 급상승한 것 같다. 아아, 진짜, 지금이니까 투덜거리지만 이런 복장, 하기 싫었는데! 에잇, 이렇게 된 이상 나도 모르겠다.

서둘러 회장으로 들어가 지이와 후쿠가 있는 곳으로 뛰어갔다. 마이크를 들고 조회대 위에 선 남학생을 향해 후쿠가 손을 들었다.

"심판! 늦게 온 고전부 팀 대장을 위해 약간의 설명을 해도 되겠습니까?"

남학생은 잠시 망설이더니 마이크를 내리고 "짧게 끝내야 해"라고 해 주었다. 전달 사항을 미리 정리해 두었는지, 후쿠는 빠른 말투로 말했다.

"오른쪽 냄비엔 밥을 짓고 있어. 이제 뜸을 들여도 될 거야. 왼쪽 냄비는 돼지고기 된장국이니까 데워서 내고. 그리고 재료 말인데……."

한편 지이는 거의 울기 직전 같은 표정이다. ……설마 후쿠가 괴롭힌 건 아니겠지?

"죄송해요, 마야카 씨!"

"……주방에 남아 있는 것 외에 교내에서 조달하는 건 가능해. 맨날 불리한 역할만 시켜서 정말 미안. 나중에 벌충은 꼭 할 테니까 멋지게 끝맺어 줘. 그럼 부탁하는 거야."

후쿠가 가설 주방 쪽으로 내 등을 떠밀었다.

일단은 밥의 상태를 확인했다. 불은 뭉근한 불, 뚜껑에서 김이 피어오르지 않고, 귀를 기울여 보니 칙칙 소리가 난다. 젖은 행주가 있다. 불을 끄고 냄비 뚜껑을 연 다음 바로 행주를 덮었다. 이러면 밥은 됐고, 그럼 이제 뭘 만들까?

"……어?"

음, 저기.

뭐랄까, 음식물 쓰레기 일보 직전인 것밖에 없는데요. 쓰고 남은 무와 파의 푸른 잎 몇 개. 파와 무…… 조림? 볶음?

둥글게 배치된 네 개의 가설 주방, 그 중앙에 바구니 몇 개가 있다. 고추냉이 튜브가 보인다. 어쩌면 저기 뭐가 있을지도 모른다. 종종걸음으로 달려가 들여다보았다.

……바구니에 든 재료라곤 내 손 안에 쏙 들어갈 만큼 작고 색도 좋지 않은 양파 하나뿐이었다. 나머지는 신선 식품을

보관하는 데 쓰였을 얼음 약간. ……아무리 봐도 쓰고 남은 불필요한 것들이다.

한편 완성된 요리를 보니 담기도 예쁘게 담은데다 공을 들인 음식들이다. 후쿠는 이렇게까지 하지 못할 테니 지이의 솜씨라는 뜻이다. 굉장하다. 나는 흉내도 못 낼 것 같다. 어쨌든 지금 중요한 것은, 그런 제대로 된 요리 옆에는 역시 어느 정도 제대로 된 요리를 곁들여야 한다는 점이다. 해괴한 것을 내놨다가는 지이가 기껏 한 요리를 망칠 수도 있다.

무꽁다리, 파의 푸른 잎, 색이 좋지 않은 양파. ……무슨 삼행시도 아니고. 나는 도마만 빤히 응시하며 꼼짝하지 못했다. 후쿠가 말한 '불리한 역할'이 무슨 뜻이었는지 알았다. 조회대 위 남학생의 실황 중계가 귀에 거슬리기 시작했다.

"자, 고전부 팀, 산 넘어 산입니다! 이제 남은 재료가 없습니다! 아무것도 못 만들면 대장의 점수는 물론 제로! 지금까지 잘 싸워 온 고전부 팀, 이대로 주저앉을 것인가!"

자, 이제 어쩌지?

……어쩔 게 있긴 한가?

032-♠09

"이제 남은 재료가 없습니다! 아무것도 못 만들면 대장의 점수는 물론 제로! 지금까지 잘 싸워 온 고전부 팀, 이대로 주저앉을 것인가!"

뭣들 하는지.

특별동 4층, 지학 교실에서는 운동장이 비교적 잘 보인다. 잘 보인다는 것은 곧 소리가 잘 들린다는 뜻이라 〈와일드파이어〉의 전황을 낱낱이 파악할 수 있었다. 셋이 재료를 공유한다는 것은 처음부터 알고 있었을 텐데 어째서 두 번째 사람 단계에서 바닥났는지 실황 중계만 들어서는 알 수 없었지만, 소위 고전부 팀의 두 번째 사람이 지탄다라는 것을 아는 내게는 이상하고 뭐고 할 것 없는 사태였다. 조그맣게 중얼거려 보았다.

"자, 이제 어쩌지?"

이 '어쩌지?'는 '이바라는 어쩔 생각일까?'라는 의미가 아니다. 수치를 무릅쓰면서까지 곤경에 처한 이바라를 도와 지탄다의 실책을 커버해 주고 사토시의 선전을 거들 마음이 있느냐, 그것을 묻는 '어쩌지?'다.

답은 처음부터 알고 있었다.

노다.

……뭐, 어차피 그냥 게임이니까. 나는 창가에서 원래 있던 자리로 돌아와 지루해서 중단했던 페이퍼백을 만지작거렸다.

〔남은 부수 150부〕

033-♣11

머리를 묶었던 고무줄을 풀어 긴 머리로 돌아온 지탄다가 마야카를 유심히 보며 중얼거렸다.

"마야카 씨, 저 재료로 어떻게 할 생각일까요? ……저, 신경 쓰여요."

그게 누구 탓인데.

상대방이 지탄다라 만담처럼 주먹을 못 먹이는 게 슬프다.

마야카는 여전히 굳어 있다. 나 같으면 주저할 것 없이 바로 파와 무, 양파 볶음을 선택하겠지만, 마야카는 그러지 않을 것이다. 그런 해괴한 것을 만들면 지탄다의 요리에 누가 된다는 것쯤은 생각하고 있을 것 같다.

다른 팀에 관해서는 신경 쓰지 않았는데, 대충 훑어보니 고전부의 상대가 될 만한 팀은 다니가 있는 파타 모르가나뿐일 듯하다. 요릿집 아들을 중견으로 데려와 지금은 다니 본인이 요리하는 중이다. ……오믈렛인 것 같다. 까다로운 메뉴를 골랐네. 고생 많아.

간이 주방에서 두 손을 짚고 곰곰이 생각하던 마야카가 속수무책이라는 양 손을 들었다. 마야카는 포기를 모르는 성격이다. 하지만 지금은 만연에서 너무 열심히 움직여 지쳤기도 할 것이다. 바로 중계 멘트가 나왔다.

"고전부 팀, 절망적인 상(……토시!……)황입니다. 남은 시간은 십 분, 이대로 종료를 기다릴 수밖에 없는가!"

어? 방금 중계 멘트에 내 이름이 섞여 들리지 않았나?

기분 탓이겠거니 했는데, 나보다 청각이 발달한 지탄다도 주위를 두리번거렸다.

"방금 누가 후쿠베 씨를 부르지 않았어요?"

"아, 역시 그래?"

"천문부 팀, 이건 이제 지구상의 요리가 아닙니다! 천문부답게 외계인의 음식물을 만들려는 건지 바나나를 국물로 졸이고 있군요! 이루 형언할 수 없는 냄새가 풍기는데요!"

바나나 조림도 관심은 가지만…….

"죄송한데 잠깐 조용히 해 주시겠습니까?"

그렇게 부탁했다. 조리연 부장은 기분이 약간 상한 듯했지만 마이크를 떼고 "왜?" 하고 물었다. 그사이 이번에는 똑똑히 들렸다.

"사토시!"

호타로의 목소리다. 멀다. 어디지?

"저기예요, 동아리실!"

휙 돌아보았다.

지탄다가 가리키는 쪽에 보이는 것은 특별동 4층, 지학 교실. 창가에서 손을 크게 흔드는 것은, 맙소사, 이거 믿기지 않는군, 호타로다!

호, 호타로가 목이 쉬도록 소리를 지르며 몸을 내밀고 응원하고 있다니. 말도 안 돼, 있을 수 없는 일이다. 호타로만은 그런 일을 하지 않을 줄 알았는데. 더 많은 관객이 호타로를 주목했다.

"……뭐지, 저거……."

"……누군데……."

그런 말이 얼핏 들렸다.

"손짓하는데요, 후쿠베 씨."

지탄다가 나지막이 말했다. 그런가? 응, 그러네. 듣고 보니 정말 호타로는 그냥 손을 흔드는 게 아니다. 부르는 것이다. 호타로가 이어서 소리쳤다.

"사토시, 이리 와, 바로 밑으로 와!"

대체 어떻게 된 일인가? 에너지 절약주의자 호타로가 웬일로 일부러.

마야카도 무슨 일이냐는 듯 멍하니 4층을 올려다보고 있었다. 호타로가 오라고 한다면 무슨 급한 용건이 있을 것이다. 별일이 다 있다. 해가 서쪽에서 뜨겠는데. 그렇게 생각하며 지탄다에게 말했다.

"오라니까 갔다 오지, 뭐."

운동장에 설치된 가설 주방에서 지학 교실 바로 밑까지 대략 백 미터다. 달음질을 쳐 다가갔다. 올려다보며 손으로 메가폰을 만들어 물었다.

"왜?"

"놓치지 말고 받아라!"

호타로의 손에 뭐가 들려 있다. 받으라고? 뭘? 하고 생각할 겨를도 없이 호타로가 그것을 떨어뜨렸다. 헉, 마음의 준비가…….

슬로 모션으로 펼쳐지는 시야 속에 천천히 떨어지는 뭔가.

사실은 바로 위에서 떨어뜨려 거리감이 잘 안 잡히는 것뿐이지만. 그것은 자유 낙하로 사 층 높이의 거리를 지나 충분한 속도로 내 손 안에 착지했다.

털썩, 하고 묵직한 충격이 느껴졌다. 나이스 캐치다. 그래서 이게 뭔데?

"……이, 이건!"

나는 손안의 물건을 믿기지 않는 기분으로 바라보았다. 어째서 이런 것을 호타로가?

034-◆07

뭔지 알 수 없는 누런 종이 봉지를 들고 후쿠가 달려 돌아왔다. 그러고는 말없이 그것을 내게 던졌다. 반사적으로 받았다가 움찔했다. 이거 오레키가 떨어뜨린 거 아냐?

어째서 이런 것을 오레키가? 봉지에는 '밀가루(박력분)'이라고 씌어 있다.

후쿠는 전력 질주 때문에 어렴풋이 상기된 얼굴로 나를 향해 엄지를 쳐들었다. 조회대 위에서 실황 중계를 하는 남학생이 절규했다.

"고, 고전부 팀! 엄청난 전개로군요! 아닌 게 아니라 규정상 교내에서 재료를 보급하는 건 허용됩니다만, 저건 설마 밀가루인가!"

고민은 나중에 하자. 밀가루라. 밀가루와 파, 무, 양파. 그리고, 그리고.

머릿속에 완성된 모습이 번득 스쳤다. 뒤이어 서서히, 그에 이르는 과정도.

좋아!

035-♣12

마야카가 움직였다.

볼에 밀가루를 쏟고 물을 붓는다. 중앙의 바구니에서 얼음을 가져와 넣었다. 프라이팬에 기름을 따르고 가열을 개시했다. 파의 푸른 부분을 적당한 길이로 썰고, 양파는 채 썬다. 무는 강판을 준비. 그리고 여기서 창의성이 작렬했다.

"고, 고전부 팀, 조금 전 중견 지탄다가 떼어 낸 분홍 새우 대가리를 모읍니다! 그걸 어쩌려는 건가!"

분홍 새우 대가리라. 못 먹지야 않겠지만 그것과 밀가루로 어찔 생각이지? 내가 고개를 갸웃거리는데, 지탄다가 나지막이 중얼거렸다.

"……야채 튀김이군요."

그렇구나! 가설 주방을 보았다. 그래, 마야카가 만들려는 것은 야채 튀김이다.

모두가 자투리라고, 음식물 쓰레기라고 생각했던 재료들에 감추어진 가능성을 마야카는 놓치지 않았다. 지금 마야카는 쓰레기 취급을 받던 재료들에게 야채 튀김이라는 이름의 새로운 생명을 불어넣어 주려 하고 있다. 마야카는 우리에게 포기하지 않는 강한 의지를 가르쳐 준 것이다! 세상에 쓰레기는 존재하지 않는다! 누구나 빛날 수 있다! 마야카 만세! 진정한 우리들 만세! 기분은 〈중학생 일기〉 내지 〈어린이의 벗〉이다.

밀가루 반죽에 야채류와 분홍 새우 대가리를 넣는다. 기름은 이미 끓고 있다. 하지만…….

"와일드파이어, 이제 오 분 남았습니다!"

괘, 괜찮을까?

마야카가 뭘 찾고 있다. 뭐지? 반죽은 준비가 다 됐을 텐데. 조리 도구가 준비되어 있던 넙적한 그릇을 몇 번씩 살펴보던 마야카가 조회대 위의 부장을 노려보았다.

"조리연! 국자 정도는 준비해 두라고요!"

맞다, 국자가 없다. 나도 돼지고기 된장국을 끓일 때 얼핏 불편하다는 생각을 했다. 숟가락을 그럭저럭 대용했지만. 규탄을 받은 부장은 허둥지둥 조회대 밑에 있던 여자애에게 뭐라 지시를 내렸다. 그 애는 갈팡질팡하며 주위를 둘러보기만 했다. 서둘러, 뭐든 좋으니까 좌우지간 서둘러, 시간이 없다고! 여자애는 마침내 달려가 다른 팀에서 안 쓰는 국자를 빌려다 마야카에게 갖다 주었다. 아아, 그렇지만 귀중한 일 분이!

마야카는 낚아채듯 국자를 받아 들어 튀김 반죽을 기름에 떨어뜨리기 시작했다. 촤아악 하는 소리가 들렸다. 그다음부터 이어진 빠른 동작은 귀신도 못 따라올 경지였다. 무를 강판에 갈고, 국을 데우고, 간장과 맛술로 양념을 만들고, 사발에 밥을 담아…… 사발?

"고전부 팀, 바싹 쫓아옵니다! 바싹 쫓아옵니다! 자, 시간에 댈 수 있을 것인가! 남은 시간 일 분!"

중계자가 조바심 나게 하지만, 마야카는 이제 할 수 있는 일을 다 했다는 양 가만히 기름을 지켜보고 있었다. 믿기지 않을 만큼 긴 몇십 초, 침묵과 정지, 그리고 느닷없이 가을 태양을 향해 치켜든 요리용 젓가락의 반짝임. 갓 완성된 튀김을 밥 위에 얹고 무 간 것을 올린다.

"잘한다!"

"시간 없어!"

"멋지다!"

관객들이 소리쳤다. 마야카의 분투는 보는 이의 마음마저 뜨겁게 달구었다.

"마야카 씨……!"

지탄다는 감격해서 목소리가 축축하게 젖었다.

과연 마야카다. 나는 마야카가 자랑스럽다.

"종료!"

양념을 살짝 끼얹었다. 야채 튀김 덮밥의 완성과 동시에 〈와일드파이어〉가 끝났다.

후회는 없다. 어떤 결과로 끝이 나도 나는 후회하지 않을 것이다.

(고전부 팀의 요리는 다음과 같다.

선봉, 후쿠베 사토시. 돼지고기 된장국.

중견, 지탄다 에루. 양하 피클 무쌈말이. 기세 두부. 분홍새우 회, 감자떡.

대장, 이바라 마야카. 야채 튀김 덮밥.)

036-♥08

마야카 씨의 솜씨는 두드러지게 빼어났습니다. 칼질도 빠르고 정확했고, 무엇보다 그렇게 급박한 상황에서 야채 튀김 덮밥으로 이어진 발상에 크게 감탄했습니다. 그리고 저는 지학 교실을 올려다보았습니다. 오레키 씨가 어째서 밀가루를 가지고 있었는지는 알 수 없지만, 오레키 씨는 워낙 날카로운 분이니 어떤 예감이 있었는지도 모릅니다. 창가에 아무도 보이지 않았지만 저는 그쪽을 향해 머리를 숙여 절했습니다.

우레 같은 박수를 받으며 마야카 씨가 돌아옵니다. 머리에 쓴 베레모와 블라우스 가슴에 단 하트 모양 브로치가 귀여워 시선을 끕니다. 하지만 그런 귀여운 분위기와 달리, 마야카 씨의 표정은 무척 딱딱했습니다. 제가 저지른 실수가 생각납니다. 최소한 마야카 씨에게 사과라도 드려야 한다고 생각했는데, 마야카 씨는 입을 열자마자 쥐어짜듯 말했습니다.

"덜 튀겨졌는데!"

"아니, 시간도 다른 선택도 없는 상황에서 최고였어."

후쿠베 씨가 그렇게 칭찬하는데도 마야카 씨는 몹시 불만스러워 보입니다.

"국자가 없지 뭐야. 강판이랑 감자 깎는 칼이 있으니까 당연히 있겠거니 했는데. 그것 때문에 일 분을 그냥 버렸잖아. 그것만 없었으면 좀 더 제대로 튀길 수 있었는데. 나도 바보였어. 국자가 없으면 없는 대로 다른 걸로 대신하면 되는 걸!"

"정말 미안하다."

옆에서 그렇게 누가 말을 걸었습니다. 조금 전까지 조회대에서 실황 중계를 하던 조리연 부장님입니다. 단상 위에서는 익살맞게 행동했는데, 지금은 무척 진지하게 마야카 씨에게 실수를 사과합니다.

"조리 기구는 분명히 확인했는데 말이지…… 마지막으로 한 번 더 살펴봤어야 했어."

후쿠베 씨가 두 사람 사이에 서서 수습합니다.

"아니, 나도 국 끓일 때 이상하다 했으니까 그때 내가 확인했으면 되는 걸 실수했어. 난 시간도 남았는데."

"……뭐, 괜찮아요."

마야카 씨는 그런 말로 부장님의 사과를 받아들였습니다.

하지만 튀김은 그 정도가 딱 적당하지 않았을까. 부장님이 그런 식으로 이야기를 잇는 사이에 저는 잠시 실례하고 가설 주방으로 향했습니다. 확인을 거친 조리 도구가 콘테스트가 시작된 뒤 보니 없었다는 게 신경 쓰입니다.

시식은 이미 시작됐습니다. 시식중인 심사위원 세 명을 모두가 주목합니다. 천문부가 만든 휘파람새 같은 색이랄지, 어린 대나무 같은 색이랄지, 녹색 계열의 물체를 입에 넣은 심사위원이 눈을 질끈 감고 하늘을 우러릅니다. 저것의 맛은 저, 신경 쓰이지 않습니다.

전에는 '모르는 게 행복한 경우도 있다'는 말에 찬성할 수 없었는데, 오늘부터 생각을 조금만 변경하겠습니다.

조리 도구는 행주를 깐 넓적한 그릇 위에 한 벌 갖추어져 있었습니다. 이렇게 보니 저희 셋 다 쓰지 않은 조리 도구도 빠짐없이 준비되어 있습니다. 꼬치며 레몬즙 짜는 것, 오코노미야키를 뒤집는 주걱 등입니다. 그런데 국자 같은 기본적인 도구가 없다니요. 단순한 실수일까요?

그곳에 뭐가 있을 것이라고 기대했던 것은 아닙니다. 이상을 알아차린 것도 아닙니다. 저는 정말로 무심코 그릇을 들어봤습니다.

"어머나?"

카드가 있습니다. 게다가 펼친 상태로 엎어 놓여 있는 이것은 안내 책자 『간야제 100배 즐기기』입니다. 어디서 본 조합인데요.

혹시, 혹시. 저는 뒤를 돌아보고 "후쿠베 씨, 마야카 씨!"

하고 두 사람을 불렀습니다. 부장님은 맡은 역할이 있으니 조회대로 돌아갑니다.

"아, 지탄다. 저 부장이 지탄다한테 홀딱 반한 모양인데."

반하다니요, 아뇨, 그런. 전 저분에 대해 아무것도 모르는데 곤란합니다. 아니, 그보다…….

"그릇 밑에 이런 게 있어요."

"이게 뭔데?"

제가 가리킨 카드를 마야카 씨가 별생각 없이 훌쩍 집습니다. 그런데 언뜻 보자마자 표정이 굳었습니다. 그곳에는 역시 전에 본 적이 있는 말이 나열되어 있었습니다.

> 조리연은 이미 국자를 잃었다
>
> 주몬지

"이건……."

후쿠베 씨의 눈이 반짝입니다. 저는 흥분해서 말했습니다.

"점술 연구회와 똑같아요!"

"바둑부하고 똑같은데!"

네?

흠칫 놀라 후쿠베 씨를 보자 시선이 마주쳤습니다. 후쿠베 씨는 눈을 동그랗게 뜨고 있습니다. 저도 아마 큰 차이 없는 표정이었을지 모릅니다.

마야카 씨는 혼자 냉정했습니다. 『간야제 100배 즐기기』를 뒤집습니다. 펴 놓은 페이지는 가호 씨 말대로 참가 단체 한마디 코너였습니다. '둘째 날 11시 반부터 요리 배틀 〈와일드파이어〉 in 운동장! 참가자 모집'. 조리 연구회의 코멘트가 실린 페이지입니다.

마야카 씨는 우선 후쿠베 씨, 이어서 제 얼굴을 차례대로 보더니 천천히 말했습니다.

"그래서 어떻게 된 일인데?"

어떻게 된 일…….

……어떻게 된 일일까요?

저와 후쿠베 씨는 또다시 얼굴을 마주 보았습니다.

3-3. 037~043 '십문자' 사건

037-♠10

방송부의 교내 라디오를 들으며 도시락을 먹었나.

무슨 바람이 불었는지, 뭐, 무슨 바람이 불었다기보다 심술이거나 변덕일 게 틀림없지만, 오늘은 누나가 도시락을 싸 주었다. 음식은 감사하는 마음으로 남기지 않고 다 먹는 게 예의라고 하는데, 스파이시 콩 조림이니 요구르트 닭구이니 유난히 에스닉풍인 것에 무슨 의미라도 있나? 이 나시고렝은 쌀이 심지어 장립종이다. 대체 어디서 샀는지.

"안녕."

문을 열고 사토시가 들어왔다. 이어서 지탄다, 그리고 이바라도.

"어. 고생 많았다."

나는 말하며 위를 가리켰다. 위가 아니라 교내 방송에 주의를 환기시킨 것이다. 점심시간에 방송부가 라디오풍으로 방송을 하는데, 얼마 전부터 조리연의 인터뷰가 나오고 있었다.

"수준 높은 싸움이었는데요."

"네. 심사 결과는 종이 한 장 차였습니다. 파타 모르가나 팀의 중견이 워낙 엄청나서 메인 요리인 방어 양념구이는 돈 받고 팔아도 되지 않을까 싶더군요. 모시조개 술 찜도, 뭐, 학교 축제에서 술은 못 쓰니까 맛술이었지만, 맛은 훌륭했죠. 다만 음식을 내기까지 시간이 너무 길었어요. 그 뒤 이십 분간 대장의 차례가 있으니 그사이 식은 거죠. 그 틈을 타서 고전부 팀이 치고 올라온 격입니다. 중견의 기세 두부와 감자

떡은 뜨거우면 더 낫긴 해도 식어도 맛있는 음식이고, 대장의 야채 튀김 덮밥은 분홍 새우 대가리가 눈물 나는데다, 갓 튀겨서 냈으니 그게 승부를 가른 셈입니다."

"천문부 팀은……."

"저세상이 보이더군요."

젓가락을 멈추지 않고 말했다.

"우승 축하한다."

참고로 무슨 사정이 있었는지, 우승 팀 대표로 단상에 오른 것은 이바라였다. 그리고 이바라는 고전부의 선전 같은 말을 거의 하지 않았다. 그래서는 왜 사토시가 그렇게 수선을 피웠는지 알 수 없다. 뭐, 사토시는 동아리 선전보다 자기 즐거움을 우선했겠지만.

명예로운 우승 팀 세 사람은 이 방송에 뜻밖이리만큼 관심을 보이지 않았다.

"감사합니다. 오레키 씨의 조력 덕택이에요. 그런데 보여드리고 싶은 게 있는데요."

지탄다의 말투가 빠르다. 어쩐지 불길한 예감이 든다.

"일단 밥이라도 먹어라."

자리를 권했다. 세 사람은 각각 자리에 앉아 각각 먹을 것을 꺼냈다. ……셋 다 매점에서 사 온 빵인가. 멋대가리 없기는.

완두 앙금 빵 봉지를 뜯더니 빵에는 입도 대지 않고 지탄다가 다시 한번 말했다.

"저기요, 보여 드리고 싶은 게 있는데요."

"어? 뭔데?"

"이거예요."

지탄다가 건넨 것은 카드였다. '조리연은 이미 국자를 잃었다'고 씌어 있다. 서명인지 '십문자'라는 글자가 보인다.

"흠."

스파이시한 콩 한 알을 입에 넣고 삼킨 뒤 말했다.

"국자를 도둑맞았냐?"

"응. ……우리 팀 것만."

고개를 끄덕인 사람은 이바라다. 이바라는 야채 튀김 덮밥을 만든 모양이니, 도난으로 인한 피해를 직접 본 사람도 이바라일 것이다. 나는 밀가루로 수제비라도 만들면 되겠지 해서 던졌는데…… 설마 야채 튀김 덮밥을 만들 줄이야. 성실한 녀석이다.

"할 일 없는 녀석이 있었나 보군. 안됐네."

카드를 돌려주었다. 그런데 이야기는 거기서 끝나지 않았다. 팥빵을 뜯어 먹던 사토시가 웃음기를 머금은 목소리로 말했다.

"조리연만이 아니야. 바둑부도 당했다고 하고, 아카펠라부에서도 똑같은 일이 있었다나."

"점술 연구회도요. 이것하고 똑같은 글로 범행 성명이 남아 있었어요."

그렇단 말이지.

"엄청나게 할 일 없는 녀석이 있었나 보군."

그렇게 이야기를 축소하려 했으나, 지탄다는 그에 걸려드는 눈치도 없었다. 완두 앙금 빵은 눈에 들어오지도 않는 표정으로 주먹을 부르쥐고 있다. 지탄다의 전체적으로 청초한 인상을 유일하게 배신하는 커다란 눈, 그 눈의 검은자위가 확 커졌다. 주위의 공기마저 달라진 것 같다.

트, 틀렸다. 이럴 수가. 전체 일정의 대략 절반, 여기까지 평온무사하게 보내 왔건만. 지탄다도 어제는 꽤 잘 참는 것 같더니. 어쩌다가 일이 이렇게 됐다는 말인가. 뭐가 어디서 잘못된 것인가. 일단 시작되면 아무도 못 말리는, 고양이도 죽이는 악마의 감정, 지탄다 에루의 호기심에 발동이 걸린 것을 알았다.

한마디 한마디 쥐어짜듯 천천히 말한다.

"학교 축제에 편승해 이런 일을 하는 사람은 누구인가. 어째서 주몬지 씨의 이름을 사칭하는가. 어째서 잇따라 물건을 훔치는가."

드디어 지탄다가 그 말을 했다.

"저, 신경 쓰여요."

아아, 결국. 결국 그 말을 했냐.

……아니지, 겁낼 것 없다. 입학 이래로 지탄다의 호기심을 이겨 본 적이 없기는 해도 지금은 비장의 카드가 있지 않나.

주저하고 있을 겨를이 없다. 나는 카드를 내놓았다.

"지금은 그럴 때가 아니야. 문집이……."

그러나 말을 마치기도 전에 사토시가 끼어들었다.

"문집 말인데, 역시 이렇게 차근차근 이벤트에 나가서 동아리의 지명도를 높인다고 확 팔려 줄 것 같지 않거든. 그런 무의미함을 각오하고 지금까지 해 왔는데, 방금 좋은 생각이 났어."

"좋은 생각?"

사토시의 눈이 웃고 있다. 그렇지만 그런 것은 늘 있는 일이고, 말투는 뜻밖에 진지했다.

"이 연속 도난 사건, 아니, 범행 성명이랑 서명도 있으니 괴도 사건일까. 아무튼 이 사건을 벽신문부에 파는 거야. 잘 되면 내일 교내 라디오에도 출연할 수 있고. 그쯤 되면 전부는 무리라도 삼사십 부 정도는 더 나가지 않겠어?"

……그렇군. 나쁘지 않은데. 아닌 게 아니라 학생들을 움직일 수 있을 소재이기는 하다. 어제 사토시의 마이크 선전조차 그럭저럭 효과가 있었다. 매스컴 계열 동아리가 둘 다 움직인다면 삼사십 부 추가라는 예상은 심지어 너무 적게 잡았다고 할 수 있을지 모른다.

"팔다니 어떻게? 그 사건, 고전부하고 상관없잖냐."

"아, 알았다. 그래서 오레키구나."

이바라가 끼어들었다.

"응. '빙과' 사건 때도, '여제' 사건 때도 호타로는 제법 총기가 넘쳤으니까."

잠깐. 무슨 말을 하려는지 짐작이 간다만, 잠깐.

"네? 무슨 말씀이에요?"

이해력이 부족한 지탄다에게 사토시가 한층 심술궂은 웃음을 지으며 설명했다.

"그러니까 이런 거야. '고전부의 명탐정 오레키 호타로, 축제를 어지럽히는 간사한 악당, 괴도 주몬지를 잡다. 오레키 호타로의 이제까지의 활약상은 고전부 문집 《빙과》에 상세히 나와 있다고.' 이런 '주몬지'의 정체도 밝히고 고전부 선전도 되지. 이런 게 바로 일석이조 아니겠어?"

"그, 그러네요! 멋진 방법인데요! 제가 당장……."

으헉. 탁 소리 내어 젓가락을 놓았다.

"웃기지 마! 난 그렇게까지 할 생각 없다."

부르짖듯 말했다. 남을 뭐라고 생각하는 거냐.

그런데 사토시는 계속 까불 것이라고 생각한 내 예상과 달리 의외로 심각하게 고개를 끄덕였다.

"그건 그래. 문집은 팔고 싶어. 어떻게든 팔고 싶지만 호타로 너한테 그렇게까지 광대 노릇을 시키는 건 너무 나쁜 일이야."

잘 아는군. ……게다가 설사 광대가 된다 해도 그렇다.

"도대체가 그 '십문자'란 녀석은 닥치는 대로 훔치는 거잖냐? 말이 잡는 거지, 대체 어쩌겠다는 거냐?"

"그 점을 네가 생각해 줬으면 하는데."

터무니없는 소리 마라.

"왜 그런 게 나한테 가능하다고 생각하는 거냐? ……뭣보다 축제 기간 중 가미 고에 대체 얼마나 많은 사람이 드나든다고 생각하는 거지? 우리 학교 학생만 해도 천 명이라고."

침묵이 흘렀다. 에스닉풍 도시락을 꾸물꾸물 입으로 가져갔다.

베이컨 이삭 빵을 찢어 먹던 이바라가 조그맣게 한숨을 쉬었다.

"후쿠의 계획은 나쁘지 않다고 생각해. 오레키한테 어떻게든 하라고 하는 건 아닌 게 아니라 잔인하지만, 요는 그 괴도 시늉을 내는 녀석하고 고전부를 연결시키면 되는 거잖아?"

빵을 또 한 조각 찢는다.

"……고전부를 타깃으로 삼아 주면 좋을 텐데."

"그렇지."

나는 고개를 끄덕였다. 그렇게만 되면 괴도 사건에 이목이 쏠리는 것은 곧 고전부가 주목을 받는 일이라고 풀어 나가는 것도 가능하다. 또 억지로 '십문자'라는 녀석의 정체를 밝힐 필요도 없어진다. 사토시가 중얼거렸다.

"……자작극으로……."

"안 돼. 위험 부담이 너무 커."

이바라가 날카롭게 말했다.

"농담이야, 농담."

"후쿠가 말하면 농담으로 안 들려. ……어쨌든 진짜 어쩌면 좋을까?"

"너무 진지하게 생각 마라. 빵 맛 없어질라."

내 농담을 이바라는 무시하고 또 빵을 뜯는다. 눈썹이 한껏 모여 있다. 책임감이 남보다 갑절은 강한 이바라가 고전부에 전혀 얼굴을 내밀지 못했으니, 생각하는 바가 있을 것이다.

"우연히 고전부를 노릴 가능성은 없을까요?"

지탄다는 두 손으로 완두 앙금 빵을 든 채 말했다.

"사토시, 참가 단체가 몇 개냐?"

"쉰한 개. 기대하기엔 좀 무리인 숫자가 아닐까."

"자칭 십문자 씨가 무작위로 범행 대상을 고르는 게 아니라면?"

"그 법칙성에 고전부가 편승한다고?"

가능성은 제로야 아니겠지만. 아니, 완전히 무작위라 해도 지금까지 도둑맞지 않은 확률은 51분의…….

"……어느 동아리가 도둑맞았다고?"

사토시가 즉각 대답했다.

"바둑부, 아카펠라부, 조리연, 그리고 뭐랬더라? 맞다, 점술연."

도둑맞지 않은 확률은 51분의 47. 완전히 무작위라도 몇 퍼센트 확률로 당했다는 이야기다. 고전부에는 나밖에 없는 데다 물론 화장실이니 산책이니 해서 가끔 자리를 비우니 쉽게 훔칠 수 있을 것이다.

……음?

아니, 잠깐. 방금 뭐가 좀 이상하지 않았나? 나는 뭐라 말하려는 지탄다를 손으로 제지하고 사토시에게 물었다.

"미안하지만 한 번 더. 어느 동아리가 도둑맞았다고?"

"어? 바둑부, 아카펠라부, 점술연, 조리연인데."

흠. 이건 혹시.

"그 말은……."

나는 조심스럽게 바꿔 말했다.

"아카펠라부, 바둑부, 점술연, 그리고 조리연이란 거지. ……거기 말고 또 도둑맞은 데는 없고?"

사토시는 당황한 표정을 지으면서도 고개를 내저었다.

"모르겠는데. 못 들은 것뿐일 수도 있지만."

이바라를 보니 『간야제 100배 즐기기』를 들고 있다. 내가 깨달은 것을 깨달은 모양이다. 안내 책자 첫머리, 아마도 참가 단체 오십음순 색인을 보며 이바라는 다시 강한 목소리로 말했다.

"영화 연구회, 원예부, 연극부, SF 연구회."

"그래. 그 네 곳은 어떠냐?"

"영연, 원예부……."

숨을 훅 들이쉬는 소리가 들리더니 사토시가 부르짖듯 말했다.

"ABC!"

"네? 네? 무슨 말씀이에요?"

지탄다 혼자 못 따라온다. 짜부라지다시피 한 완두 앙금빵을 신경 쓰며 가르쳐 주었다.

"네 말이 맞아. 무작위가 아닌 거야. 법칙성이 있어. 그것도 지극히 간단한, 맨 먼저 떠올릴 법칙성이. 중간에 빠진 게 있는데다 순서가 뒤죽박죽된 상태로 들었기 때문에 잘 안 보였을 뿐이야. 예컨대 영연이 당했다 치자.

도둑맞은 동아리는 아카펠라부, 바둑부, 점술연, 영연, 조리연이 돼."

지탄다가 손으로 입을 막았다.

"앗! 오십음순이군요!•"

한편, 역시 대응이 빠른 사토시는 벌써 휴대 전화로 누군가와 통화하고 있다.

"……응, 그래. 혹시 뭐 도둑맞은 거 없나 해서. ……나 아냐! 진짜라니까. 어? 물총? 응, 알았어. 고마워."

세 사람의 주목을 받으며 사토시는 휴대전화의 종료 버튼을 눌렀다. 얼굴을 든다.

"원예부가 당했어. 잠깐 자리를 비운 틈에 물총이 없어졌다는데."

• 아카펠라부, 바둑부(이고부), 점술연(우라나이켄), 영연(에이켄), 조리연(오료리켄). 일본어로 각각 아, 이, 우, 에, 오로 시작된다.

"물총? 원예부에 왜 그런 게 있어?"

이바라의 의문은 지당하지만, 그건 바로 답해 줄 수 있다.

"원예부는 고구마를 굽거든. 불날 때를 대비해서 물을 준비하란 말을 듣고 물총을 준비한 거야."

"오, 오레키 씨, 어떻게 그런 걸 아시죠?"

희유의 추리력 덕분이 아니라 미안하다. 나는 솔직하게 글록 17을 손에 넣은 경위를 이야기했다. 그사이 이바라가 중얼거렸다.

"아니, 잠깐만. ABC는 A로 시작되는 지역에서 A로 시작되는 사람이 죽는 거잖아."

십중팔구 우리 중 애거사 크리스티의 『ABC 살인 사건』을 실제로 읽어 본 사람은 이바라뿐일 것이다.

"조리연에서 국자가 없어졌지?"

"잠깐 기다려 봐."

사토시는 황급히 이바라의 말을 중단시키더니 늘 들고 다니는 끈 달린 주머니에서 수첩과 펜을 꺼냈다.

"지탄다, 점술연에서 없어진 게 정확히 뭐였는지 알아?"

"네. '운명의 수레바퀴' 카드였어요."

"오케이!"

펜을 놀린다.

- 아카펠라부 (음료수)
- 바둑부 (바둑돌)
- 점술연 (운명의 수레바퀴)
- 원예부 (물총)
- 조리연 (국자)●

그렇군.

"음, 실제로 범행 성명을 본 게 아니니까 이 이상은 무리일까?"

사토시가 고개를 갸웃했다. 나는 스스로 반신반의하면서 말해 보았다.

"원예부는 'AK' 아니겠냐?"

"AK? 왜?"

"그 녀석들 물총, 카라시니코프라고 했거든."

"저런. 이따 전화해 볼 테니까 일단 기다려 봐."

"그럼 바둑부는 '돌' 아냐?"

아닌 게 아니라 그렇다. 아무도 이의를 제기하지 않았다.

● '운명의 수레바퀴(운메이노와)'와 '국자(오타마)'는 일본어로 각각 '우'와 '오'로 시작된다.

그렇다면 아카펠라부는…….

"아카펠라부는……."

"음…… 아와모리 소주, 데운 청주."

"그런 건 어쨌거나 확인이 가능하잖냐. 뭐하러 굳이 생각해?"

이건…… 이건 어쩌면 고전부에게 감히 바라지도 못했던 절호의 기회 아닌가? 에너지 절약주의를 버린 것은 아니다. 나는 여전히 안 해도 되는 일은 안 한다. 하지만 이건 그냥 놓치기에는 너무 아깝지 않나. 눈앞에 뚝 떨어진 행운에 나답지 않게 흥분하는 것을 알 수 있었다.

"하지만 '주몬지' 씨는 어디까지 할 생각일까요?"

무슨 태평한 소리를 하냐, 지탄다!

"그러게, 그게 문제지."

"고전부까지 와 주면 좋을 텐데."

……사토시도, 이바라도, 못 알아차린 거냐?

나는 목소리를 높였다.

"뭔 소리야! 범인의 서명은 뭐였냐?"

"네? 주몬지였는데요."

"왜 그걸 구태여 주몬지라고 읽는데? 평범하게 읽으면 '십문자' 아니냐."

"……하지만 저, 주몬지 가호 씨란 친구가……."

이바라에게서 "앗!" 소리가 나왔다.

"그렇구나, 십문자! 지이도, 후쿠도 '주몬지'라고 해서 그냥 그렇게 생각했지 뭐야! 그게 '십문자'고 조리연이 다섯 번째 글자라면……."

그래.

"여섯 번째 글자가 '가', 그리고 마지막 열 번째 글자는 '고'. ……고전부를 팔기에 충분한 재료란 생각 안 드냐?"

〔남은 부수 148부〕

038-♥09

후쿠베 씨도, 마야카 씨도 아주 좋은 분들이라고 생각하지만, 딱 하나 동의할 수 없는 점이 있습니다.

두 분 다 오레키 씨에 관해 너무 나쁘게 말합니다.

게으르다느니 툭하면 땡땡이친다느니 잔다느니 귀찮아한다느니 나태하다느니 숨만 쉰다느니 아니 숨도 안 쉰다느니 잠만 자는 사자라느니 잠을 자도 사자면 좋게? 라느니 존재 자체가 근로 감사의 날에 대한 안티테제라느니 민달팽이가 그나마 낫겠다느니, 너무 나쁘게 말합니다.

저는 모르는 것을 조사하는 일은 가능합니다. 이상하다고 생각되는 점을 발견하는 일도 가능합니다. 문제를 제기하는 게 곧 해결하는 것이라는 말을 들은 적이 있는데, 제게는 별로 해당되지 않는다는 생각이 듭니다. 저는 제가 이상하게 생각하는 일의 절반도 제힘으로 해결하지 못하기 때문입니다. 이것은 흙과 물, 볏모를 준비한다고 쌀이 생기는 게 아닌 것과 비슷합니다. 모를 심어 훌륭하게 길러 내는 게 저희 농업에 종사하는 이들입니다. 오레키 씨는 지금까지 여러 번, 저는 그게 열쇠라는 것조차 알 수 없었던 사실에서 제가 생각지도 못한 답을 이끌어 냈습니다. 후쿠베 씨가 말하는 '빙과' 사건 때는 이루 말할 수 없을 만큼 신세를 졌고, '여제' 사건에서도 멋진 발상을 보여 주었습니다.

두뇌만 명석한 게 아닙니다. 오레키 씨는 평소 말씀하시는 것과 달리, 자신이 귀찮다고 타인을 버려두는 데 대해 강한 주저를 보이는, 심지가 따스한 사람이라고 생각합니다.

다만 제가 그 따뜻함에 지나치게 의존한다는 생각이 듭니다. 의지가 되는 사람이니만큼 더더욱 과하게 의지해서는 안 된다고 늘 조심은 하는데요.

오레키 씨가 부여해 준 새로운 전망과 그로부터 비롯된 새로운 가능성을 가슴에 품고 저는 다시 벽신문부실로 향합니다. 오레키 씨가 발견한 법칙성은 아닌 게 아니라 벽신문부를 움직일 만하다고 생각합니다. 하지만 그것을 얼마만큼 충분히 전달할 수 있느냐, 살릴 수 있느냐는 협상 여하에 달려 있습니다. 축제의 화려한 장식과 쉴 새 없는 웅성거림, 다양한 동아리의 공들인 포스터도 이제 저를 현혹시키지 못합니다. 그 대신 제 마음을 차지한 것은 이번에는 정말 실패할 수 없다는 다짐과 이리스 선배의 가르침이었습니다.

후쿠베 씨에 따르면 '십문자' 사건은 아직 큰 반향을 불러일으키기 전이라고 합니다. 즉, 이 이야기는 벽신문부에게 '대단히 매력적인 것'이 아니라는 뜻입니다. 그렇다면 이번 협상은 이리스 선배가 가르쳐 주신 '대가가 없는 부탁'입니다.

기억을 더듬어 봅니다. 저, 기억력에는 조금 자신이 있습니다. 중요한 점은 상대방에게 기대할 것, 이쪽 이익을 작아 보이게 할 것, 그리고 남들이 보지 않는 곳에서 이성에게 부탁할 것입니다.

어째서 그러면 유리한지는 아직 명확히 이해하지 못했습니다만…… 시스템으로 파악하지 못한 방법을 단순히 도구로 사용하는 것은 저로서는 조금 께름한 일입니다만, 사치스러운 소리를 할 때가 아니죠.

이리스 선배의 가르침을 바탕으로 제가 할 말을 되풀이해 봅니다. 실수하는 일이 없도록 입속으로 몇 번씩 연습합니다.

벽신문부가 쓰는 생물 교실까지 왔습니다. 닫힌 문을 노크합니다.

"어!"

안에서 누가 굵은 목소리로 대답합니다. 약간 무섭지만 문을 엽니다.

어제보다 더 많은 여섯 명이 있습니다. 하지만 다른 점은 그뿐이 아닙니다. 다행히 도가이토 선배가 그중에 있기는 한데, 도가이토 선배를 제외한 다섯 명은 휴대 전화를 한 손에 들고 열심히 통화하는 중입니다. 그중 한 명이 전화를 끊고 통화중인 다른 남학생에게 한 말이 들렸습니다.

"조리연이야. 부장이 확인중이고."

남학생이 손가락으로 동그라미를 만듭니다. 돈…… 아니, 알았다는 표시겠죠. 통화를 마친 학생은 목록 같은 것을 들고 일어서더니 저는 보이지도 않는 양 바로 옆을 지나 교실 밖으로 달려 나갔습니다.

갑자기 바로 옆에서 누가 말했습니다.

"미안하다, 지탄다. 지금 좀 바빠서."

어느새 도가이토 선배가 제 곁까지 와 계셨습니다. 벽신문부의 열기에 잠시 위축되어 있던 저는 그 목소리에 퍼뜩 정신이 들었습니다.

"나중에 다시 와 주지 않을래?"

"네, 바쁘신데 죄송해……."

아니죠! 이러면 안 됩니다! 저는 반사적으로 하려던 말을 애써 멈추었습니다. 저희에게 시간이 별로 많이 남지 않았습니다. 금세 포기한다면 오레키 씨에게도 죄송합니다. 최소한 드릴 말씀은 드려야죠.

"……바쁘신데 죄송하지만, 잠깐 시간을 내주시면 안 될까요?"

무리한 부탁이었지만, 도가이토 선배는 난처한 표정을 지으면서도 "뭐, 잠깐이라면" 하며 승낙해 주셨습니다. 정중히 감사 인사를 드려야겠지만, 도가이토 선배도 바쁘시다니 결례를 무릅쓰고 생략합니다.

그러다 퍼뜩 생각났습니다. 도가이토 선배는 이성입니다. 여기에는 부원분들의 시선이 있습니다. 저는 몇 발짝 물러나 생물 교실 문간에서 떨어졌습니다. 딱히 의식하지 않으셨겠지만, 도가이토 선배도 덩달아 몇 발짝 앞으로 나서서 복도로 나왔습니다. 저는 자연스럽게 문을 닫았습니다. 축제 기간 중이라지만 특별동 3층 맨 끝에 있는 생물 교실 근처에는 저희 말고 아무도 없습니다.

이로써 이리스 선배의 가르침 중 하나를 지킬 수 있었습니다. 저는 실패가 용납되지 않는다는 긴장을 억누르며 말했습니다.

"고전부 말씀인데요."

"그 이야기라면 뭔가 뉴스거리가 있어야 한다고 말했을 텐데."

"아뇨, 그게, 뉴스거리가 있거든요."

음, 기대해야 합니다. 이런 식으로 하면 어떨까요?

"벽신문부 외에는 말씀드릴 데가 없었어요."

"그래? 뭔데?"

얼른 이야기를 끝내고 싶은 기색이 역력하던 선배의 태도가 약간 달라졌습니다.

"네."

짤막하게 숨을 토해 냅니다.

"실은 이번 축제 중 여러 동아리에서 물건을 훔치는 사람이 있는데……."

아직 말을 다 끝내지도 못했는데, 도가이토 선배가 격한 반응을 보였습니다.

"'십문자'구나!"

"네?"

"'십문자'에 관해 아는 게 있는 거야?"

예상했던 것과 전혀 다른 반응에 저는 무척 난처해졌습니다. 음, 뭐라고 말하면 좋을까요? 이런 때 허둥대느라 아무 말도 못 하는 게 제 나쁜 버릇이라고 오레키 씨나 다른 분들에게 몇 번 지적을 받은 적 있습니다. 진정해야 합니다. 그러니까 말이죠, 뭐가 어떻게 된 일이냐 하면…….

도가이토 선배, 아니, 벽신문부는 보아 하니 '십문자' 사건을 이미 아는 것 같습니다. 게다가 제 추측이지만 그에 대해 대단히 관심이 있는 모양입니다. ……'대가가 없는 부탁'을 할 예정이었는데 '대가가 있는 부탁'이 된 셈일까요. 계획이 완전히 틀어졌습니다.

어, 어쩌면 좋을까요.

아니죠, 해야 할 말이 변경된 것은 아닙니다. 저는 고개를 끄덕인 다음 진정하려고 애쓰며 미리 정리해 온 대로 이야기를 시작했습니다.

이러저러하다고 설명합니다.

그러저러하다고 설명합니다.

도가이토 선배는 매우 흥미진진하게 제 이야기를 듣더니 연신 감탄했습니다.

"그렇군…… 오십음순이란 말이지. 그래, 요리연이 아니라 조리연이었지. 점술연까지 당했을 줄이야…… 그래서 그렇게 된 건가."

마지막 말이 조금 마음에 걸렸습니다.

"저, '그래서'라니 그게 무슨 말씀이신지요?"

그러자 선배는 떨떠름한 표정을 지었습니다.

"아, 응. 여기, 벽신문부잖아?"

"네."

제가 고개를 끄덕이자 선배는 잠시 말을 못 잇다가 악센트를 바꿔 다시 한번 말했습니다.

"'벽신문부'잖아?"

"앗, 그럼……."

"커터나이프를 도둑맞았어. 취재 때문에 다들 나가 있던 사이에 간단히.•"

"방금 바쁘셨던 건 그 때문인가요?"

선배는 고개를 끄덕였습니다.

• 벽신문부(가베신분부)와 커터 나이프(가타나이후). 일본어로 둘 다 '가'로 시작함.

"도둑맞은 게 분한 것도 있지만, 이런 돌발 사태를 기다렸거든. 예정했던 기사만으론 재미없으니 말이지. 고맙다. 설마 '십문자'가 그런 식으로 사건을 진행하는 줄 몰랐어."

그러더니 기분 좋아하며 덧붙였습니다.

"용케 알아차렸네."

"아, 네, 오레키 씨가……."

그런데 오레키 씨 이름을 꺼내자마자, 도가이토 선배는 기쁜 것도 같고 분한 것도 같은, 웃으면서 찡그리는 듯한 묘한 표정을 지었습니다.

"……그래. 뭐, 안부 전해 줘라."

"네."

"자, 그럼, 고맙다."

저는 생물 교실로 돌아가는 도가이토 선배를 개운한 기분으로 배웅합니다.

문이 닫히기 직전, 이리스 선배의 가르침이 생각났습니다. 대가가 있는 부탁은 십중팔구 자기 이익만 챙기게 마련입니다.

잠깐만요, 고전부에 관해서도 써 주셔야 해요!

도가이토 선배의 등을 향해 그렇게 부르짖으려 했습니다. ……하지만 그럴 수 없었습니다. 선배를 의심하는 듯한 말이

순간적으로 나오지 않았던 것입니다.

"……."

선배를 향해 뻗었던 손을 물끄러미 바라봅니다. 저는 또 실패했나 싶어 순간 암담한 기분에 젖었습니다.

하지만…….

진정하고 잘 생각해 보면 잘못된 일이 아닙니다. 이리스 선배가 자기 이익만 챙긴다고 가르쳐 주신 것은 오래 관계를 맺을 게 아닌 경우입니다. 저와 도가이토 선배는 그렇지 않습니다. 그러니 선배를 신뢰하고 맡기는 것은 잘못된 방법이 아닙니다.

네. 틀림없이. 아마도. 그렇지 않을까요?

……조금 각오는 해 두겠습니다.

039-♣13

'빙과' 사건으로 나는 호타로가 의외로 날카롭다는 것을 알았다. 호타로와는 같은 중학교에 다니면서 꽤 다양한 이야기를 했는데 그런 능력이 있는 줄 전혀 몰랐다.

호타로의 특기를 알고 있었기에 '여제' 사건 때는 기대했다. 그것을 어떻게 할 수 있는 사람은 호타로 말고 없을 것이라고 생각했다. 나는 최소한 호타로를 보조해 주기로 했다. 큰 사건으로 바로 생각나는 것은 이 두 가지지만, 호타로는 그 밖에도 몇 번 더 활약을 펼친 적이 있다.

그렇지만 이번 '십문자' 사건은 호타로에게 기대할 수 없다.

호타로는 매대를 지켜야 하는 터라 지학 교실에서 꼼짝할 수 없다. 또는, 매대를 지킨다는 핑계를 대고 지학 교실에서 꼼짝하려 하지 않을 것이다. 꼼짝하지 않고 끝낼 수 있으면 장땡이라는 게 호타로의 좌우명인 것은 알지만, 이번에는 좀 무리가 아닐까. 다리를 쓰고 땀을 흘리는 게 아무래도 필요하다. 즉, '십문자' 사건은 호타로의 적성에 맞지 않는다.

우리의 오레키 호타로에게 기대할 수 없다면?

……스스로 해결할 수밖에 없지.

호타로의 이야기를 바탕으로 내 인맥을 활용해 정보를 보강해서 사건의 경위를 정리해 보았다.

첫째 날

· 오전 11시 반경 '아카펠라부'에서 '아쿠아리우스'가 없어지다

· 오전 12시 반경? '바둑부'에서 '돌(?)'이 없어지다
· 오후 2시 지나 '점술 연구회'에서 '운명의 수레바퀴'가 없어지다

둘째 날
· 오전 9시경 '원예부'에서 'AK(카라시니코프 소총형 물총)'가 없어지다
· 오전 11시 반 전 '조리 연구회'에서 '국자'가 없어지다

그리고 복도에서 마주친 지탄다에 따르면, 방금 전(지금은 오후 1시 58분이다) '벽신문부'에서 '커터나이프'가 없어졌다는 정보를 얻었다고 한다. 실제 범행 시각은 그보다 조금 전이었다 봐도 될 것이다.

십문자는 얼추 한 시간 반에서 두 시간 반 간격으로 범행을 반복하는 것으로 보인다. 아침 8시부터 저녁 5시까지라는 축제 공식 일정에 비춰 봐도 무리가 없는 숫자다.

가미야마 고등학교 축제는 사흘간의 일정으로 개최된다. 열 개 단체에서 훔친다면 세 곳, 세 곳, 네 곳으로 나뉘는 셈이다. 첫날은 세 곳이 당했고, 마지막 날은 철수 작업 관계상 3시쯤이면 이미 파장 분위기일 것이다. 그렇다면 오늘 네 곳

이 털릴 가능성이 높지 않을까.

여기서 『간야제 100배 즐기기』를 꺼낸다. 오십음의 다음 글자, '기'로 시작되는 단체를 찾아보니…… 하하, 자기가 설정한 규칙에 구속되는 괴도는 이런 약점이 있군. '기'는 '마술부'밖에 없다.

그래서 마술부로 와 보니 '다음 공연은 2시 반에 시작됩니다'라고 포스터가 붙어 있다. 마침 잘됐다. 지금부터 범행이 있을 것을 알면서 호락호락 당하지는 않을 것이다. 혹시 '십문자'가 정말 괴도다운 테크닉으로 '기'를 훔쳐 가는 일이 있어도, 단서 정도는 얻을 수 있을 테고.

방심하면 안 된다고 경계하면서도 나는 이미 반 이상 이긴 기분이었다. 법칙성을 간파당한 게 괴도 '십문자'의 패인이다. 문제는 '십문자'의 정체를 알아내도 '고' 순서가 될 때까지 내버려 두지 않으면 고전부의 선전 계획에 지장이 있다는 것 정도일까. 뭐, 정체만 알면 와일드카드가 들어온 것이나 다름없으니 방법은 얼마든지 있다.

나는 호타로와 다르다. 뒤엉킨 실타래를 푸는 것도, 쾌도난마로 자르는 것도 내게는 불가능하다. 내가 만약 그런 일을 할 수 있다면 스스로 의외라고 놀랄 것이다.

하지만 뭐, 그런 나도 몸 움직이는 것쯤은 할 수 있다. 다리를 쓰고 눈을 부릅뜨고 살펴서 이 사건을 내 힘으로 해결해 보이겠다.

마술부 공연은 2학년 D반 교실에서 한다. 일반 교실에는 출입구가 두 개 있다. 그중 앞문에 암막을 치고 '마술부 대기실 관계자 외 출입 금지'라고 쓴 골판지를 붙여 놓았다. 손님은 뒷문으로 드나들게 되어 있다. 뒷문 옆에 책상 하나를 내다 놓고 흰색으로 칠한 상자를 올려놓았는데, 다가가서 들여다보니 공연 프로그램이 들어 있었다.

삼십 분을 그냥 기다리기도 심심해서 프로그램을 한 장 꺼냈다.

1. 개막 인사
2. 리빙 데드 1학년 다카무라 요이치
3. 일곱 색깔 링크 1학년 나가이 가오리
4. 신출귀몰 2학년 다야마 가즈야
5. 클로즈업 카드 매직 1학년 다카무라 요이치, 나가이 가오리
6. 밥공기와 구슬 2학년 다야마 가즈야
7. 폐막 인사

흠.

일단 알 수 있는 사실은, 보아하니 마술부원이 세 명뿐인 듯하다는 것이다. 고전부는 네 명, 수예부는 다섯 명. 이겼다.

레퍼토리 말인데, 〈리빙 데드〉라고 하면 좀비, 마술에서 좀비라면 좀비 볼일까? 〈일곱 색깔 링크〉라. 링크라면 링킹 링, 즉 쇠고리를 잇는 마술일 것 같다. 〈신출귀몰〉은 뭐, 뭘 넣다 뺐다 하는 것이겠고. 〈클로즈업 카드 매직〉은 그야말로 평범한 마술인데, 색다른 맛은 없어도 호감이 느껴진다. 둘이 같이 한다는 게 좀 재미있어 보인다. 〈밥공기와 구슬〉은 분명히 〈컵 앤 볼〉의 일본 이름이라고 기억한다. 컵에 볼을 넣어 흔든 다음 볼이 이쪽에 들어 있을 것 같죠? 하지만 이쪽이네요, 하는 그거다.

딱 보기에 '기'로 시작되는 물건을 쓰는 마술은 없어 보인다. 그렇기는 해도, 어디 보자, 카드 마술이라면 '킹'을 훔칠 수 있고, 동전을 쓴다면 '금화'라든지, 촉음이라도 상관없다면 '은화'도 되고. ……무리인가(일본의 주화는 1엔이 알루미늄, 5엔이 황동, 10엔이 청동, 나머지는 백동이다. 올해 처음 발행된 새 50엔 동전은…… 니켈 황동이었던가?).

안을 한번 들여다볼까 싶어 문에 손을 뻗었다가 그만두었다. '타도 괴도 십문자'도 좋지만 마술 공연 분장실을 들여다보다니 아무리 그래도 너무 멋없는 일이다. 굳이 그러지 않아도 여기서 기다리며 드나드는 사람을 체크하면 된다.

사건 경과 표를 들여다보며 생각지도 못한 전개가 가져다준 즐거움을 새삼 음미했다. 예정 조화적 이벤트나 심원한 지식 탐구에도 이루 말할 수 없는 즐거움이 있지만, 이런 돌발 사태도 제법 마음에 든다. 다만 지금까지의 경험에 비추어 자기 분석을 하자면, 서글프게도 나는 예리함이 필요한 머리 쓰는 일에 결코 평균 이상이 못 되는 모양이다. 느닷없이 닥친 돌발 사고에 냉정하게 대처하는 일에는 본질적으로 맞지 않는데, 이번만큼 사전 정보가 있으면 아무리 그래도 어떻게 되겠지.

그런 생각을 하며 시간이 되기를 기다리는데…….

"어? 후쿠베 네가 웬일이냐?"

뜻밖이라는 듯 말을 건 것은 네모난 얼굴에 주먹코, 다니다.

"와일드파이어는 아쉽게 됐다."

무슨 뜻인지 순간 이해되지 않았는데, 요리 콘테스트 말이군. 그러고 보니 다니의 팀에게 이겼지. 범행 성명을 발견하면서 승패에 대한 생각이 머릿속에서 싹 사라져 버렸다. 나는 웃음을 지었다.

"난 달랑 돼지고기 된장국 하나 끓였으니 말이지. 팀원들의 분투는 제법 볼만했지만, 나 자신은 약간 불완전 연소였어."

"단체전이라는 게 좋지 않았어. 일대일로 붙어야 했는데. 그 여자애 둘, 엄청나더라. 스하라도 놀라던데."

"우승까지 할 줄은 몰랐는데 말이지. 참가자가 많지 않았던 게 다행이었어."

"그런데……."

다니의 시선이 슬며시 내 손을 향했다. 내가 들고 있는 것은 사건 경과 표다. 무심코 감추었다.

"너 그거 아냐?"

"뭘?"

다니는 이어서 마술부 간판에 곁눈을 주었다. 다니가 여기서 나와 마주친 필연성에 대해 어떤 가능성을 깨달았다. 그 가능성을 내가 먼저 말해야 할지 판단이 서지 않아 망설이는 사이에 다니가 득의양양하게 가슴을 폈다.

"자칭 '십문자'란 녀석 이야기 말이다."

역시 그렇군. 나는 고개를 끄덕이는 대신 어깨를 으쓱했다.

"과연 소식이 빠른걸, 다니."

내 딴에는 칭찬으로 한 말인데, 다니는 울컥한 표정을 지었다.

"뭐냐, 정말 알고 있었냐?"

"그러니까 여기 있지."

"하긴 너희가 조리연의 범행 성명을 발견했다니까 알고 있을 만도 한가. ……그런데 마술부에 와 있다는 건……."

"물론 눈치챘어. 오십음 법칙 말이지?"

웃는 얼굴로 말하자, 다니는 별로 재미없어 보이는 표정으로 이렇게 말했다.

"……그거 재미있군. 역시 넌 기대를 걸어 볼 만해."

고맙다.

나는 다니가 그다음 할 말을 예상하고 앞질러 말했다.

"그래서 이게 다음번 '승부'라고?"

"그래, 그래 보자고."

다니는 씩 웃더니 약간 목소리를 낮추었다.

"뭐, 페어플레이를 위해 가르쳐 주마. ……벽신문부도 당했다."

안다는 말은 하지 않기로 했다. 남을 놀리는 것은 싫어하지 않지만, 과하게 자극해서 괜히 더치는 일은 사양하고 싶다.

하지만…….

"그래서 열 받은 벽신문부 녀석들이 게임에 동참했어. 다음 호 머리기사는 십문자 이야기야. 상품을 준비해서 '십문자' 체포 캠페인을 벌인다더라."

그 정보는 처음 들었다. 목소리에 솔직하게 관심이 묻어났다.

“호오, 상품은 뭐고?”

“호외 하나를 통째로 제공한다나. ……튀고 싶은 녀석들이 우르르 몰려들 거다.”

“그렇겠지.”

“다들 돌발 사태에 굶주려 있으니 말이야. 어쩌면 내일 메인 토픽은 이걸 수도 있어.”

이 사건을 개인적 오락으로 즐기고 싶었던 내 입장에서는 나쁜 소식이다. 다니가 엮인 것만 해도 충분히 기분 잡치는데 메인 토픽이라니, 제발 봐 주면 안 될까. 하지만 사건을 홍보에 이용하려는 고전부원 입장에서 생각하면 좋은 뉴스일 것이다. ‘십문자’ 사건이 화제를 모으면 모을수록 우리 고전부에게는 순풍이 부는 셈이다. 그럼 어느 쪽을 중요시할 것이냐 하면…… 뭐, 마야카의 웃음으로 이어지는 쪽이다, 역시.

다니가 내 어깨를 탁 치더니 원래 성량으로 돌아가 웃으며 말했다.

“어쨌거나 너도 제법 정보가 빠르군. 미안하지만 이것만은 내 승리다. 내가 이래 봬도 미스터리 팬이거든.”

정마알? 속으로 그렇게 생각하면서도 나는 웃음을 잃지 않았다.

"좀 살살 해 주라."

다니는 겉치레로 하는 말에 우쭐해서 고개를 끄덕였다.

"기대하마, 후쿠베!"

040-◆08

점심을 먹는다는 핑계로 고전부에서 시간을 보냈는데, 언제까지 이러고 있을 수는 없다. 아무리 불편해도 만연으로 돌아가야 한다.

어느새 산산조각 냈다고 해도 될 만큼 잘게 찢어 놓은 베이컨 빵을 도토리를 먹는 원숭이처럼 한 조각씩 집어 먹었다. 빵을 다 먹으면 가려고 생각하던 차에, 점원을 빙자해 동아리실에 남아 있던 오레키가 말을 걸었다.

"이바라, 너 크리스티는 읽었다고 했지?"

어떻게 그런 것을 알고 있나 했는데, 그러고 보니 여름방학 끝날 무렵 후쿠가 말하는 '여제' 사건 때 말한 기억이 있다. 나는 빵 파편을 집어 먹넌 손을 범추고 말했다.

"그냥 대표작 몇 개 읽은 거야. 들고판 건 아니고."

“『ABC 살인 사건』은 대표작이지?”

“당연하지.”

오레키는 팔짱을 끼고 등받이에 몸을 기대더니, 내게 이야기하는 중인데도 천장을 노려보았다. 실례다.

“사토시는 이 ‘십문자’ 사건을 ABC라고 했는데……. 하긴 연상되긴 해. 『ABC 살인 사건』에선 피해자 옆에 ‘ABC 열차 시간표’가 놓여 있었지. 『간야제 100배 즐기기』가 놓여 있었던 건 그걸 연상시키기 위해서였을지도 몰라.”

“그야 그렇겠지. 그거 말고 다른 의미가 있었단 소리야?”

“그나저나…….”

천장을 올려다보던 시선이 내려왔다. 오레키는 약간 거북한 듯 말했다.

“물어보고 싶은 게 있는데, 『ABC 살인 사건』은 알파벳순대로 죽인 이유가 있었냐?”

……미묘한 부분을 묻는다.

“오레키, 너 『ABC 살인 사건』 읽었어?”

“아니. 대충 알고는 있는데.”

“대충 아는 거잖아. 그럼 앞으로 읽을 계획 있어?”

“……모르지.”

“모르는데 묻는 거야? 어떤 의미에선 스포일러인데? 그래도 괜찮다면 말해 주고."

오레키는 잠시 생각하더니 얼핏 시선을 맞추었다.

"괜찮아. 가르쳐 줘라."

그래. 그럼 그러든지.

나는 일단 주위를 둘러보았다. 『ABC 살인 사건』에 관한 정보를 사전에 절대 알고 싶지 않은 사람이 근처에 있으면 미안하다.

아무도 없다는 것을 확인하고 나서 한숨을 쉬었다.

"넌 하여간 또 그렇게 물으나 마나 한 소리를 하니? 당연하잖아. 'ABC 순으로 죽이고 싶어서 그랬습니다' 하면 이야기가 되겠어?"

오레키는 쓴웃음을 지었다.

"그야 그렇지."

하여간 이 인간은 늘 이렇다. 할 말이 있으면서 안 한다. 그만 말투가 사나워졌다.

"그러니까 너 그거지, '십문자'가 오십음순으로 훔치고 싶어서 그랬는지 아닌지 생각하는 거지?"

"……응, 뭐."

오레키는 그렇게 대답하고는 겸연쩍은 표정으로 고쳐 앉

았다.

"'십문자'가 크리스티를 의식했는지 아닌지는 모르지만, 녀석이 훔쳐 간 게 뭐지? 바둑돌이니 국자니, 죄 잡동사니 아니냐. 갖고 싶어서 훔친 게 아니야.

그럼 오십음순으로 훔치는 것 자체가 재미있어서 하는 범행인가?"

"아니면 거기에 어떤 다른 의미가 있느냐 하는 말이지?"

빵 한 조각을 입안에 넣었다.

"사토시하고 지탄다는 '십문자'가 오십음순으로 훔치고 있다는 말을 듣고 신 나서 나갔지만, 솔직히 그런 건 정보만 모이면 누구든 알 수 있는 일이야."

"아닌 게 아니라 우리 중에선 네가 맨 먼저 알아차렸지만 대발견이라고 할 정도는 아니지."

"그렇다는 건 '십문자'한테도 별 대단한 장치가 아니란 뜻이야. 가령 오십음 대신 '가미 고에 영광 있으라' 같은 순서였으면 머리 좀 썼다고 할 수 있을지 모르지만."

"그러게. 그냥 오십음순이란 건 좀 재미없지."

오레키가 무슨 말을 하고 싶은지 알겠다. 오십음순으로 훔치는 게 '십문자'의 목적이라면 단순히 머리 나쁜 장난꾼이다. 하지만 만약 그렇지 않다면 오십음순이라는 것은 그냥 한 과정에 불과하다는 뜻이 된다.

스스로 참가하기 전까지는 이 정도일 줄 몰랐는데, 학교 축제는 꽤 특수한 시간이다. 그 특수함, 들뜬 분위기에 편승해 괴상한 농담을 해 보고 싶은 인간이 나타나도 이상할 것 없다. 하지만 과연 그게 다겠느냐 하는 의문은 남는다.

……슬쩍 웃음이 났다.

"오레키, 너 '십문자'를 잡고 싶은 거니?"

"내가? 왜 내가 그런 짓을 하고 싶어 한다고 생각하는 거지?"

진심으로 뜻밖이라는 표정이다.

"열심이니까."

오레키는 콧바람을 흥 불고 의자 등받이에 체중을 싣는 자세로 돌아갔다.

"난 아무래도 상관없어. 십문자든 백면상이든 맘대로 하라고 해. 고전부에서 훔치고 싶은 게 있으면 내 지갑 말고 뭐든 다 줄 수 있어. 그렇지만 지탄다가 신경 쓰인다고 한 이상, 결국엔 '십문자'가 누구냐고 물을 거다."

"무시하면 되잖아."

"그게 가능한 상대가 아니니까 귀찮은 거 아니냐."

오레키는 얼굴을 찡그렸다.

항.

저런 바보.

나는 얼마 안 남아 있던 빵 파편을 연달아 입에 넣고 일어섰다. 가려다 말고 일단 인사를 했다.

"맞다. 오레키, 밀가루 고마워. 하마터면 아무것도 못 하고 끝날 뻔했는데 덕분에 살았어."

"오, 맞다, 그거."

오레키는 불현듯 생각난 것처럼 말하더니 어째 묘한 웃음을 띠었다.

"그 밀가루, 볏짚 프로토콜로 손에 넣은 거다."

볏짚 프로토콜?

"뭔 소리야?"

"볏짚 부자 말이야. 몰라?"

아아, 그런 뜻.

"밀가루를 줬으니까 딴 걸 대신 내놓으란 소리구나?"

"뭐 없냐? 아무것도 없으면 여기서 프로토콜 종료해도 되고."

뭐, 상관없다.

나는 잠시 생각한 끝에 가슴에 달린 하트 모양 브로치를 뗐다.

"이거 가져."

오레키는 놀란 표정으로 그것을 보았다.

"괜찮냐? 이게 없으면 코스프레가……."

"코스프레란 말 하지 마, 이 바보야!"

나는 오레키의 얼굴을 향해 있는 힘껏 브로치를 던진 다음, 뒤도 안 돌아보고 빠른 발걸음으로 지학 교실에서 나왔다.

041-♣14

출입을 계속 감시할 생각이었지만 생리 현상은 어쩔 수 없다. 공연이 시작되기 직전 화장실에 가느라 잠시 자리를 떴다. 갔다 와서 다니에게 누가 드나들었느냐고 넌지시 묻자, 적에게 정보를 묻는 녀석이 어디 있느냐고 비웃음을 샀다. 그래도 살짝 자존심을 만족시켜 주는 말을 몇 마디 했더니 친절하게 가르쳐 주었다.

"아무도 안 왔어."

그 대답과 거의 동시에 2학년 D반 교실에서 누가 나왔다. 남학생, 옷깃의 배지로 보건대 2학년이다. 이 사람이 마술부 부장인 다야마 선배일 것이다(전부터 마술부 부장을 알고 있었던 것은 아니고 프로그램에서 봤다). 만국기며 초롱으로 장식된 복도 저 끝까지 들릴 것처럼 목청을 높인다.

"마술부 제5회 공연, 곧 시작됩니다!"

나와 다니는 말 한마디 없이 각자 어둑어둑한 교실로 들어갔다. 창문을 암막으로 가린 모양이다. 교실 중앙 부근에 암막을 쳐서 두 부분으로 나누었으며, 책상은 전부 창가로 밀어 놓고 의자만 놓았다. 암막 뒤는 분장실로 쓰는 것이리라. 막 앞에 교단과 교탁이 놓여 있는데, 저기가 무대임에 틀림없다. 무대에 설 사람 입장에서는 부담되겠지만, 보는 입장에서는 기쁘다. 뭐, 즐거운 마음으로 구경할 상황이 아니지만.

이번에는 안에서 들어오는 사람을 감시한다.

제5회 공연쯤 되다 보니 마술에 관심 있는 사람은 벌써 다 봤는지 손님이 별로 없다. 맨 처음 들어온 것은 뜻밖의 인물이었다. 입을 다물고 있어도 차가운 인상을 주고 입을 열면 그 인상이 뒷받침되는 '여제'. 나는 무심코 일어섰다.

"안녕하세요, 이리스 선배."

이리스 후유미 선배는 어둠 속에서 눈을 가늘게 뜨고 나를 물끄러미 보았다.

"……아아, 고전부."

이리스 선배는 가볍게 고개를 끄덕이는 것으로 인사를 대신하고 교실 맨 뒷줄 의자에 앉았다. 더할 나위 없는 현실주의자로 보이는 이리스 선배가 마술을 보러 왔다는 게 어째 이상했다.

그다음도 여학생이었다. 두 명이 같이 왔다. 처음 봤을 때는 커플인가 했다. 한쪽이 남장을 했기 때문이다. 저 턱시도, 어디서 봤는데……. 그래, 만연이구나. 마야카와 조를 짜서 채색을 하던 사람인가. 그러고 나니 같이 온 여학생이 누구인지도 생각났다. 만연 부장이다. 몇 번 본 적이 있다. 두 사람은 각자 손에 든 마술부 프로그램을 가리키며 웃으면서 앞쪽 자리에 앉았다.

안면이 없는 사람 몇 명이 따로따로 들어왔다. 한 지붕 밑에서 더불어 학업에 임하고 있으니 얼굴 정도는 얼핏 본 사람도 있었지만, 뭐, 모르는 사람이라 해도 지장 없을 것이다. 학교와 상관없는, 아마도 부부로 보이는 중년 남녀도 들어왔다. 야야, 오늘 평일이라고, 학교는 어쨌냐 하고 묻고 싶어지는, 초등학생이 틀림없는 여자애도 들어왔다.

다음으로 들어온 여학생은 같은 반이었다. 하지만 별로 친한 사이가 아니라 말은 걸지 않았다. 저쪽도 내가 있는 것을 알아차린 듯했지만 역시 못 본 척했다. 그러고 보니 저 애의 성은 '주몬지'다. 주몬지 가호. '자릿수 올라가는 4대 명가'

의 한 사람과 친해지고 싶은 마음은 있지만, 주몬지는 어째 영 껄끄럽고 불편하다('친해지고 싶다'는 것은 다른 곳에서는 들을 수 없는 이야기를 듣고 싶다는 정도지, 마야카가 들으면 곤란한 의미가 결코 아니다).

처음에는 관객이 하도 없어서 걱정됐는데 꽤 들어찼다. 마술부에게는 반가운 상황일 것이다. 조금 전 본 부장이 암막 사이로 얼굴을 쏙 내밀더니 객석을 두리번거린 다음 다시 숨었다.

남학생 단체가 들어왔다. 어이쿠, 총무 위원회 위원장 다나베 지로 선배 아니십니까. 그리고 다나베 선배와 이야기하는 사람은…… 아니, 이런. 경례! 가미야마 고등학교 제n대 학생회 회장, 구가야마 무네요시 각하시군요(아무리 그래도 n에 무슨 숫자가 들어가는지 그것까지는 모른다). 스포츠맨처럼 다부진 체격에 상쾌하게 웃는 얼굴, 유창한 언변이 기억에 남는 우리 학교 대표다. 학생회장이 평소 뭘 하는지는 모르지만. 그 밖에 모르는 사람이 몇 명 더 있었다. 다나베 선배는 나를 보더니 손을 가볍게 들었다.

교실의 절반을 차지하는 객석은 만석까지는 아니라도 칠십 퍼센트 정도 찼다. 십중팔구 마술부원일 여학생이 문을 닫는다. 암막 틈새로 양손에 양초를 든 남학생이 나와 교탁에 놓았다. 주머니에서 성냥을 꺼내 불을 붙인다. 암막에 싸인 어둑어둑한 교실을 부드러운 불빛이 비춘다. 과연. 객석과 무대의 좁은 거리를 깜박거리는 촛불 불빛으로 커버한다는 작전인가. 제법 운치가 있어 아주 마음에 들었다.

촛불을 켠 남학생이 분장실로 물러나자 이번에는 부장이 나타났다. 머리를 뒤로 빗어 넘기고 무테안경을 썼으며 말랐다고 해도 될 만큼 몸집이 호리호리한 마술부 부장은, 일단 겉으로 보기에는 손재주가 있을 듯했다. 부장이 웅성거리는 객석을 둘러보자 말소리가 잦아들었다. 부장은 만족스레 미소를 짓고 연극 조로 정중하게 절했다.

“이제 시간이 됐으니 시작하겠습니다. 오늘 마술부 공연을 찾아 주신 관객 여러분께 감사드립니다. 저희 마술부원 일동이 지금까지 연마해 온 기술을 봐 주십시오.”

박수.

손뼉을 치며 주위를 살핀다. 아직 딱히 이상은 없어 보이는데…….

“그럼 먼저 마술부가 자랑하는 기대의 샛별, 1학년 B반 다카무라 요이치가 선보이는 〈리빙 데드〉부터 보시겠습니다.”

그러고는 자기가 손뼉을 치며 무대에서 내려간다. 암막 사이로 나타난 남학생은 내 예상대로 공을 들고 있었다. 음악이 시작되었다. 〈올리브 목걸이〉였다면 양식미적 의미로 재미있었겠지만, 틀어 준 것은 속삭이는 목소리의 프렌치 팝이었다. 다카무라라는 저 학생, 전혀 긴장된 표정이 아니다. 역시 대단하다고 할지, 아니면 벌써 다섯 번째 공연이라 그런 건지.

좀비 볼, 링킹 링. 예상대로 공연이 진행되었다.

마술부의 실력은 제법 훌륭했다. 마술로서는 물론 이미 본 적이 있는 것들이니 놀라 기절초풍하지는 않는다. 하지만 이 정도로 가까이에서 공이 하늘을 날고 쇠고리가 이어지는 것을 본 적은 없는지라 박력이 있었다. 맨 처음 남학생과 그 다음 여학생 둘 다 손놀림이 약간 어색하기는 했지만, 눈에 띄는 실수는 없었다. 나는 그들의 묘기에 진심으로 갈채를 보냈다.

세 번째 마술, 프로그램에 따르면 〈신출귀몰〉이 근사했다. 유일한 2학년이자 마술부 부장인 다야마 선배의 기량은 확실히 먼저 나온 두 사람보다 뛰어났다. 처음 인사했을 때의 당당했던 태도는 무대에 올라서도 변함없이, 침묵을 지키며 음악(피아노 소나타였다. 제목까지는 모른다)에 맞춰 아무것도 없는 것처럼 보이는 공간에서 카드며 손수건 등을 꺼냈다.

카드와 손수건만이면 실력에 감탄해도 놀라지는 않았을 것이다. 하지만 종반에 검은 손수건으로 덮은 오른손에서 나타난 것에는 깜짝 놀랐다. 관객들이 웅성거리고 나도 엉거주춤 일어섰다.

성공에 안심했는지, 환성에 만족했는지, 그때까지 무표정했던 다야마 부장이 살짝 웃음을 지었다. 손에 든 것은 양초였다. 꼬임 무늬가 있는 분홍색 초로, 이 부분이 중요한데, 불이 켜져 있었다. 맙소사, 불이 켜져 있으면 주머니에 못 넣지 않나. 다야마 부장이 객석을 향해 촛불을 높이 쳐들자 우리는 일제히 박수를 보냈다.

조금 떨어진 곳에 앉아 있던 다니도 이 묘기에는 손뼉을 쳤다. 다니의 입에서 나온 말이 언뜻 들렸다.

"제법인걸. 토치란 말이지."

으음, 구태여 잘난 척하면서 영어를 쓸 것은 없지 않나. 촛불이면 충분한 것을. 게다가 토치라고 하면 횃불 같다. 저런 것은 캔들이라 부르자. 토치와 캔들의 차이를 설명하라면 아무리 나라도 선뜻 대답 못 하겠지만.

아니, 그게 아니라, 무심코 푹 빠져 보긴 했어도 여기 마술을 보러 온 게 아니라니까. 그렇지만 공연은 순조롭게 진행 중이고, 별반 수상한 움직임을 보이는 관객도 없다. 이따금 생각난 것처럼 문이 열리고 관객이 한두 명 늘었다가 줄었다가 했다. 하지만 교실 바깥에는 '십문자'가 노릴 물건이 없었을 터였다. 포렴, 간판, 포스터. 음, '십문자'가 노리는 게 뭐랬더라? 마술부. '기'로 시작하는 것인가.

……캔들•!

나는 흠칫 놀라 무대 위에서 정중히 절하는 다야마 부장에게 시선을 되돌렸다. 손에 든 양초에는 이미 불이 붙어 있지 않았다. 위험하니 그러겠지만, 꺼내서 우리에게 보여 준 다음 바로 불어서 껐다. 하지만 이 교실 내에 있는 양초는 그것 하나만이 아니다. 조명을 교탁 위에 놓인 촛대에 의지하고 있다. 그쪽을 보았다.

"……앗!"

"트럼프를 맞히는 건 흔하니까 오늘은 취향을 바꿔 화투를…… 어?"

소리가 입 밖으로 튀어나오고 말았다. 그새 그다음 카드 마술로 넘어간 공연은 이 또한 음악 없이 토크를 섞어 가며 진행하는 스타일이었던 탓에, 무대 위에서 다카무라와 나가이가 놀라 나를 바라보았다. 내 잘못이다. 얼굴 정면에 손을 들어 미안하다고 사인을 보냈다.

• '캔들(간도루)'은 일본어로 '기'로 시작한다.

촛대 위의 양초. 다섯 자루 꽂을 수 있는 촛대다. 그런데 오른쪽 촛대에는 초가 다섯 자루 꽂혀 있건만 왼쪽 촛대에는 네 자루밖에 없다.

이럴 수가. 벌써 털렸잖아.

대체 어느새? 아니, '어느새'고 뭐고 아무도 무대 가까이 가지 않았는데. 아, 방금…….

"그럼 거기 맨 뒤에 앉은 분, 단상으로 올라오시죠."

지명을 받은 이리스 선배가 무대로 향했지만, 나머지는 출연자뿐이다. 그렇다면 공연이 시작됐을 때 이미 훔친 다음이었다는 뜻이다.

나는 당연히 '십문자'가 중인환시의 공연중에 예술적으로 훔칠 줄 알았건만. 공연이 시작되기 전에 이미 범행이 끝났을 줄이야.

아아, 내가 왜 귀중한 시간을 들여 가며 여기 있었던 건데!

어딘가에 범행 성명을 놓아두었을 것이다. 맞다, 그러고 보니 조리연의 국자도 〈와일드파이어〉 중에 도둑맞은 게 아니었다. 콘테스트 개시 시점에는 이미 없어진 뒤였다. 괴도 '십문자'는 괴도답게 화려하게, 멋들어지게 훔치는 데 관심이 없는 걸까?

아무튼 이제는 여기서 감시하고 있을 이유가 없다. 사전에 훔쳤다면 이곳에 와 있는 사람들은 사건과 무관하다. 좋아, 일이 이렇게 된 이상, 이렇게 된 이상…….

"〈단풍 시월〉을 고르셨죠?"

"……그래."

박수.

들썩거리지 말고 차분히 앉아 보자.

042-◆09

만연으로 돌아오자 별로 친한 것도 아닌 같은 학년 애가 다짜고짜 말했다.

"왜 이렇게 늦니?"

적당히 웃고 문집 판매원 자리로 돌아왔다.

오전을 통째로 써서 대량으로 그려 낸 포스터에 조금이라도 효과가 있었을까. 손님은 어제보다 많은 것 같은데. 옆에서 매대를 지키는 애에게 작은 목소리로 물었다.

"어제랑 비교해서 어때?"

그 애가 슬그머니 곁눈을 던진 곳에 고치 선배가 있었다. 선배가 추종자들과 떠드느라 의식이 이쪽을 향하고 있지 않다는 것을 아마 확인한 것이리라. 그 애는 나보다 더 작은 목소리로 대답했다.

"응, 잘 나가."

"포스터 효과일까?"

"그건 모르겠지만."

그랬으면 좋겠다. 나는 고치 선배의 캐릭터 포스터 작전에 반대한 게 아니었고, 내가 그린 그림도 꽤 많이 쓰였으니 효과가 있는 게 기쁘지 않을 리 없다. 그 부분을 착각하지 말았으면 좋겠다.

그렇지만 그 부분을 착각하는 그룹이 있었다. 나도 그러지 않을까 각오는 했지만. 키들키들 웃으며 별로 멀리 떨어져 있는 것도 아닌 데서, 즉, 들으란 듯 이야기했다.

"역시 선배 말대로 하니까 좋잖아."

"그러게 말이야. 아무개가 괜히 반대만 안 했으면 어제도 더 많이 팔렸을 텐데."

할당된 원고도 제출하지 않은 사람에게 그런 말을 들을 이유는 없는데. 그래도 잠자코 있었다.

"그러지 마, 그렇게 말하면 불쌍하잖니. 그렇게 죽어라 그렸는데."

"그러게. 애썼지."

글자만 따서 보면 감싸 주는 것처럼 보일 수도 있지만, 억양을 바꾸면 의미가 완전히 달라진다. 정확히 쓰자면 '그러지 마아아, 그렇게 말하면 불쌍하잖니이. 그렇게 주거라 그랬는데'다. 그러면서 나를 흘끔 본다. 숨겨진 의미는 내가 피해망상이 있다 해도 '꼴좋다'가 아닐까.

나는 만화가 좋고 만연도 굳이 말하자면 좋아하는 터라 별로 이런 전개를 바라지 않았는데……. 어쩔 수 없나. 세 명이 모이면 원래 파벌이 생기게 마련이고, 못 참고 괜한 말을 하는 게 내 타고난 성격이고, 증거를 못 내놓은 것도 나다. 참자, 참아. 그렇지만 분위기가 이래서 《빙과》 위탁 판매 말을 못 꺼내는 게 속상하다.

그 뒤로도 속닥속닥 소리는 집요하게 이어졌다. 시누이 같다는 말은 이런 때 쓰나 하다가 한 가지 생각났다. 언제였던가, 후쿠와 했던 이야기. 내가 뭔가를 시누이 같다며 눈살을 찌푸렸더니, 후쿠는 의아한 표정으로 물었다.

"그거 용감하단 뜻이야?"

"뭐?"

"아니면 애국심이 풍부하다는 뜻?"

"뭔 말이야?"

"코슈트• 같다."

"……그게 뭐야?"

"헝가리의 영웅."

진짜 정말, 그게 뭐야.

아, 그때 후쿠의 그 진지해 빠진 표정을 생각하니까 웃음이 난다. 지금 웃으면 안 되는데. 그렇게 생각하면서 풋 웃고 말았다. 역시 안 되는 일이었다. 속닥거리던 집단이 순간 술렁거렸다.

"재 왜 저래?"

"좀 너무 기고만장하는 거 아냐?"

"짜증 나."

미안!

이 집단은 존재감은 다들 엇비슷한데, 그중에서 비교적 주도적인 사람이 목소리를 높였다.

"그것도 그래. 못 찾았다는 말, 그거 거짓말 아냐? 별것도 아닌 만화를 엄청나다고 혼자 난리 쳐 놓고, 그럼 어디 한번 보자 했더니 갑자기 겁난 거야. 남은 들어 보지도 못한 그런 동인지 들고 나와서 말이야, 뭘 좀 아는 척, 마니아인 척한다

• 일본어로 '시누이(고쥬토)'의 발음이 이와 비슷하다.

고 될 일도 아닌데. 그래 봤자……."

그 이상 말하면, 하고 원래부터 별로 많지 않은 참을성이 바닥을 쳤을 때였다.

"그만. 그 이상 말하지 마. 들어 보지도 못했으면 가만있어야지."

그렇게 나무라는 목소리가 날아왔다. 속닥거리던 집단은 생각지도 못한 방향에서 날아든 공격에 일제히 그쪽을 돌아보았다. 하지만 그들은 그대로 입을 다물 수밖에 없었다. 그럴 만도 하다. 말한 사람이 그들의 리더, 고치 선배였으니까. 턱시도 차림의 고치 선배는 방금 자기가 말했다는 것을 잊어버린 양 크게 하품하고 있었다.

상당히 뜻밖이었다. 고치 선배가 자신의 추종자들에게 엄하게 말해서 그런 게 아니다. 고치 선배는 굳이 따지자면 웃기기만 하면 픽션이건 논픽션이건 상관없고 표절과 오마주를 구분하지 않는 타입으로, 공정함에 구애되지 않는 사람이라고 생각했다. '모르면 가만있어'라는 말이 그런 고치 선배의 입에서 나왔다는 사실에 놀란 것이다.

집단은 야단맞은 강아지들처럼 풀이 죽었다. 하지만 원망어린 시선을 내게 흘깃흘깃 던지는 애들도 있었다.

아아, 숨 막혀.

……매대로 돌아온 지 얼마 안 됐지만 나는 기분 전환을 하기로 했다. 옆 애에게 잠깐 나갔다 올게, 미안, 하고 밖으로 나갔다. 바람을 쐬고 싶었다.

가을 해는 두레박 떨어지듯.

아직 해 질 무렵은 아니지만, 태양은 힘이 없고 바람이 시원하다. 울긋불긋 장식된 가미야마 고등학교 안에서 혹시 다들 이곳의 존재를 잊어버린 게 아닌가 싶을 만큼 평소와 똑같은 연결 통로 옥상에서, 나는 막연히 안마당을 내려다보고 있었다.

지금까지 입장은 그렇게 나쁘지 않은 줄 알았는데. 역시 가만있을 걸 그랬나.

하지만 아마 그렇게 많이 후회하지는 않을 것이다. 나는 '재미있는 것도, 재미없는 것도 없다. 있는 것은 주관뿐'이라는 고치 선배의 말을 도저히 받아들일 수 없었다. 정말로 그렇다면 어떻게 발전하라는 말인가. 내 그림은 그렇게 눈 뜨고 못 볼 정도는 아니다. 포스터도 그런대로 괜찮았다. 하지만 내 만화는 아주 재미없다. 더 재미있는 만화를 그리고 싶다, 더욱더 재미있는 만화를 그리고 싶다. 그런 때 가령 『저녁에는 송장이』를 정상에 놓고 올려다볼 수 없다면, 무엇을 기준으로 나는 발전했다고 할 수 있을까. 고치 선배가 말하는, 나아가는 것이나 멈춰 서 있는 것이나 똑같다면 마치 어둠 속에 있는 것과 같은 일이다. 기준점도 목표점도 없다면, 어느 쪽으로 가든 나아간 게 아니다. 아무리 실력을 갈고닦아도 그건 발전이 아니라 변화에 불과하다. 그런 이야기를 인정한다면…… 어째서 지금의 나는 아직 멀었다는 생각이 드는 걸까?

하지만 어제는 그런 말이 나오지 않았다. 『저녁에는 송장이』를 보여 주면 납득할 것이라고 믿어 의심치 않았다. 납득했든 하지 않았든 선배의 추종자들이 나를 어떻게 생각할지 염두에 없었다.

하하, 나 정말 바보네.

……후쿠가 보고 싶다. 아마 어느 이벤트에서 또 혼자 신나서 설치고 있겠지. 나도 후쿠랑 같이 '십문자' 사건이란 걸 뒤쫓고 싶은데. 부르러 와 주지 않으려나? 그럼 만연으로 안 돌아갈 텐데.

"이바라."

별안간 들려온 목소리에 만일을 위해 눈가에 손을 대 보고 돌아섰다.

"미안해, 이바라. 일이 이상하게 됐지."

포동포동한 볼에 쌍꺼풀이 뚜렷한 커다란 눈. 난처한 표정으로 미소를 짓고 있다. 유아사 부장이었다.

나는 세차게 도리질을 했다.

"왜 선배가 사과하세요? 선배는 잘못한 거 없잖아요."

"내가 계속 가만있었잖아. 네 편을 들어 주고 싶었는데."

……그 말을 연결 통로 옥상에서 하면 나는 대체 어떻게 생각해야 하는 걸까.

하지만 괜찮다. 어차피 누가 편을 들어 주기를 바랐던 게 아니다. 게다가 부장이 정말 내 역성을 들어 줬다면 나와 고치 선배의 싸움은 만연 전체를 끌어들이는 일대 소동으로 확대됐을지 모른다. 그런 것은 싫다. 그러니까 괜찮다.

"……아야코도 진심으로 그런 게 아냐."

부장이 중얼거리듯 말했다. 아야코가 누구인가 싶어 잠시 고민했는데, 고치 선배의 풀 네임이 고치 아야코라는 게 이내 생각났다.

"진심이 아니라니 뭐가요? 아까 '들어 보지도 못했으면 가만있어야지'라고 한 거요?"

"아니, 그게 아니라 어제 이바라 너랑 싸운 거."

더는 입에 올리고 싶지 않은 화제였지만, 나는 가볍게 숨을 들이마신 뒤 말했다.

"재미있다 없다는 안테나 높이 문제라는 이야기요?"

부장은 살짝 고개를 끄덕였다.

혹시 위로해 주는 걸까? 그렇다면 꽤나 서툰 위로다. 어쩐지 엷은 웃음이 입가에 떠올랐다.

"그걸 어떻게 아시죠?"

"응…… 아야코랑 난 친구니까."

"그게 다예요?"

"아야코랑 하루나도 친구였거든."

유아사 부장은 이제 알겠지? 라고 하듯 온화하게 미소를 지었다. 나는 아마 얼빠진 표정이었을 것이다. 하루나는 또 누구지? 고치 선배가 아니고, 유아사 부장도 아니다. 그 밖에 지금 이름이 등장할 만한 사람을 모르겠다. 한참 지난 다음 하는 수 없이 물었다.

"누군데요?"

"뭐가?"

"하루나라는 사람요."

이번에는 유아사 부장의 표정이 괴상해졌다. 고개를 갸웃하는 동작이 약간 지이 같았다.

"어? 이바라, 그거 갖고 있다며?"

그러니까 뭘 말인가. 도무지 영문을 알 수 없는 내게 부장이 이어서 말했다.

"『저녁에는 송장이』."

여기서 나올 줄 몰랐던 제목을 듣고 저절로 등줄기가 꼿꼿이 펴졌다.

"……네."

"하루나가 스토리 작가야. 안조 하루나. 책에 이름 없었던가?"

뭐?

나는 필사적으로 『저녁에는 송장이』의 작가를 떠올려 보려 했다. 하지만 뭐랄까, 분명히 '안조 하루나'는 아니었다. 좀 더 동인 만화의 펜네임다운 특이한 이름이었다. 그래, 기억난다. 분명히…….

"아뇨, 『저녁에는 송장이』의 작가는 안신인 뭐시기였어요."

"안신인?"

"안심安心에 병원의 원院이에요."

유아사 부장은 약간 의외라는 표정을 짓더니 이내 고개를 내저었다.

"펜네임을 썼구나. 하지만 그건 하루나가 지은 이야기 맞아. 아야코라면 작화가 누군지 알지 모르지만 난 모르겠네."

이상한 데서 동경하던 만화의 작가를 알게 됐다. 스토리와 작화가 다른 사람이라는 것은 사실 알고 있었지만. 나는 우울했던 기분도 잊고 흥분해서 물었다.

"몇 학년 몇 반이에요?"

하지만 돌아온 대답은 허망했다.

"아, 하루나는 이제 없어. 전학 갔거든."

"……그래요."

어깨가 축 늘어졌다.

부장의 이야기를 잠시 머릿속으로 정리해 보았다. ……잘 이해되지 않았다. 나는 가볍게 한숨을 쉬었다.

"그런데 선배, 그 안조 하루나란 사람이랑 고치 선배가 친구면 뭐가 어떻게 된다는 말씀이죠? 고치 선배가 진심이 아니었다는 걸 어떻게 아실 수 있는 거예요?"

부장은 눈을 내리깔고 침묵했다.

혹시 이 사람, 아무 생각 없이 되는 대로 말한 거 아냐? 그런 의심마저 들 만큼 시간이 지난 뒤, 부장은 천천히 고개를 들었다.

"하루나 이야기를 하면 이해해 줄 줄 알았는데. 하지만 그래, 그거로는 설명이 부족하지. 그렇지만 미안, 이바라, 설명하려고 들면 할 순 있지만 못 하겠어."

"……."

"아야코는 내 친구인걸."

쌍꺼풀진 커다란 눈이 조금 쓸쓸해 보였다. 친구니까 설명할 수 없다. 그것을 설명하면 고치 선배를 흉보는 게 되는 걸까. 아니면…… 고치 선배의 비밀을 건드리게 되는 걸까.

어느 쪽이든 말해 주지 않으면 나도 알 수 없다. 지금의 나는 알 수 없는 일을 곰곰이 생각할 기분이 아니다. 천천히 고개를 가로저었다.

잠깐 혼자 있고 싶었다. 고치 선배의 말이 진심이었건, 진심이 아니었건 아무튼 바람을 쐬고 싶었다. 나는 말했다.

"바람 좀 쐬다가 들어갈게요."

"이바라……."

한 번 더, 이번에는 좀 더 강하게.

"금세 갈게요."

그러니까 이제 제발 그냥 내버려 둬 주세요.

043-♠11

이제 조금 있으면 5시다.

종료 시간을 앞두고 다들 뿔뿔이 돌아왔는데, 어째 분위기가 묘했다. 사토시는 평소와 달리 언짢은 표정으로 입 다물고 있고, 지탄다는 반대로 유난히 즐거워 보인다. 이바라는 어둡다. 말을 걸기를 바라는 것 같지 않기에 일단 무시하기로 했다.

"당했어, 호타로."

그렇게 말을 꺼낸 사토시가 내 얼굴을 빤히 보더니 의아스레 물었다.

"눈은 왜 그래?"

아직 빨간가.

"어, 하트가 눈에 뛰어들어서."

"엥?"

"하트가 눈에 날아왔다니까."

사토시는 어안이 벙벙한 표정이었으나, 이내 정신을 차리고 말했다.

"뭐, 됐어. 감쪽같이 당했어. 마술부에서 양초가 없어졌어."

"잘됐네."

진심으로 그렇게 말했다.

"내일 '고전부'까지 오기 전에 '십문자'가 붙들리면 곤란하잖냐."

"그야 그렇지만."

사토시가 마지못해 고개를 끄덕였다. 사정을 묻자, 보아하니 사토시는 '십문자'의 범행 현장을 덮칠 수 있다고 생각했던 모양이다. '아'부터 '가'에 이르기까지 이벤트중에 도둑맞은 사례가 없고, 또 '십문자'가 자기에게 유리하게 타깃의 이벤트 개시 시각을 설정할 수 있을 리 없다. 그러니 '십문자'는 당연히 이벤트 개최중인지 아닌지 따지지 않고 편리한 시각에 훔치고 있을 것이라 생각했는데.

"눈치챘으면 가르쳐 줘라……."

그래서 그렇게 말했더니 사토시가 투덜거렸다. 네가 어떻게 할 생각이었는지 내가 어떻게 아냐.

"그래서 범행 성명은 있었냐?"

"응. 마술 공연 포스터가 달력처럼 넘기는 식인데 '다음 공연은 내일 10시 반에 시작됩니다'로 넘겼더니 거기 붙어 있었어. 매번 곁들이는 『간야제 100배 즐기기』도."

"포스터는 복도에 있었고?"

"응."

어이구야. 누구나 범행이 가능했다는 이야기다.

한편 지탄다는 빰이 실룩거리고 있다. 웃고 싶은데, 조신

함 때문에, 그리고 왜 그런지 모르게 우울한 이바라를 생각해 웃지 못하는 것이리라. 운을 떼 보았다.

"넌 뭐 좋은 일이라도 있었냐?"

지탄다는 힘차게 고개를 끄덕였다.

"네!"

"호오."

"이리스 선배에게 맡긴《빙과》스무 부 말씀인데요, 잘 팔리고 있대요."

뭐, 그렇겠지. 이리스 선배가 하는 일이니 그럴 만도 하다. 반가워해야 하겠지만 순순히 웃을 수 없다. 그 사람에게는 빚지고 싶지 않다.

"다 팔린 거냐?"

"아뇨, 아직은 아니고요. 하지만 내일 중으로는 아마 다 팔릴 것 같아요."

다 팔리면 추가로 출하해야 할까. 고민되는 부분이다.

"그리고 하나 더 있는데요,《가미 고 월보 간야제 호외》오후 4시 호에 '십문자' 사건이 실렸어요. 오레키 씨가 발견한 오십음순 법칙도 확실하게 언급됐고요."

내가 발견했다고 하면 겸연쩍다. 이바라와도 이야기했지만, 종이에 써 보기만 하면 누구나 알아차릴 수 있는 정도의 뻔한 법칙이었다. 지탄다는 이어서 기도하듯 가슴 앞에 두 손을 깍지 끼었다.

"거기 고전부 이름도 나왔지 뭐예요! 이렇게요. '그러한 이상, 독자 제현이여, '십문자'가 최후의 악행을 벌이는 것은 사흘째 오후 12시부터 2시 사이, 표적은 '고전부' 내지 '공작부'일 것으로 추정되는 바이다.'"•

"공작부? 그런 게 있었냐?"

옆에서 사토시가 엄숙하게 고개를 끄덕였다.

"그러고 보니 있네."

"그쪽으로 가 버리면 계획은 끝장이군."

"그러게요. 걱정이에요."

그렇게 말하면서도 지탄다의 희색은 사라질 줄 몰랐다. 뭐가 그렇게 기쁜 건가 싶었는데, 생각해 보면 벽신문부에 이 뉴스를 들고 간 사람은 지탄다다. 자신의 뉴스가 다뤄져서 기쁘다…… 아니, 좀 다른가. 지탄다는 그런 일로 이렇게까지 기뻐하지 않을 것이다. 뭔가 더 있을 것 같지만, 사람의 마음은 알 길이 없다. 하물며 지탄다 에루라면 더욱더.

"그래서 호타로, 오늘 매상은?"

• '고전부(고텐부)'와 '공작부(고사쿠부)'는 일본어로 '고'로 시작한다.

아, 그렇지.

"이리스 선배한테 위탁한 권수를 빼면 열여섯 부."

"어이쿠, 어제보다 많이 팔렸잖아."

오차 범위 내지만 말이다. 이벤트의 선전 효과는 오늘 와일드파이어보다 어제 퀴즈 트라이얼 쪽이 더 있었을 테니, 축제도 이틀째에 접어들어 심심해진 학생이 이런 벽지까지 걸음을 옮겨 본 것도 있으리라. 입소문 효과도 있다면 고맙고.

그나저나 이틀째가 끝났는데 남은 부수가 약 4분의 3이라. 그나마 희망은 비장의 카드인 '십문자' 사건의 향후 전개인데…….

뭐, 될 대로 되겠지. 나는 책상 속에서 비스킷 봉지를 꺼냈다.

"그게 뭐야, 호타로?"

"제과 연구회에서 팔러 왔더라. 다 못 먹어서 남긴 건데, 원한다면 먹어."

부르자 이바라도 다가왔다.

비스킷 한 봉지를 넷이 나누었다. 와삭와삭 먹는 사이에 둘째 날 종료를 알리는 벨이 울렸다.

〔남은 부수 141부〕

4
또다시 잠 못 이루는 밤

4. 044~047 또다시 잠 못 이루는 밤

044-♥10

지쳤다는 말은 하면 안 돼요. 지쳤다는 건, 난 이제 할 만큼 했으니까 이제부터는 네가 하란 말로 들리거든. 정말 지쳤을 때는 잠깐 쉬겠다고 말하렴. 쉬고 나면 다시 내가 할게요, 하는 말로 들리니까.

인자했던 할머니 말씀입니다.

아니, 과거형을 쓰면 안 되는군요. 할머니는 정정하시거든요.

그 말씀을 잊은 것은 아닙니다. 하지만 밤에 자기 방에서 혼자 중얼거리는 것은 괜찮지 않을까요? 저, 조금 지쳤습니다.

이리스 선배에게 부탁드린 문집은 잘 팔리는 중이고, 벽신문부는 기사에 고전부를 언급해 주셨습니다. 그러니 헛수고를 했다는 느낌은 아닌데, 방으로 돌아오자마자 신기할 정도로 몸이 무거워졌습니다.

저는 그렇게 체력이 좋은 편이 아닙니다. 기본적으로 운동에는 자신 없지만, 지구력 달리기만은 그래도 중상 정도 됩니다. 지난 이틀간 가미야마 고등학교 안을 여기저기 다니기는 했어도 그것 때문에 지친 것은 아닙니다.

뭐라고 하면 좋을까요. ……자기 문제를 스스로 해결하는 경우는 이런 식으로 지치는 것 같지 않습니다. 자신들의 문제를 스스로 해결할 때는 덜 지치는 것 같습니다. 이번 축제에서 저는 저희 문제의 해결을 남에게 떠넘기려고 하는 게 아닐까요. 그 때문에 총무 위원회에 부탁드렸고, 벽신문부에 부탁드렸고, 이리스 선배에게 부탁드린 게 아닐까요.

'십문자' 사건 자체는 몹시 신경 쓰입니다. 축제를 무대로 오십음순으로 물건을 훔치는 '십문자' 씨. '어떻게'도 신경 쓰이지만 '어째서'는 그보다 훨씬 궁금합니다. 그 생각을 하기 시작하면 몸이 근질근질해서 가만있지 못하겠습니다.

그렇지만 심호흡을 하고 고전부 부장이라는 입장에서 생각했을 때, 저는 그 사건을 타인을 움직이기 위한 도구로 간주해야 합니다. 다른 분들에게 부탁을 드리러 다닐 때 이용할 무기로 봐야 합니다.

이상합니다. 그게 저를 이렇게 노곤하게 하다니요.

아니죠, 마음이 약해질 때가 아닙니다. 오레키 씨도 잘해주고 계시지만, 문집은 아직 충분히 판매됐다고 할 수 없습니다.

내일도 부탁드리러 다녀야 합니다. 그게 싫은 것은 아닙니다. 제가 해야 할 일입니다. 하지만…….

역시 조금 지쳤습니다.

045-◆10

오늘은 일찍 자야지 했는데, 도무지 잠이 오지 않아 책꽂이로 손을 뻗었다. 빼낸 책은 『보디 토크』. 내 또 하나의 보물이다.

『저녁에는 송장이』가 가까이 없어 읽을 수 없는 상황이라 신격화한 부분이 있었을 수도 있다. 한 수 아래라고 생각했던

『보디 토크』인데, 막상 읽어 보니 얼마나 재미있는지. 잠이 오라고 읽기 시작한 건데 이러다 뇌가 오히려 활성화되겠다.

세부 장르로 따지면 슬랩스틱일까. 귀가 들리지 않아 말을 할 수 없지만, 상대방의 몸에 손을 대면 텔레파시를 쓸 수 있는 소년이 주인공이다. 접촉만 하면 서로 무슨 생각을 하는지 빤히 알려지는 그가 트러블메이커로서 이야기를 쭉쭉 끌고 나간다. 게다가 재미에 기여하지 않는 사실주의 따위는 아무 가치가 없다는 듯 부조리하기 그지없는 트러블이 떼거리로 소년을 덮친다. 구체적으로 들자면 우주인과 좀비의 습격. 다 망하게 생겼어도 고양이를 의인화한 수수께끼의 2등신 캐릭터가 등장해 여백을 만들면, 그다음 페이지에서는 이미 상황이 종료된 뒤다. 덕분에 얼마나 진도가 빨리 나가는지. 요새 상업 작품에서는 거의 찾아볼 수 없는 만화다운 만화다. 결국 이불 속에서 엎드려 누워 베개를 독서대 삼아 끝까지 읽고 말았다.

참고로 이 고양이, 누더기 표주박처럼 여기저기 얼굴을 내밀고는 의미도 없이 커트 구석에서 갖은 묘기를 부린다. 소위 작가의 오너 캐릭터이리라. 두 발로 직립하지만 옷은 입지 않았고 헐렁한 부츠만 신었다. 말하자면 장화 신은 고양이인가 보다.

시시한 것 같아도 '커뮤니케이션의 저어'에 초점을 맞춘 이야기는 제법 심오하다. 주인공을 포함해 모든 등장인물이 결국 이기주의자라는 것도, 뭐, 진부하다는 생각도 들지만 결말을 돋보이게 해 준다. 응, 역시 이것도 좋다. 다만 고치 선배 앞에 자신 있게 내놓을 수 있느냐 하면, 이야기 진행이 너무 무계획적인 감이 없지 않다든지, 배경을 그리다 만 칸이 많다든지, 가끔 데생이 이상하다든지, 대사의 전후 관계를 잘 알 수 없는 부분이 있는 등, 약점이 눈에 띈다.

……게다가 이제 와서 뭘 내놓아도 허무할 뿐이고.

불빛은 머리맡의 형광등 스탠드뿐. 책꽂이는 흐릿하게 어둠 속에 잠겨 있다.

『저녁에는 송장이』와 『보디 토크』 두 권은 비상업 작품으로 무척이나 마음에 드는 작품이다. 하지만 내 방에 있는 만화는 물론 그것만이 아니다. 상업 작품 중에는 이 두 권마저 빛이 바래는 걸작이 수두룩하다.

그러게 말이야. 재미있는 걸 그리는 사람이 얼마나 많은데.

나는 불을 끄기 전에 이불 속에서 나와 책상 서랍 속에 넣어 둔 내 작품을 꺼냈다. 보기만 해도 넌더리가 날 정도로 형편없지만, 불현듯 꺼내 보고 싶어졌다.

응, 내가 생각해도 그림은 나쁘지 않다. 터치는 이것저것 바뀌었지만, 어느 작품이나 그렇게 절망적으로 못 그린 것은 아니다. 하지만 한두 페이지 읽다 보면…….

칸 나누기에 센스가 없다. 대사가 기억에 남지 않는다. 스토리가 감정을 움직이지 못한다. 어디서 본 것 같은 기승전결. 예정 조화.

이거, 나 말고 다른 사람에게는 수면제 노릇 할 수 있지 않을까.

하지만 지금 읽는 사람은 나다.

내 만화를 내가 읽으면 수면제커녕 흥분제다. 뭐라 형언할 수 없는 감정에 어금니를 악물며 원고를 서랍에 도로 넣었다. 아이 참, 괜히 읽었다. 실수했다. 잠을 못 자면 곤란하니 흰 알약, 진짜 수면제를 먹고 눕는다.

046-♠12

에너지 절약주의를 오래 실천하다 보면 대략 패턴이 보인다. 에너지 절약이 지나쳐 가처분 에너지가 너무 많이 남으면 밤에 잠이 잘 오지 않는다. 그렇지 않아도 늦게 자는 편인데

잠까지 안 오면 시곗바늘이 1시를 지나고 2시까지 갈 때가 부지기수다.

다만 오늘은 딱히 뭘 절약한 기억이 없다. 그냥 에너지를 쓸 데가 없었던 것뿐이다. 장밋빛 고교 생활의 발로라 할 가미야마 고등학교 축제가 한창인데, 체력을 쓸 데를 찾지 못하다니 얄궂은 이야기다.

잠이 오기를 기다리는 동안 책이라도 읽을까 했는데, 마침 가진 책이라곤 그 지루한 책뿐이다. 지루한 책이라면 수면제로 딱 좋을 것 같지만 인터넷을 하기로 했다. 지난번에 이어 가미야마 고등학교 축제 공식 사이트를 둘러볼 생각이었다.

검색 사이트를 통해 들어간다. 오른쪽 눈이 살짝 아픈 것 같다.

사이트 대문은 '현재 간야제 개최중! 여러분의 방문을 기다립니다' 하는 홍보 문구로 바뀌어 있었다. 체육관 무대에서 연극을 상연하는 사진을 올려놓았다.

화면을 밑으로 내렸다. 일정 안내에 참가 단체 일람. 교통편 안내, 방문객에 대한 요청……. 이틀 전에는 별로 관심이 당기지 않았던 곳에 눈이 갔다. 통신 판매 코너다.

학교 축제 콘텐츠의 일환이니 판매하는 것은 당연히 실제로 축제에서 파는 물건일 것이다.

열어 보니 복장 연구회의 티셔츠와 문예부 문집《메아리》, 만화 연구회의『제아미즈』가 나왔다. 이게 다인가? 명색이 가미야마 고등학교 축제인데 팔 게 이것밖에 없겠나 싶어 좀 더 찾아봤지만, 보아하니 정말로 취급 상품은 그뿐인 듯했다.

이건 좀 허전한데. 계속해서 살펴보니 주문은 메일을 통해 받는 모양이다. 메일 주소가 나와 있다. 도메인은 가미야마 고등학교 것인데, 계정 이름이 'somuiinkai(총무 위원회)'다. 총무 위원회에서 이런 일을 한다는 말, 사토시에게 못 들었는데. 하기야 사토시가 총무 위원회에서 무슨 일을 하는지 진지하게 들어 본 적이 없는 것도 사실이다.

그나저나 이 메일 주소, 어떻게 좀, 뭐랄까, 어중간한 영문 표기보다는 아예 영어를 쓰거나 좀 더 신경을 쓸 수 없었을까. somuiinkai……. 뭐, 이런 '알아볼 수만 있으면 그만'이라는 적당주의는 내 취향에 맞는다만.

또 뭐가 없나 하고 링크를 따라가 보는데, 기본적으로 외부 사람을 위한 사이트다 보니 딱히 새로운 정보는 없다. 뭐, 시간도 시간이고. 접속을 끊고 방으로 돌아왔다. 잠이 올지 안 올지는 침대에 눕고 나서 생각하자.

047-♣15

밤 산책을 나섰다.

목욕해서 개운해진 몸으로 밤바람을 쐰다. 단, 시월의 밤바람이니 아무 생각 없이 맞으면 감기 걸린다. 조심성 있게 재킷을 걸쳤다.

반달이 뚜렷이 보인다. 별들도 나와 있다. 어제, 오늘 모두 날씨가 좋았다. 보아하니 내일도 괜찮을 것 같다. 반가운 일이다. 행사가 순조롭게 진행되는 것은 총무 위원으로서 기쁘고, 날씨가 좋아 찾는 사람이 늘어나는 것은 고전부원으로서 기쁘며, 야외 이벤트가 무사히 개최되는 것은 후쿠베 사토시로서 기쁘다. 각 동아리에서 내가 지금까지 지식으로만 알았던 기술을 실제로 구사해 다양한 것을 준비했는데, 비 때문에 그들의 무대를 못 보게 된다면 너무 서운하다.

예컨대 어제 마술부 공연. 2학년 다야마 선배의 마술은 정말 훌륭했다. 데이터베이스를 자임하는 사람으로서 〈컵 앤 볼〉의 트릭은 이미 알고 있다. 하지만 아는 것뿐이고 실제로 하지는 못한다. 그렇기에 다야마 선배의 기술에 진심 어린 찬사를 보낼 수 있다. 참고로 내가 못 한다는 것은 기술적인 것이 아니라 심리적인 것에 유래한다. 나는 〈컵 앤 볼〉에 관해 알고 싶을 뿐 그것을 하고 싶은 게 아니다.

이 점에서 나와 호타로는 근본적으로 통하는 면이 있다고 할 수 있으리라.

……하지만 호타로는 본인이 그렇게 주장하고 중학교 생활 삼 년간 실제로 그랬던 것처럼 뛰어난 점이 없는 인간이 아니었다.

밤길을 걷는다. 날벌레가 모여드는 가로등 불빛을 받으며 쥐 죽은 듯 고요한 주택가를 걷는다. 신발은 스니커. 바닥이 푹신푹신하니 내 발소리도 들리지 않는다. 어디서 누가 보는 텔레비전의 심야 방송 소리가 들린다.

가미야마 고등학교에 들어와 지탄다라는 흔치 않은 촉매를 접하면서 호타로는 변했다. 아니, 진가를 발휘했다고 해야 할까. 호타로는 그때까지 내 앞에서 보인 적이 없는 예리함, 명민함, 또는 직감력, 뭉뚱그려 말하자면 추리 능력이라 할 것을 가지고 있었다. 그날, 지탄다가 지학 교실에 혼자 있었던 날부터 나는 호타로 때문에 몇 번 놀랐는지 모른다. 호타로는 회색 일색의 무개성 무능력 인간이 아니었다. 내 쪽이 아니라 내가 바라보는 쪽 인간, 내가 더없이 사랑하는 의외성을 갖춘 인간이었던 것이다.

능력 있는 매는 발톱을 감춘다고 한다. 호타로에게 매의 일면이 있다는 것을 깨달았을 때, 나는 과연 진심으로 그것을 유쾌한 일이라고 생각했을까?

그렇기에 나는 호타로의 적성에 맞지 않는 이 '십문자' 사건의 해결을 호타로에게 기대하지 않고 내 손으로 진상을 밝혀 낼 생각이다.

데이터베이스인 내가 스스로 진상을 추구하는 것은 본래 어울리지 않는 일이다. 하지만 나는 약간 올려다보게 된 친구를 조금이나마 모방하기 위해 그렇게 할 생각이다. 그게 얼마나 꼴사나운 일인지 충분히 이해하면서. 또 '고전부의 선전에 기여하기 위해'라는 설명이 대외 명분임을 자인하면서.

나만은 그 점을 알아 두자.

뭐, 대외 명분을 이용하는 것쯤 요즘 세상에 초등학생도 누워서 떡 먹기다.

어쨌거나.

괴도 '십문자'는 용의자의 바닷속에 있다. 지학 교실에서 호타로는 제법 날카로운 한마디를 던졌다. "축제 기간 중 가미 고에 대체 얼마나 많은 사람이 드나든다고 생각하는 거지? 우리 학교 학생만 해도 천 명이라고."

탐정 소설 같은 데서 자주 등장하는 상황이고, 실제 수사에서도 그리 다르지 않을 것이다. 규모가 작은 것은 우리 일상생활에서도 흔히 볼 수 있다. 범인이 누군지를 밝혀내려면 먼저 용의자를 가려야 한다.

세계 인구는 60억이었던가. 그중 교통편이나 기회의 문제 등으로 용의자를 줄여 나가 어느 정도 걸러 낸 뒤, 그것을 전제로 꼼꼼히 따져 본다. 예컨대 산불로 주위와 차단된 산장에서 살인이 일어나면 범인은 산장 안에 있는 사람일 게 분명하다(헬리콥터 소리라도 들렸다면 또 몰라도). 좋은 집 아가씨가 별장에서 살해되면 그녀가 별장에 간다는 사실을 아는 사람 중에 범인이 있다고 맨 먼저 생각할 것이다. 용의자가 최소한 열 명 정도로 줄어들어야 알리바이를 조사할 마음도 난다.

하지만 '십문자' 사건은 그런 일이 불가능하다.

도난 당시의 상황을 전부 상세하게 조사한 것은 아니다. 하지만 아카펠라부가 아무렇게나 방치해 놓은 아이스박스에서 음료수를 털린 것처럼 어느 동아리에나 '누구든 훔칠 수 있는 순간'이 있었다. 바둑부는 문을 잠그지 않았다. 점술 연구회는 사람이 한 명뿐이었으니 화장실도 가고 했을 것이다. 원예부는 '잠깐 자리를 비운 틈에'다. 어제 마술부만 해도 언제 당했는지 모르는 이상 훔칠 기회는 누구에게나 있었다고 할 수밖에 없다. 용의자는 익명의 바다 속에 있다.

어쨌거나 범인은 분명히 우리 학교 학생일 것이다. 사건은 이틀에 걸쳐 발생했다. 외부 사람이 부지런하게도 이틀 연속으로 와서 사건을 일으키고 갔다고 생각하기는 어렵다. 하지만 그것만으로는 용의자가 천 명이다. 천 명! 천 명을 향해 '이 중에 범인이 있거든!' 하고 외친들 허무해질 뿐 아니겠나. 천 명의 알리바이 조사는 진짜 수사 기관이 아닌 한 불가능하다.

……그나마 수상한 건 조리연일까. 국자를 분명히 준비했다는 부장의 말을 믿는다면, 국자는 〈와일드파이어〉 준비중에 없어졌다는 뜻이다. 범행 성명과 『간야제 100배 즐기기』도 갖다 놓아야 하니 내부 사람의 범행일 가능성이 낮지 않다.

하지만 조리연 부원이 자신들의, 그것도 상당히 수고해서 준비했을 이벤트, 와일드파이어를 방해할까? 국자는 꽤 자주 쓰는 요리 도구다. 만약 우리가 냄비 요리를 만들려고 했다면 국자가 없는 것은 상당히 치명적이었을 것이다. 그런 위험을 무릅쓰느니 '오'로 시작되는 다른 동아리를 찾지 않았을까? '오컬트 연구회'도 '응원단• & 치어리딩부 합동'도 있는데.

이쪽 가능성은 버리는 게 맞는 것 같다.

그럼 천 명의 용의자를 어떻게 걸러 낼 것인가?

……예컨대 묻지 마 사건의 경우도 용의자는 익명의 바닷속에 있다. 연쇄 방화 사건도 그렇다. 탐정 소설에는 묻지 마 사건이나 상습 방화범을 잡기 위해서는 다음 사건을 기다리는 수밖에 없는 경우가 꽤 많다. 내가 좋아하는 홈스도 「여섯 개의 나폴레옹」에서 처음 나폴레옹 상이 파괴된 시점에서는 어떻게 할 수 없었다.

그래. 사건이 몇 번 더 일어나 언뜻 보면 알 수 없는 피해자의 공통점(이게 바로 잃어버린 연관성, 미싱 링크다! 잃어버린 고리, 미싱 링이라고도 한다. 원래는 어느 쪽이냐! 저, 신경 쓰여요)이 드러나거나 범인이 실수하기를 기다린다.

따라서 탐정 노릇을 해 보려는 내가 할 수 있는 일은 현장에 있는 것뿐. 그게 유일무이한 방법이고, 달리 할 수 있는 일은 아무것도 없다.

현장에 있으면 범인의 작은 실수나 불운을 틈타 용의자를 한정할 어떤 요소를 발견할 수도 있을 것이다. 적의 실책에 기대를 거는 셈이다.

마술부에서는 멍청하게 '사전에 훔쳐 놓고 사후에 범행 성

● '응원단(오엔단)'은 일본어로 '오'로 시작한다.

명이 발견되도록 한다'는 장치를 깨닫지 못한 탓에 현장을 덮치지 못했다. 그때 2학년 D반 교실에 있었던 사람들은 단순히 마술을 보러 왔을 것이다.

그렇다면 내일은 일찍 일어나야 한다. 아침 일찍 학교로 가서 '십문자'의 다음 타깃인 '구'로 시작되는 동아리를 물샐 틈없이 감시해 주마. 노력을 아끼지 않는 후쿠베 사토시. 이 점만은 에너지 절약주의자 호타로와 다르다. 관찰력에 자신이 있는 것은 아니지만 '십문자'의 흔적은 절대로 놓치지 않겠다.

데이터베이스가 결론을 내리는 대단히 흔치 않은 순간. 어쩌면 나는 나 자신의 의외성에 흥미를 가질 수 있을지도 모른다.

발걸음을 돌린다. 달빛과 가로등 불빛이 비추는 주택가. 기분을 고무하려고 뺨을 짝 때렸더니 어느 집에서 개가 컹컹 짖었다.

5

쿠드랴프카의 차례

5-1. 048~059 4인4색 축제

048-♣16

WANTED!

제42회 간야제도 막바지에 이른 현재, 각 단체의 활동은 원활하고 질서 있게 진행되고 있다. 그러나 이 질서에 공공연히 반기를 들고 방자히 날뛰는 악한의 존재는 독자 제현도 이미 들어 알고 있으리라. 그렇다, 우리가 말하는 것은 자칭 '십문자'라는 괴인이다.

이 괴인은 대담무쌍하게도 도둑질을 한 뒤 범행 성명을 남겨 놓고 가는 게 특징이다. 그(사실 필자는 '그녀'가 아닐까 내심 의심하는데)가 남기는 것은 하나 더 있는데, 그것이 무엇인지는 밝히지 않으련다. 만에 하나라도 독자 제현 중에서 모방범이 나오는 사태를 막기 위한, 사회적 책임에 입각한 조치임을 양해 바란다.

어쨌든 피해자는 이미 일곱 개 단체로까지 확대됐다. 어제 오후 4시 호에서 전하지 못한 아카펠라부, 바둑부, 마술부의 피해 상황에 관해서는 후술하겠으나, 열 개 동아리에서 열 개 물건을 훔치는 게 '십문자'의 목표라는 것은 지난 호에서 전한 바와 같다.

자, 독자 제현, 친애하는 가미야마 고교 학생 제군! 우리 벽신문부는 제군에게 널리 호소하고자 한다. 이대로 '십문자'의 간계가 성공하는 것을 두고 볼 것인가. 제군의 지혜는 십중팔구 본교 학생일 '십문자'에게 뒤지는가.

그럴 리 없다!

우리 벽신문부는 괴도 '십문자'의 꼬리를 잡아 가면을 벗겨 낼 명탐정의 등장을 희구希求한다. 내가 바로 명탐정이다 하는 자의 분통함을 기대한다. 지혜의 대결에서 승리를 거둔 자의 영지英智에 우리는 큰 찬사를 보내며 특대 호외로 그 노고를 기리리라.

꽤 의욕 넘치는 기사다. 나는 이런 센스가 싫지 않다.

후술하겠다고 한 아카펠라부와 바둑부의 피해 상황에 관해서는 이렇다 할 정보가 없었다. 아카펠라부의 아이스박스는 공연 개시까지 내내 복도에 놓여 있었던 모양이고, 바둑돌은 바둑부가 사용하는 예비 교실에 축제 전날부터 내내 방치된 채 문도 잠그지 않았다고 한다. 요컨대 누구든 훔칠 수 있었다는 뜻이다.

나는 출입구 근처 게시판에서 발견한 벽신문을 꽤나 히죽거리는 표정으로 읽었을 것이다. 벽신문부에 아는 사람은 없지만, 이런 기사를 쓰는 사람이라면 친해지고 싶다.

그나저나 감탄스러운 것은 이 호외를 내붙인 시각이다. 공식적으로 벽신문부는 두 시간에 한 번(어이쿠, '십문자'의 범행 간격과 같은가?) 호외를 낸다고 되어 있으며 맨 처음이 8시 것일 텐데, 아직 7시 조금 넘었다. 아침 일찍 등교해서 일찌감치 붙이고 다녔나 보다. 꽤나 열심이다.

하기야 열심인 것으로 따지자면 나도 뒤지지 않는다. 아침 7시에 이미 학교에 와 있는 것은 나도 마찬가지다. 정확히는 6시대에 교문을 들어섰다. 아무도 없을 줄 알았는데, 웬걸, 아침 안개에 싸인 가미야마 고등학교 여기저기에 이미 인기척이 있었다. 역시 가미야마 고등학교 축제다. 상식으로는 가늠할 수 없다.

그래서 문제의 타깃 말인데.

다음 차례는 '구(쿠)'로 시작되는 동아리다. 해당되는 동아리는 두 개. '퀴즈연'과 '글로벌 액트 클럽'이다. 퀴즈연의 이벤트는 이미 첫째 날에 끝났다. 게다가 대기실 같은 것도 따로 마련되지 않았다(그 점은 총무 위원인 내가 보증한다). 한편 글로벌 액트 클럽은 가미야마 고등학교 축제에서는 찾아보기 힘든 패널 전시가 메인이며 늘 문을 열어 놓고 있다. '십문자'가 노리는 것은 소거법적으로 이쪽이다.

계단을 올라가 글로벌 액트 클럽의 전시장인 3학년 E반 교실로 갔다. 어제 하교 전에 조사했을 때, 글로벌 액트 클럽에서는 도난당한 것이 없었고 범행 성명도 발견되지 않았다. 오늘 아침 '십문자'가 나보다 일찍 와서 범행을 하지 않았다면, 이번에는 잠복이 반드시 성공할 것이다.

그런데.

3학년 E반 교실 앞에 먼저 와 있는 사람이 있었다.

"여, 후쿠베. 늦었군."

다니다. 게다가 다니만이 아니었다.

"아, 넌 고전부에 있던……. 저번엔 고마웠다. 너도 이 사건을 조사하는 거냐?"

그렇게 말한 사람은 2학년 하바 도모히로 선배다. 여름방학에 있었던 여제 사건 때 잠깐 관계가 있었던 사람인데, 분명 탐정 소설 연구회 소속일 것이다. '튀고 싶은 녀석들이 우르르 몰려들 거다'라고 어제 다니가 예언했던 게 맞아 든 셈이다. 그럼 나도 튀고 싶은 녀석인가? 뭐, 부정하지는 않는다.

이 두 사람 외에 모르는 학생 한 명이 조금 떨어진 곳에서 우리를 보고 있었다. 축제 마지막 날을 준비하는 것 같지는 않으니, 저 사람도 탐정 지원자일 것이다. 나를 포함해 모두 네 명. 곤란하다. 초장부터 이렇게 경계가 엄중해질 줄이야. '십문자'는 어떻게 나올 생각인가?

나는 동요를 감추며 웃는 얼굴로 다니에게 말을 걸었다.

"오, 안녕. 아침부터 잠복 개시라니 꽤나 열심인걸."

"그러는 너도."

"범행은 아직 없었지?"

다니는 엄지로 3학년 E반 교실을 가리켰다.

"라이벌한테 친절하게 가르쳐 줄 순 없지. 직접 조사해 보셔."

조사할 것까지도 없었다. 만약 이미 털렸다면 이렇게 탐정 지원자가 셋씩이나 대기하고 있을 리 없다. 나는 어깨를 으쓱했다.

시곗바늘은 7시를 막 지났다. 8시 반에는 출석 확인을 위해 체육관으로 가야 한다. 빈틈이 생기지만, 그건 '십문자'도 마찬가지일 것이다. 나도 그렇지만 아마 여기 있는 전원이 맨 마지막으로 체육관에 들어갔다가 맨 처음 나오려 할 것이다. 그런데도 그사이 범행이 벌어진다면 그건 그것대로 범인을 밝혀내는 단서가 될 것이다.

나는 잠자코 다니와 하바 선배와 조금 떨어진 곳에서 복도 벽에 기대섰다. 하드보일드라면 담배라도 피우며 상대방이 움직이기를 기다리겠지만, 아쉽게도 여기는 고등학교다. 나는 끈 달린 주머니에서 담뱃갑 대신 지혜의 고리와 껌을 꺼냈다.

049–♥11

드디어 마지막 날입니다.

오늘은 토요일이라 외부에서 본 분들도 보입니다. 또 '십문자' 사건도 물론 오늘로 끝날 터입니다. 여러 의미로도 오늘이 고비입니다. 각오를 새로이 다지고 우선 《가미야마 월보》 최신호를 보려고 가까운 게시판을 찾아갔습니다.

게시판 앞에 저보다 먼저 온 사람이 있었습니다.

가볍게 팔짱을 끼고 턱을 약간 치켜들듯 하며 게시판을 보던 그분은 도무지 고등학생으로는 보이지 않았습니다. 아마 대학생이 아닐까요. 주황색 셔츠 밖으로 보이는 팔은 가무잡잡하게 탔습니다. 이미 가을바람이 불건만 여름 내음이 남아 있는 데님 반바지를 입었습니다. 다리를 살짝 벌리고 서서 한쪽 발로 까닥까닥 리듬을 맞추고 있습니다. 뭔가를 매우 즐기고 있는 듯한 분위기였습니다.

그분은 벽신문을 읽는 것 같았습니다. 시선이 몇 번 위아래로 오르내리더니 이윽고 입가에 보일 듯 말 듯 미소가 떠올랐습니다.

"그렇단 말이지."

중얼거리는 목소리가 들렸습니다. 팔짱을 풀고 발길을 돌리더니 서두르지 않고 방문객용 슬리퍼로 차닥차닥 소리를 내며 출입구 쪽으로 사라졌습니다.

방금 그분, 어디서 뵌 적이 있는 것 같은데요. 대학생쯤 되어 보이는 활동적인 분위기의 여자분……. 잘 모르겠습니다. 하지만 분명히 낯이 익은 이목구비입니다. 저, 사람들의 얼굴과 이름을 기억하는 것은 자신 있는데요.

"으음."

역시 모르겠습니다. 기분 탓이었는지도 모르죠.

050-♠13

변함없이 손님이 오지 않는 지학 교실이다. 뭐, 안 온다, 안 온다 하면서도 서른 부 가까이 이 손으로 팔았으니 그렇게 푸념할 정도는 아닌지 모른다.

바쁘지 않은 것은 고마운 일이지만, 문제의 상자가 눈에 들어올 때마다 조바심이 나지 않는 것은 아니었다. 이렇다 할 특징 없는 평범한 상자지만, 지금의 내게는 공포의 상자였다.

그 안에는 영원히 읽힐 일 없는 활자들이 잠들어 있다. 그것들은 열리지도 않을 상자 속에서 조금씩 변모해 글자와 글자가 뒤바뀌고 페이지와 페이지가 뒤섞여 독 같은 존재로 발효될 것이다. 한번 읽으면 마음에 들러붙어 떨어지지 않을, 걸쭉하고 물컹한 감촉의 이야기로 변모된 활자들. 영원히 빛이 들지 않을 습한 장소에서 그것들은 '읽어 줘', '읽어 줘' 하고 속삭이고, 그럼으로써 더욱 매력적으로, 더욱 인상적으로 다시 태어나기를 거듭할 것이다. 하지만 결국은 읽어 줄 사람을 만나지 못한 채 이윽고 썩어 없어지거나 불타 버려지리라…….

이런 공상을 할 만큼 할 일 없고 따분하다. 이제 남은 부수는 백마흔한 부. 이리스에게 맡긴 스무 부가 정말 다 팔린다는 보장도 없는 지금 아무래도 각오할 때가 된 것 같다. 백 부 가까운 문집을 보존할 의미도 없다. 대량으로 재고가 남을 경우, 그야말로 썩어 문드러지도록 내버려 두거나 재활용 쓰레기로 내놓게 될 것이다.

이바라가 그린 토끼와 개가 서로 물어뜯는 표지. 옆매기 제본에 PP 가공을 했다.

"……."

음. 좀 더 대충 만들었으면 좋았을 텐데.

어쨌든 지금은 할 수 있는 일이 아무것도 없다. 턱을 괸다. 체육관 쪽인지 멀리서 어렴풋이 취주악기 소리가 들린다. 안마당 건너편의 일반동에 시선을 주자 암막으로 창을 가린 교실이 충치처럼 띄엄띄엄 보인다.

턱을 괸 손을 바꾸었다.

……'십문자' 사건을 이용해 고전부로 손님을 끌어모은다는 발상은 나쁘지 않다. '최후의 표적 고전부'라고 벽신문에 실리면 그런대로 사람도 모일 것이다.

하지만 나는 조금 다른 생각을 가지고 있었다. 《빙과》 완판을 위한 조금 다른 생각. 잘되리라는 보장은 없지만…….

손님은 없다. 시간은 얼마든지 있다. 나는 조금씩 생각을 다듬었다.

〔남은 부수 141부〕

051-♣17

글로벌 액트 클럽은 우리 말로 옮기면 국제 활동부니까, 패널 전시도 방글라데시 홍수의 참상이나 인도네시아 내전에 관한 내용이 아닐까 막연히 생각하고 있었다. 아쉽게도 현재 그 방면에는 관심이 없는 터라 별로 재미없을 것 같다고.

그런데 글쎄, 전혀 아니었다. 전시는 '당신도 할 수 있는 옥수수빵 굽는 법(멕시코)'이며 '시판 우유로도 가능한 요구르트 만드는 법(불가리아)'처럼 민족 요리의 재현에 관한 내용이 대부분이었다. 제법 즐겁게 만들었는데, 하고 부장에게 말을 걸었더니 그 남학생은 씁쓸한 표정으로 이렇게 말했다.

"요리부가 아니라 국제 자원봉사 클럽이라고. 헌 옷을 보내는 정도의 봉사 활동을 하는데, 구경하기엔 이쪽이 재미있잖냐? 실제로 꽤 자주 만들어 먹고 말이지. ……어쨌거나 아무도 안 봐 주는 모양이지만."

그렇지 않았다. 벽신문 효과인지 입소문을 탔는지 시간이 지나면서 탐정 지원자가 점점 늘어났다. 여럿이 모여 있는 것을 보고 더 많은 사람들이 모여들어 3학년 E반 교실은 인구 밀도가 꽤나 높아졌다. 총무 위원회에 사전에 신고하지는 않았지만, 옥수수빵을 실제로 구워 손님들에게 나눠 주기도 한 모양이다. 그런데 그 빵이 출석 확인 종료 뒤 한 시간도 채 안 돼서 탐정 지원자들 배 속으로 모조리 사라졌다. 부장이 한탄하는 것도 이해가 안 되는 것은 아니다. 하지만 고전부도 이렇게 성황을 누릴 수 있다고 생각하니 한탄도 기쁨 어린 비명으로 들린다.

그나저나…….

"아무 일 안 생기는군."

김샌다는 듯 나지막이 중얼거리는 소리가 들렸다. 다니였다. 한 시간 전부터 계속 저런 소리를 하고 있다. 하지만 이쯤 되니 나도 동의할 마음이 들었다. 회중시계의 바늘은 벌써 10시를 가리키려 하고 있다. 두 시간 간격으로 범행 성명이 발견되려면 슬슬 나와야 하는데(가미 고의 수업 시작 시간은 8시다). 그런데 아무리 눈을 부릅뜨고 살펴봐도 수상한 움직임은 전혀 보이지 않는다.

설마 하는 기분이 마음속 어딘가에 있었다. '십문자'가 노린 게 퀴즈연이었나? 아니, 아니다, 그럴 리 없다. 퀴즈연 부원들은 이벤트를 마치고 삼삼오오 축제를 즐기고 있을 터. 그런 퀴즈연에서 범행을 하다니, 어디서 뭘 훔친다는 말인가.

하지만 뭘 훔치느냐는 관점에서 말하자면, 실은 이 글로벌 액트 클럽도 상당히 수상쩍다. 여기저기 살펴봤고 마술부의 '양초'에서 반성을 얻어 영어로도 바꿔 봤는데, 글로벌 액트 클럽에는 '구'로 시작되는 게 보이지 않았다. 가미 고에서는 학생이 슬리퍼를 신는다. 설마 슬리퍼를 훔치고 '신발•은 내가 가져갔다 와하하하' 하지는 않을 것이다(코스프레를 하는 만연을 비롯해 몇몇 동아리에서 의상의 일부로 신발을 신은 것은 특례다). 그래도 괴도 '십문자'라면 아카펠라부에서 아쿠아리우스를 훔쳤을 때처럼 변화구를 던져 줄 것이라고 생각했는데, 이렇게까지 아무 일도 없으면 설마 포기한 것은 아니겠지 하는 의심마저 든다.

"싫증 났으니까 난 가련다."

"무슨 일 있으면 문자 줘."

탐정 지원자들 사이에서도 그런 목소리가 들려왔다. 하바 선배도 동아리에서 할 일이 있는지 중간에 사라졌다. 처음

• 신발(구쓰)은 일본어로 '구'로 시작된다.

부터 이곳을 지키고 있는 사람은 아마 나와 다니 둘뿐일 것이다.

어떻게 된 거냐, 괴도 '십문자', 사람이 많아 겁먹은 거냐? 에잇, 한심한 놈! 벌써 10시가 넘었단 말이다!

……갑자기 다니가 주머니에 손을 넣었다. 휴대 전화를 꺼낸다. 문자가 왔는지, 액정 화면을 보고 있다.

다니가 별안간 큰 소리로 말했다.

"……뭐야!"

음? 무슨 일 있었나?

다니는 휴대 전화 폴더를 닫더니 전화기를 그냥 든 채 달려가려 했다. 그쪽에 내가 있었다. 나는 매우 온화하게 물었다.

"무슨 일 있어?"

다니는 우, 하더니 입을 다물었다. 나와 상관없는 일이라면 그렇게 말하면 그만이다. 침묵한다는 것은 '십문자'와 관련된 일이라는 뜻이다.

살짝 띄워 보았다.

"아쉽게도 난 너하고 달리 좋은 친구가 없어서. 괜찮으면 가르쳐 주지 않겠어?"

저자세로 나가자 금세 헤걸됐다. 다니는 콧방울을 실룩거렸다.

"흥, '십문자' 녀석, 페인트를 썼지 뭐냐."

"페인트? 설마 퀴즈연이?"

다니는 고개를 내젓더니 어째선지 우쭐한 표정으로 웃었다.

"아니."

"그럼?"

다른 탐정 지원자들에게 들리지 않게 하려는 건지 유난스레 목소리를 낮추었다.

"경음악부. '현'이 없어졌어."•

경음악부? 경음악부라고?

다니와는 대조적으로 나도 모르게 목소리가 커졌다.

"그거 거짓말 아니겠지?"

다니의 표정이 즉각 떨떠름해졌다.

"그렇게 생각되면 직접 확인해 보면 될 거 아니냐. 난 간다."

그런 말을 남기고 빠른 걸음으로 3학년 E반 교실 밖으로 나갔다. 뒤를 따를까 잠시 생각했지만 그만두기로 했다. 소용없으리라는 것을 알았기 때문이다.

• '경음악부(게이온가쿠)', '현(겐)' 둘 다 일본어로 '게'로 시작된다.

보아하니 '십문자'의 융통성은 내 예상과 능력을 크게 뛰어넘는 모양이다. '오십음순으로' '대략 두 시간 간격으로'라는 규칙이 있기에 현장을 지키며 범인이 허점을 보이기를 기대하는 게 가능했다. 그랬건만 '글로벌 액트 클럽은 경계가 삼엄하니까 경음악부로 가지 뭐' 하듯 묘기를 부린다면 손 쓸 방법이 없다.

이 상황에서 용의자를 한정하는 정공법은 통하지 않는다는 뜻이다.

하지만 나는 '그렇다면 허점을 찔러 주마' 할 수 있는 재주가 없다. 허점을 찌를 수 있는 묘책을 알았다면 처음부터 그렇게 했다.

이건…….

어젯밤 나는 생각했다. 익명의 바닷속에 있는 '십문자'를 잡기 위해 내가 할 수 있는 유일무이한 일, 그것은 범행 현장을 지키는 것이라고. 그 밖에 할 수 있는 일은 아무것도 없다고.

하지만 방금 '십문자'는 가벼운 몸놀림으로 훌쩍 방향을 틀었다. 법칙을 버리면 무슨 수로 현장을 지키라는 말인가.

다시 생각해야 할 때다.

내가 할 수 있는 일이 또 뭐가 있는지.

052-♠14

과연 토요일이라고 해야 할까. 아침이 지나면서 손님이 부쩍 늘었다.

이리스의 비디오 영화도 반응이 좋은 듯, 위탁한 스무 부가 정말 다 팔린 모양이다. 지탄다가 열 부 추가로 가져갔다.

손님의 절대 수가 많다는 것은 이런 구석진 곳까지 걸음을 옮겨 보는 사람도 많다는 뜻이다. 중년 여성 둘이 왔기에 잠시 잡담에 어울려 줬더니 인심 좋게 두 사람 다 문집을 사 주었다. 놀라지 마시라, 그 두 부까지 해서 아침부터 통산 판매부수가 아홉 부다. 출발은 더뎠지만 이 정도라면 기대해도 될 것 같다.

어색하게 웃음을 지으며 감사합니다, 하고 손님을 배웅한 뒤.

……자연의 부름에 응답하고 싶어졌다.

점원이 한 명이면 이런 게 문제다. 잠깐 부탁한다고 할 수 없다. 상품은 문집이니 별문제 없겠지만, 돈을 두고 볼일을 보러 갈 수 없다. 나는 금전 등록기를 대신하는 사탕 통의 뚜껑을 닫아 가방에 넣었다. 그리고 바인더를 꺼내 종이에 '휴식중. 문집《빙과》1부 200엔 구입하실 분은 돈을 놓고 가 주세요'라고 썼다.

가방 속에 낯선 것이 빛나고 있었다. 꺼내 보니 어제 이바라가 던져 준 하트 모양 브로치다. 별생각 없이 그것을《빙과》무더기 옆에 놓고 종이를 한 장 더 빼서 '브로치 물물교환 희망 적당한 가치의 물건을 놓고 가 주세요'라고 썼다.

자, 그럼 다녀오겠습니다.

응답중.

다녀왔습니다.

어이쿠, 오 분도 안 걸렸는데 그새 브로치가 없어졌다. 이백 엔도 놓여 있다. 팔렸나? 손님이 올 때는 오는 모양이다.

브로치에 관해 쓴 종이에 뭐라 씌어 있는 것을 발견했다. 자연히 표정이 떨떠름해졌다. 본 적이 있는 글씨체다. 읽어 보니 누가 왔다 갔는지 확실히 알 수 있었다.

'상품을 놓고 휴식하러 가지 마. 어디서 난 브로치야? 가져간다. 교환 물품은《빙과》위. 이게 심심풀이 땅콩이 될지 아닐지는 너한테 달렸어.'

누나다. 정말 올 줄이야. 그나저나 겨우 오 분 비웠는데 그새 습격을 해 오다니 정말 타이밍이 나쁘다. 아니, 내게는 타이밍이 좋았다고 해야 할까.

누나의 만년필부터 시작해서 휘장, 글록, 밀가루, 브로치로 이어진 볏짚 부자 프로토콜은 보아하니 여기서 누나에게 돌아간 모양이다. 그래서 교환 물품은 뭐고? 누나가 놓고 갔으니 또 수상쩍은 물건이겠지만. 《빙과》 무더기 쪽으로 시선을 돌렸다.

아닌 게 아니라 무더기 위에 《빙과》와 비슷한 크기의 문집 같은 게 놓여 있었다. 중철 제본에 PP 가공을 하지 않은 표지는 《빙과》에 비해 볼품이 떨어진다. 하지만 두께는 꽤 두꺼웠다. 표지에는 여자의 옆얼굴이 그려져 있었다. 사실적인 필치가 아니라 만화체다.

일단 사탕 통을 원 위치에 돌려놓고 누나가 남기고 간 것으로 보이는 이백 엔을 넣었다. 남은 부수는 확인하지 않아도 될 것이다. 아무리 누나라도 《빙과》를 훔쳐 갈 것 같지는 않다. 의자에 앉아 누나의 교환 물품을 집어 들었다.

표지 구석에 세로로 작게 제목이 씌어 있었다. 『저녁에는 송장이』? 꽤나 불길한 제목이다. 한구석에는 작가 이름도 있다. '安心院 鐸玻'. 이쪽도 승려 같은 이름이다. 물론 펜네임이겠지만. '안신인 다쿠하'라고 읽나?

제목도 그렇고 펜네임도 그렇고, 설마 오컬트 쪽 책은 아니겠지. 그렇게 생각하며 표지를 넘겼더니 만화였다. 세일러복을 입은 여자애가 목조 역사驛舍에서 나오는 장면으로 시작된다. 오, 하고 감탄이 나왔다. 제법 잘 그렸다.

그래, 만화라면 아닌 게 아니라 심심풀이 땅콩으로 딱 좋다. 누나가 그런 솔직한 호의를 보여 주는 것은 어쩐지 기분 나쁘고 찝찝하지만. 뭐, 일부러 집에서 들고 왔으니 그렇게 형편없는 작품은 아닐 것이다. 고마운 마음으로 느긋이 읽자.

그 전에 후기는 없나 싶어 마지막 페이지를 얼핏 들춰 보았다.

있었다.

『저녁에는 송장이』, 어떠셨나요?

제 입으로 말하기는 뭐하지만 제법 잘 만들어졌다고 생각합니다. 뭐, 저는 배경을 도운 정도고 한 게 거의 없습니다만. 이 만화가 마음에 드셨다면 그건 제가 아니라 스토리와 작화의 공입니다.

저희 모두 만화 연구회 소속이 아닙니다. 그저 만화가 좋아서 함께 이야기하다가 마음이 맞아 그럼 한번 그려 볼까 해서 그린 게 이 이야기입니다. 첫 작품치고는 꽤 훌륭하다고 생각하는데, 너무 저희끼리 칭찬하는 것도 좋지 않겠죠. 이 책을 집어 들어 준 사람의 평가에 맡기기로 하겠습니다.

저희는 이번 한 번을 끝으로 해산할 생각은 없습니다. 내년 간야제를 목표로 벌써 작업을 시작했습니다. 스토리를 담당하는 A는 다음번에는 작풍을 확 바꿔 미스터리로 공략하겠다고 합니다. 크리스티의 엄청 유명한 작품을 좀 색다르게 고쳐 볼 수 없을까 획책중이라나요. 제목은 이미 나왔다고 합니다.

예고하겠습니다. 다음 작품의 제목은 '쿠드랴프카의 차례'입니다. ……또 어두운 제목을(웃음).

그럼 내년 간야제 시기에 다시 뵙겠습니다.

안신인 다쿠하

각이 진 손글씨였다.

"……."

미간이 찌푸려지는 것을 알 수 있었다. 두 번 더 읽었다.

간야제. 그렇다면 이 만화는 가미야마 고등학교 학생이 그린 것인가. 그것도 축제에 출품했던 게 틀림없다.

그리고 '쿠드랴프카의 차례'. 쿠드랴프카가 뭔지는 모르지만 '차례'라는 단어가 마음에 걸린다. 아니, '차례'만이었다면 아무렇지도 않았을 것이다. 마음에 걸린 것은 그 앞 '크리스티의 엄청 유명한 작품을 좀 색다르게 고쳐 볼 수 없을까 획책중'이라는 문장 때문이었다.

게다가 이 책을 들고 온 사람은 누나다. 한 번 더 누나가 남긴 메모를 읽었다.

'이게 심심풀이 땅콩이 될지 아닐지는 너한테 달렸어.'

왜 내게 달렸지? 그저 만화를 읽으면 심심하지 않을 것이라는 뜻이라기에는 말이 이상하다. 게다가 누나는 '동생이 심심할 테니까 만화라도 가져다줄까' 같은 생각을 할 사람이 아니다. 내기할 수도 있다.

"설마 골칫거리를 던지고 간 건 아니겠지."

나는 중얼거리며 의자에 몸을 한껏 기댔다.

그림체는 좋아 보이겠다, 후기만 읽어 봤자 재미없다. 잠시 찬찬히 읽어 보자. 꼭 믿을 것은 아니지만, 후기를 보면 스토리에도 자신 있는 것 같지 않나. 이게 누나의 의미심장한 농담이라 해도 심심풀이 땅콩이라는 본래 목적에는 들어맞을 것이다.

〔남은 부수 121부〕

053-♣18

생각을 정리해 보았다.

내 결론은 이렇다. '이 사건은 내 능력 밖이다.'

포기가 빠른 것은 좋은 의미로든 나쁜 의미로든 내 특질이다.

그렇다면 이제 내가 할 수 있는 일은 하나뿐인 것 같다. 나는 그것을 온화하게 입 밖에 내어 말했다.

"기대한다, 호타로."

054-♥12

저는 어떤 사람을 찾고 있었습니다.

다름 아닌 방송부 부장님입니다. 글로벌 액트 클럽이 '십문자' 사건의 효과로 대성황을 이루었다는 이야기는 후쿠베 씨뿐 아니라 다른 분을 통해서도 들었습니다. 자칭 '십문자' 씨가 누구인지, 왜 도둑질을 되풀이하는지, 저는 몹시 신경 쓰입니다. 그 문제를 생각하기 시작하면 이유가 뭘까, 이유가 뭘까, 하는 생각만으로 머리가 꽉 찹니다. 하지만 저는 그런 마음을 잠시 뒤로 밀어 놓았습니다. 이유를 모른 채 끝낼 수는 없겠지만, 알기 위한 행동을 유보한 것입니다. 괴로운 일이지만요.

'십문자' 사건이 그 정도로 많은 사람을 모을 수 있다면, 이번 일을 기회로 간주해야 하지 않을까요. 기회는 대담하게 이용하자는 것은 시스템화 된 행동 중 하나입니다. 저는 방송부의 점심 방송에 고전부를 다뤄 달라고 부탁드려야겠다고 생각했습니다.

게다가 벽신문부와의 교섭이 이리스 선배의 가르침 덕에 성공리에 끝난 지금, 홍보 활동에 더욱 힘을 쓴다면 교섭 상대는 방송부밖에 없습니다.

그런데 방송실에 가면 부장님을 바로 만날 수 있으리라고 생각했건만 부장님은 없었습니다. 교내 방송으로 귀에 익은 목소리의 여학생은 제 용건을 듣더니 고개를 갸웃했습니다.

"부장이라면 대개 여기 있는데, 어디 갔지? ……라디오 방송의 주제는 아직 안 정해졌으니까 이야기를 해 보면 가능성은 없지 않을걸."

다행히 저는 방송부 부장님의 얼굴을 아는지라 보면 알 수 있습니다. 부장님을 찾아 교내를 돌아다녔습니다. 하지만 좀처럼 보이지 않습니다.

찾는 사이에 특별동 3층까지 왔기에 홀로 매대를 지키는 오레키 씨를 위문하기로 했습니다. 조금 전 이리스 선배가 추가로 받아 주시기로 한 열 부를 가지러 왔을 때는 꽤 졸려 보였는데요.

계단을 올라가자 누가 지학 교실로 가는 게 보였습니다. 놀랍게도 지금까지 제가 찾아다녔던 방송부 부장님 요시노 야스쿠니 선배였습니다. 뜻밖의 사태에 잠시 당황했지만 저는 치마 매무새를 살짝 가다듬고 나서 종종걸음으로 달려갔습니다.

"안녕하세요, 요시노 선배."

요시노 선배는 멈춰 서서 눈을 크게 뜨고 저를 돌아보았습니다. 신경 쓰지 않은 머리 모양과 짙은 눈썹이 다소 고집스러운 인상을 주는 분입니다.

"누구지?"

저는 머리를 숙여 인사했습니다.

"고전부 부장인 지탄다 에루예요. 선배께 부탁드릴 게 있어서 찾아다녔어요."

하지만 요시노 선배는 제 인사를 끝까지 듣지 않았습니다. 제 이름을 듣더니 깜짝 놀라게 큰 목소리로 제 목소리를 덮어

버렸습니다.

"어? 네가 고전부 부장? 야, 우연이네, 마침 잘됐다. 부탁할 게 있어서 찾아다녔거든."

어머.

무슨 부탁이냐고 묻기도 전에 요시노 선배는 빠른 말투로 말을 이었습니다.

"벽신문부에서 쓴 거, 그거 사실이야? 진짜 맞는 거지, '십문자'의 최후의 표적이 고전부라는 거? '십문자' 사건이 의외로 화제거든. 그래서 점심에 할 라디오 내용을 그거로 가려고. 안 그래도 오늘 오후부터는 괜찮은 이야깃거리가 없어서 곤란했는데, 이런 사건 느낌 나는 게 있으면 고맙지. 그래서 누굴 게스트로 부를까 고민했는데, 최후 표적인 동아리의 부장이 좋지 않을까 싶어서. 어때, 출연 안 할래? 괜찮아, 질문에 대답만 해 주면 되니까. 너 목소리도 좋으니까 마침 잘됐네. 어때?"

어머나.

이리스 선배에게 배운 협상 기술을 활용할 것까지도 없었습니다. 하지만 라디오 방송 게스트는 생각지도 못했는데요. 잠깐 언급만 해 주면 매우 고맙겠다는 정도로만 생각했거든요. 게스트라면…… 가령 첫째 날 퀴즈연 부장님이 했던 것처럼 질문에 답하면 되겠네요.

……제가 할 수 있을까요?

침묵이 조금 길었나 봅니다. 요시노 선배가 머리를 긁적였습니다.

"아니, 강요하는 건 아니고."

"아, 아니에요."

산더미처럼 쌓인 《빙과》를 떠올립니다. 발주를 잘못했다는 것을 깨달았을 때 마야카 씨가 지었던 표정도. 오레키 씨와 후쿠베 씨도.

망설일 때가 아닌 것 같습니다. 저는 다시 한번 머리를 정중히 숙였습니다.

"잘 부탁드려요."

"어, 그래?"

선배가 활짝 웃었습니다.

"그럼 12시에. 12시에 방송실. 방송은 30분부터니까 도시락 갖고 와도 돼. 그럼 부탁한다."

"부탁은 제가 드려야죠."

침착하게 이야기할 수 있을까요? 무척 불안합니다. 요시노 선배는 질문에 대답하기만 하면 된다고 하셨는데, 너무 사적인 질문은 하지 않겠죠? 숨을 크게 들이쉬어 마음을 가라앉힙니다.

아, 그렇죠. 오레키 씨가 잘 있는지 보러 여기까지 온 거였죠. 지학 교실 문은 닫혀 있습니다. 열어 놓기로 했을 텐데요. 잊어버렸나 봅니다. 노크하고 들어갔습니다.

오레키 씨에, 후쿠베 씨도 있었습니다. 후쿠베 씨가 손을 가볍게 들었습니다.

"안녕, 지탄다. 이리스 선배 쪽은 잘돼 가는 모양이야?"

"네, 열 부 추가로 부탁드리게 됐어요."

대답하면서 오레키 씨를 봅니다. 오레키 씨, 문집 같은 것을 열심히 읽느라 얼굴도 들지 않습니다. 제 시선을 알아차렸는지 후쿠베 씨가 어깨를 크게 으쓱했습니다.

"만화야. 푹 빠져서 내 말은 듣지도 않지 뭐야."

오레키 씨가 시선을 들지 않은 채 대답했습니다.

"듣고 있어. '구'를 건너뛰어 '경음악부'가 당했다며?"

"그 중대성을 이해해 주지 않으면 들었다고 할 수 없지."

"대단원이니까 잠깐 기다려라."

후쿠베 씨는 이거 보라는 듯 또다시 어깨를 으쓱합니다.

잠깐 기다리라는 말은 사실이었습니다. 삼십 초도 안 돼서 오레키 씨는 들고 있던 만화를 덮었습니다. 후우, 하고 크게 한숨을 쉽니다. 그런 오레키 씨를 후쿠베 씨가 놀렸습니다.

"설마 호타로가 동인 만화에 빠질 줄이야. 마야카 밑의 문하생으로 들어갈래?"

'동인 만화'란 보통 만화와 다른 것일까요? 저, 만화를 잘 몰라서…….

후쿠베 씨를 곁눈으로 보는 오레키 씨는 평소의 나른한 분위기에 도취감 같은 것이 더해진 것처럼 보였습니다. 오레키 씨는 창피한 듯 눈을 내리깔더니 나지막이 말했습니다.

"꽤 좋다, 이거."

"저런. 나중에 나도 볼까."

오레키 씨의 그런 표정은 처음 보는 터라 저도 관심이 생겼습니다. 다가가서 살펴봤습니다. 예쁘지만 조금 슬퍼 보이는 여자애가 그려져 있습니다. 한눈에 슬퍼 보인다고 알 수 있게 그리는 것도 대단하다고 생각하지만, 입은 옷의 질감 표현에도 감탄했습니다. 지금 제가 입은 것 같은 세일러복 교복을 입었는데, 얼굴을 향한 방향에서 불어오는 산들바람에 나부끼는 것을 알 수 있었습니다.

…….

저.

버릇처럼 고개를 살짝 갸웃한 모양입니다. 후쿠베 씨가 물었습니다.

"지탄다, 왜?"

"아뇨……."

한 번 더 봅니다. 어딘지 모르게 슬퍼 보이지만 귀여운 그림체의 여자애. 질감 있게 그려진 세일러복.

"어디서 본 그림 같아서요."

곧바로 오레키 씨의 목소리가 날아들었습니다.

"착각이겠지. 누나가 오늘 갖고 온 동인 만화야. 네가 봤을 리 없어."

글쎄요, 그럴까요.

한 번 더 유심히 봅니다. ……아뇨, 틀림없습니다. 저는 자신 있게 단언했습니다.

"본 적 있는 그림 맞아요. 아뇨, 이 그림이 아니라 이 만화를 그린 분의 그림이지만요."

"옛날에?"

후쿠베 씨의 물음에는 고개를 흔들었습니다.

"아뇨, 아마 최근일 거예요."

아아, 생각날 듯 말 듯 한데요! 분명하게 생각나지 않는 건 얼핏 봤기 때문이겠죠. 똑똑히 봤다면 저, 그렇게 금세 잊어버리지 않습니다.

음, 음…….

"저, 제가……."

"지탄다, 지금은 여러모로 바빠."

오레키 씨가 나무라듯 말했습니다. 저도 압니다. 지금은 여러모로 바쁩니다. 그렇지 않아도 저는 과도한 호기심 때문에 종종 오레키 씨의 표정을 떨떠름하게 합니다. 그 점은 저도 잘 알고 있습니다. 하지만 어쩔 수 없습니다. 알고 싶어서, 꼭 알아야겠어서 저는 말했습니다.

"……저, 신경 쓰여요."

제 목에 손을 대며 말을 잇습니다.

"여기까지 와 있거든요."

"삼켜."

"무리예요."

"노력해."

"다른 페이지도 보여 주세요."

오레키 씨는 가볍게 한숨을 쉬고는 만화를 제게 건넸습니다. 표지를 봤지만 『저녁에는 송장이』라는 제목은 전혀 기억에 없습니다. 역시 그림만 본 적이 있습니다.

책장을 팔랑팔랑 넘깁니다. ……남자 그림이 있었습니다. 저도 모르게 말했습니다.

"아!"

"왜? 생각났냐?"

어째선지 오레키 씨, 맥 빠진 표정입니다. 조금 신경 쓰였지만 저는 가볍게 고개를 끄덕였습니다.

"네, 아마. 이 남자 그림 쪽이 더 비슷하네요. 회의실 옆 게시판에서 봤어요. 축제 선전 포스터 그림일 거예요……."

끝에 가서는 목소리가 조그매졌습니다. 저는 만화를 잘 모르거든요. 똑같다고 생각하지만 확언은 못 하겠습니다.

"레어 판 말이군."

후쿠베 씨는 그 포스터를 아는 모양입니다. 생각해 보면 당연합니다. 총무 위원이니까요. 제가 아까 그랬던 것처럼 뚫어지게 쳐다봅니다.

"……음, 분위기는 비슷한 것 같지만 단언은 못 하겠는걸. 비교해서 보면 제일 확실하겠지만."

그러네요, 그러면 되겠네요!

"오레키 씨, 이 만화 잠깐 빌려 주세요!"

오레키 씨가 몸을 조금 뒤로 뺐습니다. 아, 또 너무 가까이 간 모양입니다. 오레키 씨는 천천히 고개를 내저었습니다. 부정한다기보다 어쩐지 체념한 듯한 분위기였습니다.

"그래라. 네가 신경 쓰인다고 했는데 그거로 끝나면 감지

덕지지. ……그렇지만 금방 돌려줘라. 나도 필요하거든."

"네, 바로 돌려 드릴게요!"

저는 『저녁에는 송장이』를 품에 끌어안았습니다.

055-◆11

후쿠와 지이는 《빙과》가 팔린다면 셋째 날일 것이라고 기대했던 모양인데, 문집 판매의 초점을 셋째 날에 맞춘 것은 만연도 마찬가지였다.

실제로 준비도 아직 끝나지 않았을 때부터 제1 예비 교실 앞에 몇 명이 문이 열리기를 기다리고 있었다. 개시 후에도 어제, 그제와는 비교도 안 될 만큼 잘 팔렸다. 나로서는 그런대로 기쁘게도 포스터가 인기를 모아 얼마에 파느냐는 질문을 한두 번 받은 게 아니었다. 사실 한 장에 백 엔이라도 받을 수 있으면 예산 면에서 도움이 되겠지만, 일일 찻집 금지가 원칙인 가미 고 축제에서 상품을 즉석에서 늘리는 것은 금기다. 유아사 부장은 위험한 줄타기를 하지는 않았지만 거절을 못 하고 몇 명에게 포스터를 나눠 주기로 했다.

그렇게 해서 생긴 빈자리는 또 우리가 메워야 한다.

그릴 수 있는 캐릭터가 그렇게 많을 리 없으니, 이미 나눠 준 포스터의 캐릭터를 방향이나 자세를 바꿔 그려 얼버무리는 수밖에 없다. 오늘 내 옷차림은 주머니가 여러 개 달린 카키색 재킷에 인민복 모자. 모자만 본 손님들이 이런저런 이름을 말하는 게 들렸지만, 무슨 코스프레인지 정확하게 맞힌 사람은 고치 선배뿐이었다.

"……혹시 새를 보면 몸이 줄어드는 형사?"

"네."

"……의 줄어든 버전?"

키 이야기는 안 했으면 좋겠다. 선배도 경찰 쪽 캐릭터였다. 격투 게임 계열에서 중국계의 원조라고도 할 수 있는 캐릭터다. 허벅지가 거의 다 드러날 만큼 과감하게 트인 옷을 입었다. 직접 만들었는지 아닌지는 알 수 없지만, 제법 훌륭한 재현이라고 인정하지 않을 수 없다. 팔찌에서 빛나는 가시의 금속광택이 만일의 사고에 대한 불안감을 자극했다.

작업에 몰두하면 여러 가지를 잊을 수 있다. 어제 있었던 일도, '십문자' 사건도, 『저녁에는 송장이』도. 다만 너무 완벽하게 잊어서 이대로 영원히 작업을 계속하지 않으면 나중이 힘들 것 같다는 불길한 예감이 스멀스멀 드는 게 기분 나빴다. 첫 장의 밑그림을 다 그리고 펜 터치, 지우개질까지 끝냈다.

"다 됐어요. 다음 건요?"

"알아서 적당히 그려."

네, 적당히 그릴게요.

흰 켄트지를 앞에 놓고 어떻게 할까 순간 망설였다. 교실 안은 꽤나 북적댄다. 이 정도면 아무리 잔소리 많은 사람도 파리 날린다고 할 수는 없을 것이다. 문집 『제아미즈』의 판매는 호조인 것 같다. 고치 선배의 코스프레는 외부에서 온 오빠들에게 특히 인기가 많았다. 선배는 그에 대한 대응에 눈코 뜰 새 없이 바쁜 탓에 채색 작업을 할 수 없다. 선배를 추종하는 그룹이 대신 채색을 하는 중인데, 언뜻 봐도 역량과 속도가 명백히 선배를 따르지 못한다. 나는 고치 선배를 별로 좋아하지 않고 그 추종자들의 행동에는 할 말이 없을 때도 많지만, 고치 선배의 뛰어난 원고 능력은 인정하지 않으면 안 된다.

파스텔 칼라 붓을 빠는 물통의 물이 꽤 지저분해졌다. 물을 갈아 오겠다며 물통을 집어 든 사람이 있었다. 얼굴과 이름을 연결할 수 없는 1학년이다. 그 애는 혼잡한 교실을 억지로 가로지르려 하지 않고 사람들 바깥쪽을 따라 걷기 시작했다. 내 눈앞을 지날 때 그 애의 얼굴에서 즐거워하는 빛이 얼핏 보인 듯했다. 그 즐거움은 호랑이가 용과 마주쳤을 때보다 고양이가 쥐와 마주쳤을 때 느끼는 것에 가깝지 않을까.

"에고고."

짐짓 균형을 잃는다. 물방울이 내 책상 끄트머리로 날아들었다.

나는 알고 있었다. 그 애는 그렇게까지 할 마음은 없었다는 것을. 경애하는 고치 선배에게 시건방진 소리를 한 녀석에게 작은 심술을 부릴 생각이었다는 것을. 한 방울 튀긴 것만으로 충분히 만족했을 것임을.

하지만 사태는 그것만으로 끝나지 않았다. 누가 밀었는지는 알 수 없다. 나도 자세히 보지 않았다. 제1 예비 교실에 몰려든 사람들 중 누가 어디에 걸려 넘어질 뻔했든지, 잠깐 휘청했든지 했을 것이다. 그 애가 장난으로 잃은 척했던 균형이 별안간 더욱 크게 무너졌다. '에고고' 정도가 아닌 비명 같은 소리가 그 뒤를 이었다.

나는 몸을 트는 게 고작이었다.

"……."

머리부터 뒤집어쓰지 않아서 그나마 다행이었는지 모른다. 물방울이랄지, 물통 하나 분량의 물 넝어리가 가슴에 날아들었다. 오른쪽 어깨 밑에서 옆구리까지 옷 색깔이 변했다. 갈아야 할 만큼 붓을 여러 번 빤 더러운 물이다. 불쾌한 냄새가 났다.

물은 이제부터 뭔가를 그리려 했던 켄트지에도 어김없이 튀었다. 켄트지는 누르스름한 회색 물로 얼룩졌다.

"미, 미안, 이바라, 나 그럴 생각이……."

울상이 된 얼굴로 머뭇머뭇 말한다.

하지만 뭐랄까, 이런 게 바로 찬물을 맞은 기분일까. 아닌가.

화를 낼 마음은 전혀 들지 않았다. 주머니에서 손수건을 꺼내 뚝뚝 물방울을 떨어뜨리는 내 재킷에 갖다 댔다. 흰 손수건이 순식간에 누르스름한 회색으로 물들었다.

응. 원래 카키색이니까 눈에 안 띌 거야. 아마.

방금 전까지 꽤나 시끌시끌했던 제1 예비 교실이 고요해졌다. 어째 미안하다. 나는 천천히 일어나서 부장을 찾아 말했다.

"죄송해요, 부장 선배. 뒷일을 부탁드려요."

고치 선배처럼 밖을 다닐 수 없는 타입의 옷이 아니었던 터라 코스프레 의상을 집에서부터 입고 왔다. 아무리 보통 복장으로 보여도 코스프레라는 것을 내가 아는 이상 그렇게 입고 길거리를 다니려니 거부감이 들었지만, 탈의실 확보가 얼마나 어려운지는 후쿠에게 들어 알고 있었다. 어쨌거나 지금 중요한 문제는 교복이 집에 있다는 사실.

다행히 체육복은 학교에 있었다. 빨아서 가져왔는데 저번 체육 시간이 자습으로 바뀌는 바람에 입지 않았다. 연극 관계 학생들로 발 디딜 틈 없는 탈의실 구석에서 조용히 갈아입었다.

그러고 보니 고전부는 어떻게 됐을까. 후쿠가 뭔가 꿍꿍이가 있는 것 같았는데. 지이도 그냥 손 놓고 있을 리 없고. 발주를 잘못한 것은 내 책임이다. 마지막을 같이 맞이하는 것도 좋을지 모른다.

원래는 옥색이라고 불러야겠지만, 옥색이라는 말 자체에 신직神職이나 신센구미 같은 이미지가 있으니 가미 고 체육복은 옅은 하늘색이라고 하자. 그 옅은 하늘색 체육복을 입고 지학 교실로 향했다. 특별동에 들어서 3층 계단을 한 걸음, 한 걸음 힘주어 디디며 올라가는데, 위에서 경쾌한 슬리퍼 소리가 들려왔다.

"아, 마야카 씨!"

기쁜 표정으로 손을 흔드는 것은 지이다. 어디를 그렇게 급하게 가느냐고 물으려 했는데, 그 전에 지이가 팔을 붙들었다. 막연히 꽤 따뜻한 손이라는 생각을 했다.

그보다 계단에서 위험하다.

"자, 잠깐, 지이!"

지이는 내 항의 따위 들리지 않는다는 듯 단숨에 말을 쏟아 놓았다.

"다행이에요, 마야카 씨가 있어 주면 마음 든든하죠. 저 혼자선 어째 자신 없어서요. 잠깐 시간 있으세요? 급한 볼일 같은 거 없으신가요?"

내가 있으면 마음 든든하다고?

"어, 뭔데? 내가 뭐 할 일이 있는 거야?"

지이는 오른손으로 내 팔을 붙들고 있었는데, 왼손으로는 문집 같은 것을 끌어안고 있었다. 책등에 스테이플러 심이 보이는 것을 보면 만듦새는 별로 고급이 아닌 것 같다. 하지만…….

"이거요!"

지이가 보여 준 표지를 보고 나도 모르게 부르짖었다.

"아, 아니, 왜 지이가 이걸 갖고 있는 거야!"

여자의 옆얼굴이 그려진 이 낯익은 표지는 분명히 『저녁에는 송장이』다!

"제 게 아니라 오레키 씨 것인데요."

그럼 더 그렇다. 어째서 오레키 같은 게 『저녁에는 송장이』를 갖고 있는 거지? 작년 축제 때 복도 한구석의 비밀 매대 같은 곳에서 은밀히 팔았던 건데. 있을 수 없는 일인데도 심지어 한순간 오레키가 내 책을 훔친 게 아닌가 하는 생각까지 했다. 나도 모르게 지이가 들고 있는 책에 손을 뻗자, 지이는 마치 그것을 지키려는 것처럼 품에 끌어안았다.

"마야카 씨, 이 만화를 아세요?"

손을 빼며 대답했다.

"응…… 알아."

"그럼 이 만화를 그린 사람은요?"

만화를 그린 사람이라는 게 펜네임 안신인 다쿠하를 말하는 것인지, 스토리 작가 안조 하루나를 말하는 것인지 알 수 없어 순간 망설였다. 지이는 내 곤혹을 알아차렸는지 고쳐서 말했다.

"이 그림을 그린 사람요."

"그건 몰라."

그러자 지이는 더욱 흥분해서 말했다.

"저 말이죠, 축제 홍보 포스터가 있거든요! 그 포스터를 그린 사람이랑 이 만화를 그린 사람이 같은지 신경 쓰여서요."

아아, 그런 거구나.

그 마음 안다. 지이는 곧잘 신경 쓰인다면서 온갖 일을 조사해 보고 싶어 하지만, 지이가 신경 쓰인다는 일이 나도 신경 쓰인 적은 별로 없다. 하지만 이번은 지이의 기분을 아주 잘 알 수 있었다. 비슷한 작풍의 만화가 두 개 있는데 작가를 알 수 없으면 그게 동일 인물인지 아닌지 무척 궁금해진다.

그런데 학교 축제 포스터를 그린 사람과 『저녁에는 송장이』를 그린 사람이 같다고?

만약 그렇다면 나도 꼭 확인하고 싶다. 그것을 알면 스토리 담당에 이어 작화 담당까지 알게 되는 셈이다. 스토리를 담당한 안조 하루나는 전학 갔어도 작화를 담당한 사람이 남아 있다면, 어쩌면 '안신인 다쿠하'의 신작을 손에 넣을 수 있을지도 모른다.

기분이 고조되었다. 나도 모르게 목소리가 커졌다.

"포스터, 어디 있는데?"

이미 내 팔을 잡은 채 계단을 달려 내려가기 시작한 지이는 뒤도 돌아보지 않고 어깨 너머로 말했다.

"회의실 옆에요!"

좋아, 가자!

남학생과 여학생이 커다란 입간판을 설치하는 중이다. '제 42회 간야제'라고 쓰인 입간판에는 상세한 일정 등도 나와 있다.

그게 문제의 포스터 디자인이었다. 농담이 비교적 뚜렷하게 색을 써서 보기 편하도록 신경 썼다. 『저녁에는 송장이』는 처음부터 끝까지 모노크롬이니 칼라와 모노크롬이 주는 인상의 차이도 염두에 두어야 한다.

만화용 그림과 일러스트레이션용 그림을 나란히 놓고 같은 사람이 그렸는지 아닌지 판단하는 것은 대부분 쉽지 않다.

하지만 이 경우는 감정하기가 그리 어렵지 않았다. 작가는 지난 일 년간 여자애를 그리는 기술에 변화를 준 듯했지만, 남자애 쪽은 별로 달라지지 않았다. 언뜻 봐도 같은 사람이다 싶었다. 만일을 위해 한 발짝 뒤로 물러나 전체를 보고 한 발짝 다가서서 세부에 주목해 보았다. 지이는 옷의 질감을 표현하는 방법에 주목했다고 했는데, 두 그림의 결정적인 유사점은 귀의 처리 방법이다. 완벽하게 똑같다.

나는 지이를 돌아보았다.

"십중팔구랄지, 구십구 퍼센트 똑같은 사람인데."

지이는 그 말을 듣더니 말 그대로 가슴을 쓸어내렸다.

"그런가요. 고맙습니다. 속이 답답했던 게 풀렸어요."

안심했다는 제스처인가 했더니 속이 후련해졌다는 뜻인가 보다. 내 얼굴에도 웃음이 떠올랐다. 꽤 오랜만에 웃는다는 생각이 들었다.

"아하하, 이런 거 신경 쓰이지."

"네. 하지만 전 비교해도 단정할 자신이 없어서……."

"나도 뭐 특별한 구분법이 있는 건 아닌데……."

그럼 나도 잠깐 내 호기심을 충족시켜 볼까. 게시판 옆, 회의실 문을 노크했다.

"엉."

대답이 들렸다. 안에는 스케줄 표를 보고 선 남학생 한 명밖에 없었다. 옷깃의 배지를 보니 2학년이다. 우리를 돌아보더니 누구지? 하듯 의아한 표정을 지었다.

"안녕하세요, 다나베 선배."

지이가 머리를 숙여 인사했다. 다나베면 총무 위원장이었던가? 마침 적당한 사람이 있어 다행이다. 그나저나 지이, 정말 사람 이름을 많이 아는구나. 나도 그렇게 기억 못 하는 편은 아닌 것 같은데, 지이와 비교하면 턱도 없다.

다나베 선배는 생각났다는 듯 싱긋 웃었다.

"아, 안녕, 넌……."

"고전부예요."

"맞다, 고전부. 또 무슨 일 있어?"

볼일이 있는 사람은 나다. 지이는 반 발짝 물러나 나를 앞에 세워 주었다. 서론은 필요 없다. 나는 솔직하게 물었다.

"뭐 좀 여쭤 볼게요. 저기 붙어 있는 포스터 말인데요, 누가 그렸는지 아세요?"

다나베 선배는 살짝 눈살을 찌푸렸다. 축제 포스터는 여러 종류 있는데, 그중 한 종류를 그린 사람을 즉석에서 대답하라는 것은 좀 너무한 일인지도 모른다. 물론 빨리 알 수 있으면 좋겠지만 그리 큰 기대는 하지 않았다.

"으음, 저기 있는 거 말이지."

"네. 남자애랑 여자애가 입간판 세우는 거요."

선배는 잠시 가만있더니 몇 차례 고개를 가볍게 끄덕였다. 기억이 난 걸까. 과연 위원장은 다르다고 할까. 선배는 어쩐지 냉담한 목소리로 가르쳐 주었다.

"그거라면 구가야마야."

뭐?

지이가 뒤에서 말했다.

"구가야마 무네요시 선배 말씀이세요? 학생회장이신?"

"그래, 그 구가야마."

생각지도 못했던 이름이다. 구가야마 학생회장이라면 나

도 안다. 굳이 따지자면 스포츠맨 타입으로 보였는데, 설마 만화를 그리는 사람일 줄이야.

그렇구나, 그 사람이 안신인 다쿠하의 작화 담당이구나. 멀리서 본 것뿐이라 잘 기억나지 않는 얼굴을 애써 뇌리에 떠올려 보았다. 다나베 선배는 어쩐지 뽐내듯 말했다.

"좀 그리라고 닦달해서 받아 낸 거야. 제법 그럴싸하지?"

"네, 아주 훌륭하다고 생각해요!"

"하하, 본인이 들으면 좋아하겠는걸."

스토리에 이어 작화 담당까지 알다니 좋은 일은 연속해서 일어나나 보다. 나쁜 일이 그런 것처럼. 기왕이면 구가야마 선배가 지금 쓰는 펜네임도 알아내 찾아 읽고 싶지만, 이 위원장은 그런 것까지는 모를 것이다. 괜찮다, 나중에 본인에게 물어보면 그만이다. 어쩌면 안조 하루나와의 황금 콤비도 이어지고 있을지 모른다.

만약 정말 그렇다면…… 읽고 싶다. 기대가 치솟았다.

나와 지이는 정중하게 인사하고 회의실에서 나왔다.

목적을 달성해 생글생글 웃고 있는 지이와 경주라도 하듯 달음질을 쳐 같이 지학 교실로 올라갔다.

056-♠15

"알았어요!"

소리치며 달려 들어오기까지 약 십 분. 분명히 금방 돌려 달라는 말은 했지만, 그렇게까지 서두를 필요는 없었는데. 아니, 지탄다는 내가 아니라 자신의 호기심을 위해 서둘렀을 수도 있지만.

"저런, 역시 같은 사람이야?"

사토시가 얼굴을 들고 묻더니 대답을 기다리지 않은 채 말을 이었다.

"어라, 마야카?"

진짜다. 지탄다 뒤에 이바라가 있다. 그것도 체육복 차림으로. 코스프레를 하는 게 아니었나. 아니면 저 체육복이 무슨 분장…… 아니, 그럴 리는 없고. 아무리 봐도 가미야마 고등학교 공식 체육복이다. 좋은 일이라도 있었는지 표정이 밝다.

"마야카, 만연은 어쩌고?"

사토시의 물음에 이바라는 보일 듯 말 듯 웃으며 고개를 흔들었다.

"응, 딴 사람한테 부탁하고 왔어."

대신해 달라고 부탁할 수 있는 건가. 만연 사정은 알 수 없지만.

들뜬 발걸음으로 내 눈앞으로 다가온 지탄다는 책상 위에 『저녁에는 송장이』를 살짝 내려놓았다.

“있죠, 같은 사람이었어요. 이름도 알았어요.”

“호오, 잘됐네.”

“구가야마 무네요시 선배였어요! 행동거지가 당당한 분이라고 생각했는데, 이런 그림도 그리실 줄 알다니 뜻밖이에요.”

누구지?

사토시를 보았다.

“아냐?”

그 말을 들은 순간, 사토시가 얼어붙었다.

“호, 호타로, 농담이지?”

“유명인이냐? 난 네가 아는 별종 괴짜하고 연이 없어서 말이다.”

사토시는 구제불능이라는 듯 눈을 손으로 덮으며 천천히 고개를 가로저었다. 그 옆에서 이바라가 업신여기는 표정으로 중얼거렸다.

“학생회장.”

학생회장. 구가야마陸山 무네요시.

"아아, 그렇군."

목소리가 작아졌다. 줄곧 '리쿠야마'라고 생각했다는 말은 이 녀석들에게 못 하겠다•. 아예 모르는 게 아니었다는 것만 해도 나 자신을 칭찬하고 싶은 기분인데. 화제를 바꾸려는 의도를 들키지 않도록 슬그머니 『저녁에는 송장이』를 집었다.

"그럼 이 안신인 다쿠하 중 그림을 그린 게 구가야마란 말이군."

그런데 화제를 바꾸어도 사토시의 구제불능 포즈는 변함없었다. 눈을 덮은 채 계속 고개를 절레절레 내젓는다. 녀석답지 않게 끈질기다 생각하고 있으려니, 사토시가 그 포즈 그대로 물었다.

"안신인이 뭐야, 무슨 절이냐?"

"안신인 아니냐?"

"安心院이라고 쓰고 '아지무'라고 읽어. 포도로 유명한 규슈의 지명이지."

"시市냐?"

"아니, 정町."

• 陸을 '구가'로도 '리쿠'로도 읽을 수 있기 때문.

그게 모르면 구제불능 포즈를 계속할 정도의 필수 지식인가? 아니면 설마 나 말고는 모두 알고 있었나. 걱정돼서 지탄다의 안색을 살피자, 지탄다는 어리둥절한 표정이었다.

"읽는 법은 표지 왼쪽 밑에 알파벳으로 씌어 있는데요. ……아닌 게 아니라 글씨가 작긴 하지만요."

뭐? 아, 이렇게 작은 글씨로. AJIMU TAKUHA. 정말인데.

뜻밖에 격한 반응을 보인 건 이바라였다. 눈을 동그랗게 뜨고 입까지 멍하니 벌리고 있다. 지탄다에게 빌려 준 이 책을 방금 전에 봤을 텐데 뭘 그렇게 충격을 받은 걸까. 이바라니까 만화 쪽으로 특별한 관심이 있겠지만, 그렇다 해도…….

사토시는 내 옆에 서서 『저녁에는 송장이』를 내려다보았다.

"내용은 뭐, 호타로가 칭찬할 정도니까 나쁘지 않겠지."

"………헉……."

방금 들린 괴상한 목소리도 이바라인가? 사토시의 귀에는 들리지 않았나 보다. 태평한 어조로 말을 잇고 있다.

"그렇지만 이 펜네임은 좀 그런데. 아지무 다쿠하. 석 자 성이라니, 안이하게 지은 이름의 제일 흔한 특징이잖아."

어이쿠, 그런 말을 한다 이거지.

"……세, 세상에……."

지탄다가 휘청거린다. 지탄다千反田 에루.

"안이하다니요, 제 이름에는 그래도 그 나름의……."

사토시가 허둥지둥 손을 내저으며 한 말을 취소했다.

"아아, 아니! 그러니까 내가 말하려던 건 이름이야, 이름. 뒤쪽!"

호오.

내 시선을 알아차렸는지 사토시의 시선이 허공을 헤맸다. 오레키, 호타로奉太郎. 앞으로 잘 부탁하마.

"응, 호타로는 예외지, 그럼."

근거 없는 소리를 지껄이는군. 도대체가 네놈 발언의 진정한 위험성은 내가 석 자 이름이라는 게 아니라는 것을 왜 모르냐?

"아아, 오레키는 예외구나, 그렇구나."

이제야 깨달은 모양이다. 사토시의 얼굴이 울음을 터뜨릴 것처럼 일그러졌다. 이바라의 풀 네임은 이바라伊原 마야카魔耶花. 석 자 이름은 전혀 드물지 않다고 생각하는데. 지탄다를 피하는 데 급급해 제 무덤을 팠군. '내가 말하려던 것은 펜네임의 경우' 하고 도망치는 게 그나마 나았을 텐데. 음.

일인극에 어울려 주는 것은 그쯤 해 두고 『저녁에는 송장이』를 다시금 들어 보았다. 재미있는 만화였다. 하지만 현재 우리가 처한 상황과 만약 관계가 있다면 역시 후기일 것이다.

사토시를 치근덕치근덕 못 살게 굴던 이바라가 내 앞으로 와 섰다.

"그거, 작화는 구가야마 학생회장이지만 스토리는 안조 하루나란 사람이래."

후기를 보다 말고 시선을 들었다.

"음? 너, 이거 알고 있었냐?"

"아주 좋아하는 만화야. 작년에 여기 축제에서 샀어."

이바라는 어떤 것을 좋아한다든지 어떤 게 좋다는 말을 잘 하지 않는다. 그런 만큼 자연스럽게 '아주 좋아한다' 같은 말이 나온 게 뜻밖이었다. 뭐, 그런 말을 들을 만큼 재미있다고는 생각하지만. 이바라는 책에 시선을 떨어뜨리고 묘하게 생기 없는 목소리로 말했다.

"오레키, 이거 잠깐 빌릴 수 있을까?"

……인기 만점이군. 지탄다에 이어 이바라까지 대여를 신청하다니. 그래, 가져가라, 하고 싶지만.

"그건 물론 상관없다만 잠깐만 기다려."

"기다리라면 기다리겠지만, 그럼 언제 빌려 줄 수 있는데?"

잠시 생각했다. 이윽고 나는 후기 페이지를 손등으로 탁

쳤다.

"이걸 다 외우고 나면. 복사가 되면 당장이라도 빌려 줄 수 있는데 말이다."

이바라의 얼굴에 의아한 빛이 떠올랐다. 잘 설명을 못 하겠어 답답하다. 어쨌거나 나 자신도 이게 무슨 쓸모가 있는지 모르니 말이다. 솔직히 말하자면 '이게 무슨 쓸모가 있는지, 아니면 쓸모가 없는 것을 알고 나면'일 것이다.

갑자기 지탄다가 손뼉을 딱 쳤다.

"아, 맞아요, 저 세 분께 의논드릴 게 있어요."

"의논? 뭔데?"

사토시가 말했다.

"실은 저, 방송부 점심 라디오에 출연하게 됐거든요."

저런.

"어? 점심 라디오라니, 어제랑 그저께도 했던 교내 방송 말이야?"

"네."

사토시가 휘파람을 불었다.

"그거 굉장한걸! 지탄다, 역시 대단하네. 가미 고 최대의 매스컴을 우리 편으로 끌어들이다니! '십문자' 사건까지 합치면 이제 《빙과》 완판도 불가능하지 않겠어."

“아뇨, 실은 제가 부탁드린 게 아니라, 아니, 부탁드리려고 했는데…….”

“쾌거야, 쾌거! 좋아, 그럼 애청자인 내가 초대 손님은 어떤 식으로 대답해야 하는지 요령을 상세히 전수해…….”

매스컴 대책은 사토시에게 맡겨 두면 되겠지. 신이 난 사토시를 무시하고 나는 다시 후기로 돌아갔다.

뭐랄까, 괴도 ‘십문자’와 관련되는 정보, 단서는 여기저기에 있다는 생각이 들었다. 매대를 지키며 사흘간 느긋이 보낸 것만으로는 해야 할 일을 간략하게 했다는 생각이 들지 않는다. 나 나름대로 판매 촉진 계획을 세워야 했다. 그러려면 ‘십문자’의 덜미를 잡아야 한다. 이거야 원, 얄궂은 일이다. 지탄다가 《빙과》 판매를 위해 사건에 대한 호기심을 억누르고 있는데, 에너지 절약주의자인 내가 같은 목적을 위해 사건과 마주해야 하다니. 턱을 괴고 시선을 『저녁에는 송장이』에 떨어뜨리면서도 그것을 보고 있음을 의식하지 못했다.

나는 생각해 보았다.

〔남은 부수 118부〕

057-♥13

후쿠베 씨의 친절한 가르침을 듣는 한편으로 저는 오레키 씨의 이변을 깨닫고 있었습니다.

마야카 씨는 오레키 씨와 초등학교 때부터 줄곧 같은 반이었다고 합니다. 후쿠베 씨는 제가 알기로 오레키 씨와 남자 중에서는 제일 친한 사람입니다.

그런데 왜 두 분은 못 알아차리는 걸까요?

오레키 씨가 저렇게 눈의 초점이 약간 멍해진 채 한 자세로 오래 있을 때…….

그런 때 오레키 씨는 생각하고 있는 것입니다.

그렇게 해서 나온 결과는 이따금 제 예상과 전혀 다른 결론으로 이어집니다. 그리고 나중에 판명된 사실이 그 결론을 입증한 것도 지금까지 한두 번이 아니었습니다.

저는 후쿠베 씨의 이야기를 들으며 시야 끄트머리로 오레키 씨를 계속 살폈습니다.

058-♠16

"……일 것 같은데, 어떻게 생각해, 호타로?"

어?

느닷없이 이름을 불려 고개를 들었다. 사토시와 지탄다, 이바라까지 나를 보고 있었다. 나는 귀 언저리를 긁적였다.

"미안하다. 뭐라고 한 거냐?"

곧바로 커다란 한숨이 흘러나왔다.

"호타로…… 고전부의 운명을 좌우할 라디오 방송의 전략 회의인데 그런 태도는 아니지, 그런 태도는."

대체 어느 틈에 회의가, 그것도 전략 회의가 시작된 건가.

문득 보니 왜 그런지 지탄다가 숨죽인 표정으로 나를 보고 있었다. 뚫어져라. 여전히 눈이 크다. 아니, 그게 아니라.

"뭐, 뭐냐, 지탄다."

"……어떤가요?"

"뭐가?"

"아뇨……."

그러고는 한숨을 쉰다. 이쪽은 조금 전 사토시와 달리 작고 자연스러웠다. 대체 무슨 일이지? 자연스럽게 한숨을 쉴 짓을 내가 했던가?

뭐, 됐다. 그렇지 않아도 생각하다 막힌 참이다. 원래라면 이 녀석들에게 이야기하면서 생각을 정리하고 싶지만…….

지탄다가 방해된다.

나는 검지를 까닥까닥해 사토시를 불렀다.

"컴 온."

"어? 왜?"

자리에서 일어섰다. 꽤 오래 궁둥이를 붙이고 앉아 있었던 것 같다.

"미안하지만 잠깐 같이 가자."

"이 바쁜 와중에 대체 어디를?"

"그 바쁜 일하고도 관계있어. 장소는 어디라도 상관없고."

책상에 걸터앉아 공중에서 발을 흔들거리던 이바라가 나를 보지 않은 채 물었다.

"혹시 '십문자' 사건 때문이니?"

쓸데없는 감 좀 발휘하지 마라. 아아, 역시 지탄다의 눈빛이 달라졌다.

"네? 역시 그런가요, 오레키 씨! 혹시 알아차리신 게 있는 거예요?"

"아니, 없이, 없어."

"그럼 '십문자' 사건에 관한 게 아닌가요?"

거짓말은 하지 않는다는 게 사토시의 신조이지만, 나도 이렇게 정면에서 물어보니 당당히 아니라고 하기 껄끄럽다. 지탄다는 내 그런 망설임을 예리하게 간파했다.

"역시 '십문자' 사건이군요."

"아니, 그건……."

가슴 앞에서 맞대고 있던 지탄다의 두 손이 주먹 모양으로 불끈 쥐어졌다. 본인은 그런 변화를 의식하고 있을까.

"저, 굉장히 신경 쓰이는데…… 어째서 후쿠베 씨만……."

평소보다 목소리가 한층 낮다. 약간 수그려진 얼굴은 앞머리 때문에 눈이 보이지 않는다. 그 상태로 네 이놈, 이 원한을 어찌 갚아 줄까, 하면 나도 모르게 사과할 것 같다.

난감하다. 지탄다는 꼭 피하고 싶은데.

하는 수 없다, 수를 좀 써 볼까. 이런 방법은 처음 써 보는데 먹히려나? 나는 정색했다.

"그래, 맞아. '십문자' 사건으로 사토시하고 할 이야기가 있어."

"그럼 저도……."

"엄청 야한 이야기인데 괜찮겠냐?"

오, 먹혔다. 게다가 엄청난 효과다.

미안하다, 지탄다. 만약 이게 성희롱에 해당된다면 나한테 받을 빚이 하나 늘어난 셈 쳐라. 『저녁에는 송장이』를 집어 들고 기능 정지된 것 같은 지탄다 곁을 지나 쓴웃음을 짓는 사토시와 지학 교실을 나섰다. 이바라의 차가운 시선에 등이 따끔거렸다.

"그럼 어디 야한 이야기 좀 들어 볼까."

계속 실실 웃고 있던 사토시가 비로소 심호흡을 하고 물었다.

사토시에게 이야기를 할 장소로 내가 고른 곳은 연결 통로 옥상이었다. 뭐랄지, 여기만 축제 같은 분위기가 별로 없어 차분히 이야기할 수 있을 듯했다.

사토시와 달리 나는 떨떠름한 표정이었다.

"억지로 끌고 나와 미안하다."

"웬걸, 난 오히려 기쁜데. 최후의 표적 고전부가 '십문자'를 잡는다는 전개는 나로서도 바라는 바니까."

……그런 생각은 별로 안 했다만.

사토시는 잠시 침묵하더니 기묘한 웃음을 띠었다.

"자, 기대한다, 호타로."

기대에 부응할 수 있을지 없을지. 나는 난간에 몸을 기댔다.

"기대를 받을 만큼 대단한 생각이 있는 건 아니고. 그저 석

연치 않은 부분이 몇 개 발견돼서 말이다. 아무래도 거기에 무슨 의미가 있을 것 같거든."

"석연치 않은 부분이라면 얼마든지 들어야지. '십문자'가 누구냐는 대문제가 있는 이상."

"그건 모르는 거지, 석연치 않은 게 아니다. 말 나온 김에 덧붙이자면 모순도 아니고."

"미싱 링을 발견한 거야?"

미시건 뭐?

멍청한 표정의 나를 보고 사토시가 쓴웃음을 지었다.

"미싱 링. 잃어버린 고리. '십문자'에게 피해를 당한 각 동아리에 숨은 연관성이라도 발견했느냐고 묻는 거야."

어, 음. 내가 하려던 말이 그런 것이었나. 잠시 생각했다.

"……아니, 그건 아닌데."

"그럼 괴도 '십문자'의 작은 실수를 발견했다든지?"

"그것과도 좀 다를 것 같은데."

사토시의 움직임이 딱 그쳤다. 이제껏 별로 보인 적이 없는 진지한 표정으로 나를 빤히 본다. 평소의 사토시답지 않은 태도에 주춤했다. 사토시가 말했다.

"둘 다 아니라고?

괴도란 말이야. 연속 도난 사건이라고. 용의자는 천 명이야.

그런데 미싱 링을 찾아낸 것도, 실수를 찾아낸 것도 아닌데 그냥 천 명 중에서 용의자를 가려내겠다고?"

"뭐…… 그런 셈이지."

"어떻게!"

묘하게 흥분했군. 사토시의 미스터리 취향은 셜록 홈스로 한정된 게 아니었나? 뭐, 사토시라면 어제까지 코난 도일이었다가 오늘부터 다카기 아키미쓰라고 해도 이상할 것 없지만.

"아직 범인이 어쩌고저쩌고하는 건 아니야. 잠시 생각을 정리하고 싶어서 그러는데, 들어 주겠냐?"

그렇게 부탁하자 사토시는 왜 그런지 어깨를 으쓱했다. 무슨 의미일까 생각할 겨를도 없이 사토시는 평소와 다름없는 웃는 얼굴로 돌아와 말했다.

"그야 물론 들어야지."

그러더니 맞은편 난간에 나처럼 몸을 기댔다. 가을바람이 휭 불었다.

자, 어디서부터 이야기를 시작할까.

잠시 생각한 다음, 사토시에게 보여 주기 위해서가 아니라 내가 정리하기 위해 오른손 손가락을 하나 꼽았다.

"첫째, 왜 '십문자'는 열 개 동아리에서 열 개 물건을 훔치는가? 이건 '십문자'란 서명에서 읽어 낸, '십문자'는 열 개 동아리를 털려 한다는 가정에 근거한 거다만."

"그 가정은 지금 와서 의심할 필요도 없다고 생각하는데."

뭐, 나도 의심하는 건 아닌데. 검지를 꺾는다.

"둘째, 왜 '십문자'는 현장에 카드를 남기는가? 사토시, 범인이 남긴 카드 갖고 있었지?"

"응, 이거 말이지."

당연하다는 듯 끈 달린 주머니에서 어제 조리연에서 발견된 카드가 나온다.

조리연은 이미 국자를 잃었다 십문자

"마술부도 이거하고 같은 모양 카드였어. 설마 판매점을 조사해서 구입자를 찾아내겠단 뜻은 아니겠지?"

누가 그런 귀찮은 짓을.

어쨌거나 그러고 보니 그랬군. 맞다, '십문자'는 그런 식으로 썼다. 예상외의 의문이지만 나는 중지를 접었다.

"셋째, 왜 '십문자'는 '잃었다'고 쓰는가? 어째서 '조리연에서 국자를 가져갔다'가 아닌가?"

그냥 폼 잡는 것뿐일 수도 있지만. 약지를 쥔다.

"넷째, 왜 '십문자'는 『간야제 100배 즐기기』를 남기는가?"

이것은 『ABC 살인 사건』의 모방인가 했는데, 생각해 보면 동아리 일람은 『간야제 100배 즐기기』에만 실려 있는 게 아니다. 하기야 『간야제 100배 즐기기』는 방문객용으로 준비된 분량도 있으니 입수하기 쉬웠다는 사정도 있을지 모른다.

"아, 그것도 있어."

끈 달린 주머니에 손을 넣더니 이번에는 『간야제 100배 즐기기』를 꺼냈다.

"조리연에 '십문자'가 남겨 놓은 바로 그거야."

여전히 용의주도한 녀석이다. 『간야제 100배 즐기기』는 나도 갖고 있지만 일단 받았다.

마지막까지 남아 있던 새끼손가락을 접었다. 오른손이 주먹이 되었다. 다음 문제는 고전부와도 직접 관계가 있다.

"다섯째, 왜 '십문자'는 원예부를 노렸나. 왜 영화 연구회도, 연극부도 아닌가. 왜 오컬트 연구회도, 점술 동호회도 아닌 조리연인가. 목록이라도 안 보면 조리연을 보통은 '요리연'이라고 생각할 거다. 오십음순으로 딱딱 맞추고 싶으면 왜 조리연을 선택한 거지?"

"그건 고전부랑 공작부, 둘 중 어느 쪽이 타깃이 될 것인가

하는 문제하고도 직결되네."

언뜻 보면 이것은 일종의 사활 문제다.

하지만 사실 나 자신은 그에 대해 낙관적이었다. 벽신문부에 고전부가 '최후의 표적'으로 언급되고 낮에 방송부도 그런 식으로 소개해 준다면, 실제로 어느 쪽을 노리건 고전부의 선전 효과에는 차이가 없을 것이라 보기 때문이다.

주먹 쥔 손에서 검지만 폈다.

"여섯째, 넌 내가 만화를 읽느라 대충 들었다고 생각했지? 그게 그렇지도 않다. 이게 제일 이상한 점인데…… 왜 '십문자'는 '구'를 건너뛰어 '게'를 훔쳤나?"

"그건 경계를 피하기 위해서야. 말했을 텐데. 글로벌 액트 클럽은 뭘 훔칠 상황이 아니었다고."

사토시가 그렇게 말하는 것도 이해하지만, 그래서는 어째 이상하다는 생각이 자꾸만 든다. 그 원인이 마지막 의문에 있었다. 나는 중지를 폈다.

"일곱째."

들고 있던 『저녁에는 송장이』의 후기를 펴서 사토시에게 보였다. 잠깐 기다렸다가 '크리스티의 엄청 유명한 작품을 좀 색다르게 고쳐 볼 수 없을까 획책중'이라는 부분을 가리켰다.

"사토시, 크리스티의 엄청 유명한 작품이라면 뭐겠냐?"

사토시는 주저 없이 줄줄 읊었다.

"그러게, 『그리고 아무도 없었다』, 『오리엔트 특급 살인』, 『애크로이드 살인 사건』, 『ABC 살인 사건』…… 이렇게 넷일까."

나는 고개를 끄덕였다.

"나 같으면 『스타일스 저택의 괴사건』을 더하겠다만, 어쨌든 그 정도겠지. 그래서 말인데 '엄청 유명한 작품'이라고 부를 수 있는 그 작품들 중 색다르게 고쳐서 만화로 만들어 '쿠드랴프카의 차례'란 제목을 붙일 수 있는 건 뭐겠냐?"

사토시는 추리 소설을 잘 모를 터. 기껏해야 나와 대동소이할 것이다. 하지만 데이터베이스를 자임하는 사람답게 자기가 든 '엄청 유명한 작품'의 줄거리 정도는 알고 있었던 모양이다. 팔짱을 끼고 생각에 잠기기를 수십 초, 어울리지 않게 신중하게 말했다.

"쿠드랴프카라는 건 로켓에 태워져 지구를 빙글빙글 돌았던 개지? 산소가 바닥 날 때까지 눈 아래 별로 돌아갈 수 있다고 믿었던."

"그러냐?"

개가 뭘 믿었는지 알 수 있는 인간은 없겠으나.

"그 점에 주목한다면 『그리고 아무도 없었다』일까? 하지만 '차례'란 말은 『ABC 살인 사건』에 딱 들어맞지."

"내 의견도 같다. 그냥 아무도 없게 되는 게 포인트인 『그리고 아무도 없었다』에 이번엔 네 차례다 하는 느낌의 제목은 별로 안 어울리지. 6대 4 정도로 『ABC 살인 사건』이라고 생각해."

"글쎄, 그럴까? 쿠드랴프카라고 하면 비운의 죽음이란 이미지가 따라붙는데. 『ABC 살인 사건』은 게임 같은 느낌이라 그런 죽음에 얽힌 단어가 안 어울리는 것 같단 말이지. 나 같으면 6대 4로 『그리고 아무도 없었다』를 고르겠어."

그러냐?

……뭐, 됐다. 어차피 상상의 범주이니 꼭 생각이 일치하지 않아도 된다.

"호타로 네가 무슨 말을 하려는 건지 알 것 같아."

사토시가 중얼거렸다.

그 하려는 말을 하기 전에 먼저 한 가지 확인할 게 있다.

"사토시. 이번 축제에서 『쿠드랴프카의 차례』란 만화가 판매됐냐?"

"……아니, 그런 말은 못 들었는데. 물건을 팔려면 총무위원회에 미리 알려야 하는데다, 취급할 물품이 만화라면 우리가 먼저 체크하거든. 만약 만연에서 냈다면 마야카가 뭐라고 했을 거야."

그렇다면. 나는 가을 하늘을 노려보며 말했다.

"작년 가미야마 고등학교 축제에 『저녁에는 송장이』란 만화가 나왔어. 그 후기에 내년엔 크리스티의 엄청 유명한 작품을 색다르게 고친 작품을 내겠다고 예고했어. 그 엄청 유명한 작품이란 대담하게 추측해서 『그리고 아무도 없었다』 내지는 『ABC 살인 사건』이야. 신중하게 접근해도 여기에 『오리엔트 특급 살인』하고 『애크로이드 살인 사건』이 추가되는 정도라고 하자.

그런데 예고된 해인 올해, 가미야마 고등학교 축제에서 이쪽은 명백히 크리스티의 『ABC』에서 따온 사건이 벌어지고 있어. 일곱째 석연치 않은 점은 이거다. 이게 우연일까?"

사토시가 바로 뒤를 이어 받았다.

"그러니까 네가 하려는 말은 이거지? '십문자' 사건이 『저녁에는 송장이』에 예고되어 있었다?"

아직 그렇게까지 확실히 말할 수 있는 것은 아니지만.

"『저녁에는 송장이』, 아니, 『쿠드랴프카의 차례』하고 '십문자' 사건이 아무 관계가 없다면 오히려 그편이 더 이상할 거란 정도일 거다. 그래서 어떤 관계가 있을 경우, 일 년이란 세월이 지나 재현한 건데 '십문자'가 그냥 장난꾼이겠냐? 축제를 혼란에 빠뜨리는 걸 그냥 즐기는 거겠어?"

물론 이것은 반어법이다. 장난꾼이냐? 아니, 그렇지 않다. 사토시는 대답하지 않았다. 그 침묵을 나는 반어에 대한 찬성으로 받아들였다.

"야, 사토시. 이 사건엔 의미가 있어. 의미란 말이 문제라면 의도라고 해도 돼. 예고도 없고, 야단스러운 퍼포먼스도 없고, 훔치는 물건이라곤 기껏해야 물총이며 양초라고. 장난꾼이 아니야. 다른 동아리에 불편을 끼치지 않고, 동시에 방해도 받지 않고 '십문자' 사건을 완수하고 싶다는 의지마저 느껴져.

그런데 '구'를 건너뛰는 건 아무래도 안 어울린단 말이지. 마음만 먹으면 방법이 없는 게 아닌데 어째서 '구'를 건너뛰었지……?"

여기까지다. 이다음부터는 좀 더 생각해야 한다. 나는 입을 다물었다.

잠시 침묵이 흘렀다. 사토시가 갑자기 말했다.

"……난 돌아갈게. 지탄다를 저대로 라디오 방송에 내보내긴 좀 불안하거든."

쓴웃음이 났다.

"그래. 부탁한다."

"호타로 넌?"

"방금 네가 준 걸 잠깐 보고."

사토시는 고개를 끄덕이고 발길을 돌렸다.

아차, 그렇지. 잊어버릴 뻔했다. '십문자'의 의도가 무엇이든 고전부를 선전하는 데 필요한 게 있었다. 사토시와 이바라가 놓칠 것 같지 않지만 일단 말해 놓자.

"사토시, 지탄다한테 '고'로 시작하는 물건을 준비해서 교내 방송으로 퍼뜨리라고 전해."

사토시는 걸음을 멈추고 고개만 돌려 못돼 보이는 웃음을 지었다.

"손님을 낚을 미끼 말이지. 아닌 게 아니라 타깃이 확실할 때랑 아닐 때랑 재미가 다르지……. 괜찮아, 다 생각해 놨으니까. '교료 원고'•로 공략할 계획이야. 그나저나 너도 제법 악당인걸."

무슨 말씀을요, 저 따위는 아직 멀었습니다.

"아, 그리고 매대 부탁한다."

사토시는 그 말에는 돌아보지 않고 손만 팔랑팔랑 흔들었다.

• '교료 원고(고료겐코)'는 일본어로 '고'로 시작됨.

역시 남에게 이야기하다 보면 정리가 된다. 사토시와 이야기하면서 한 가지 가능성에 생각이 미쳤다. 대담한 상상이지만 아주 황당무계하지는 않다.

손안의 카드와 『간야제 100배 즐기기』, 그리고 『저녁에는 송장이』.

종이를 펴 보려면 실내가 더 나을 것이다. 그런데도 나는 묘한 오기를 부려 몰아치는 바람을 맞으며 그것들을 하나씩 다시 살펴보았다.

생각한다.

재료는 있다. 무엇을 생각해야 할지도 정리했다.

조사해서 생각을 정리한다.

바람이 조금 찬 것 같다…….

〔남은 부수 118부〕

059-♣19

건물로 들어가기 직전 어깨 너머로 호타로를 돌아보았다.

호타로는 난간에 몸을 기대고 가을 하늘을 노려보듯 하고 있었다.

호타로의 생각이 도달할 곳은 어디일까. 나는 전혀 모르겠다.

나는 알 수 없었다.

내 입가에서 웃음기는 사라지고 없었다.

바람이 차서, 그래서 나는 눈을 내리깐다.

5-2. 061~062 '십문자' vs 고전부

061—♥14

가슴이 두근거립니다.

이런 때는 묘책이 있습니다. 저를 보는 분들을 호박이라고 생각하는 것입니다. 저희 집에서도 재배하고, 호박은 이미지를 떠올리기 쉬운 야채입니다. 그럼으로써 진정되는 게 아니라, 그러면 진정될 것이라고 생각함으로써 그러면 진정되는 것입니다.

아아, 아뇨, 안 되겠습니다. 지금 눈앞에 사람이 있는 게 아닙니다. 있는 것은 마이크입니다!

그렇다면 다른 방법을 써야겠군요. 사람 인 자를 손바닥에 써서 삼키는 것입니다.

세 번 써서 삼킨 다음 깨달았습니다.

방금 삼킨 것은 사람 인人이 아니라 들 입入입니다.

"음악이 끝나는 대로 시작합니다. 준비됐죠?"

"아, 네."

"음악 끝납니다. 5, 4, 3……."

"네, 방금 들으신 곡은 prodigy의 BREATHE였습니다!

자, 다음은 간야제의 핫 토픽을 소개할까요. 마지막 날인 오늘의 초대 손님은 고전부 부장, 1학년 A반, 지탄다 에루 양입니다(박수)! 참 예쁘네요, 음성뿐인 방송인 게 미안할 정도인데요."

"……."

"아, 에헴. 자, 간야제도 드디어 마지막 날이죠. 오늘의 하이라이트라면 역시 '십문자' 사건일 텐데요. 모르시는 분을 위해 간단히 설명하자면, 간야제 개시 직후부터 이런저런 동아리에서 물건을 훔치고 다니는 인간이 있거든요. 몹쓸 일이죠(들뜬 목소리로). 그런데 이 도둑이 나름 미학이 있어서 말이죠. 처음엔 아카펠라부, 다음이 바둑부, 그다음이 점술 연구회, 그리고 원예부, 이렇게 아이우에오 순으로 범행을 저지른 겁니다. 훔친 물건도 아쿠아리우스, 바둑돌, 타로 카드의 운명의 수레바퀴, 그리고 (연극 조로) 음, 그게 뭐였죠?"

"(다소 빠른 말투로) 아, 저, AK요."

"아아, 그랬죠, 네, 맞습니다. (느긋하게) 그런데 AK가 뭐죠?"

"물총이에요. 원예부에서 불조심 하느라 물총을 가져 왔다고 해요."

"음, 역시 조사가 잘돼 있군요. '역시'라는 건, 《가미 고월보 간야제 호외》를 읽은 사람이라면 잘 아시겠지만, 지탄다 양의 고전부가 글쎄 이 도둑의 최후의 표적이기 때문이랍니다. 도둑은 대담무쌍하게도 '십문자'를 자칭하면서 열 개 동아리를 습격하겠다는 걸 암시했거든요. '아'로 시작해서 '고'로 끝나는 거죠. 어떤가요, 지금 심정은?"

"아, 네(잠시 침묵). 여러분이 힘을 빌려 주시면 자칭 '십문자' 씨를 꼭 잡을 수 있을 거라고 생각해요."

"호, 호오, (기뻐하는 목소리로) 얌전한 사람인 줄 알았더니 자신만만한데요!"

"아뇨, 자신 있는 건 아닌데요."

"(말꼬리를 자르듯) 하지만 방금 꼭 잡겠다고 했죠."

"……그건 고전부 동아리실이 특별동 4층의 끄트머리 방이기 때문이에요. 저희는 지학 교실을 사용하거든요. (막힘없이) 지학 교실도 그렇지만, 여러분 모두 아시다시피 끄트머리 방에 위치한 과학 교실은 하나같이 출입구가 하나뿐이랍니다. 이건 범인에게 불리한 조건이죠.

거기에 자칭 '십문자' 씨를 직접 잡고 싶으신 여러분의 협조까지 얻는다면 만에 하나라도 놓칠 리 없어요."

"무슨 '협조'일까요?"

"지학 교실까지 와 주시기만 해도 큰 도움이 될 거예요. 저희 고전부는 부원이 다 합해서 네 명뿐이거든요. 경비다운 경비를 하는 게 불가능하답니다. (강한 인상을 남기려는 듯 정감을 담아) 여러분의 도움에 의지하고 있어요."

"으음. (실감 어린 목소리로) 그렇게 부탁하고 나오니까 약해지네요."

"(충분히 뜸을 들였다가) 실은 이번에 저희, 자칭 '십문자' 씨와 대결하기 위해서 계획을 짠 게 있거든요."

"계획이라고요? 오, 의욕이 넘치는데요. 그래서 (목소리를 조금 낮추고) 어떤 계획이죠?"

"계획이란 말은 정확하지 않을지도 모르겠네요.

자칭 '십문자' 씨도 축제 기간 사흘을 거쳐 이제 십문자의 완성을 눈앞에 두고 있죠. 그런데 저희 고전부에는 '고'로 시작되는 물건이 없지 뭐예요. 최후의 승부가 부전패면 '십문자' 씨도 원통할 테고, 자칭 '십문자' 씨의 정체를 알고 싶은 여러분의 기대에도 부응할 수 없죠.

그래서 (조금 천천히) 저희 고전부에선 문집 《빙과》의 원고를 준비했어요."

"(의아한 듯) 원고라고요?"

"네. 고전부에선 《빙과》란 제목의 문집을 냈거든요. 제목이 특이하죠? 실은 이 제목에 숨은 의미가 있답니다. 그 의미를 추적하면 가미야마 고등학교 축제, 통칭 '간야제'에 관한 어떤 비밀에 다다르게 돼요. 읽어 보시면 분명히 재미있을 거예요. 오신 김에 사 주시면 기쁘겠습니다."

"호오, 간야제의 비밀이라고 하니 어째 궁금한데요. 하지만 그게 '십문자'랑 어떻게 연결되는 거죠?"

"아, 죄송합니다. 이 원고, 그냥 원고가 아니에요. 마지막에 인쇄를 부탁드리는 것만 남은 단계의 원고, '교료 원고'랍니다."

"(명랑하게) 아아, 그렇군요. '고'로 시작된다는 말이네요. 결전의 무대는 준비했다, '십문자'여, 어디 올 테면 와 봐라, 하는 건가요?"

"네, 뭐(부끄러워하며), 그런 뜻이 되겠죠. ……다만 약간 불안이 없지 않아서요."

"그게 무슨 말인가요?"

"자칭 '십문자' 씨는 지금까지 아무에게도 들키지 않고 사건을 벌여 왔어요. 무척 조심성 많고 또 대담한 분이죠. 그런 분이 최후의 표적인 저희 고전부에 전력을 다해 임하신다고 생각하면 저희 네 명만으로는 조금 불안하거든요. (강조하듯 천천히) 생각지도 못한 뜻밖의 방법으로 범행을 저지르실 수도 있어요."

"그렇군요. 진짜 승부란 말이군요."

"네, 그렇습니다. 저희도 (웃음을 머금은 부드러운 목소리로) 저희 손으로 표적을 준비해 놓고 어이없이 당하고 싶진 않으니까요. 그걸 위해서도 많은 분들이 지학 교실을 찾아 주시면 합니다."

"당연히 그렇겠죠. ……(열의를 담아) 자, 최후의 표적 고전부는 요격 태세를 완벽하게 갖췄습니다! 다만 부족한 게 있다면 그건 인원! 간야제를 떠들썩하게 한 괴도 '십문자'의 최후를 지켜보고 싶다, 또는 내 손으로 잡고 싶다. 그런 당신의 도움이 필요합니다! 어쩌면 '십문자'는 그런 경비마저 여유 있게 뚫을지도 모르지만요……. 어쨌거나 마지막 날 오후엔 특별동 4층 지학 교실의 고전부를 꼭 주목해야겠는데요.

초대 손님은 고전부 부장, 1학년 A반, 지탄다 에루 양이었습니다. 감사합니다. 건투를 빌죠!"

"감사합니다. 열심히 해 보겠습니다."

마이크가 꺼졌습니다.

저는 숨을 후우 크게 내쉬었습니다.

후쿠베 씨, 마야카 씨와 같이 의논해서 쓴 메모. '교료 원고에 관해', '빙과의 내용 소개', '동아리실 위치', 셋 다 빠짐없이 언급했다고 생각합니다. 게다가 메모 구석에는 이리스 선배의 가르침인 '대가를 준비하면 안 된다', '문제를 커 보이게 하면 안 된다'도 적어 놓았습니다. 전자에 관해서는 아무것도 준비하지 않았고, 후자에 관해서는 《빙과》가 아직 많이 남아 있다는 말을 굳이 하지 않았습니다. '부탁하는 것 외에 다른 방법이 없다고 생각하게 해라'라는 가르침도 실천했다고 생각합니다.

사전 준비와 가르침 덕분에 교내 방송에 꽤 든든한 마음으로 임할 수 있었습니다. 살며시 눈을 감고 지금까지 도와주신 많은 분들께 감사를 바칩니다.

"너, 제법 괜찮더라. 야단스러운 선전 문구는 안 나왔지만, 뭐 원래 적성에 맞고 안 맞고는 따로 있으니 말이지."

요시노 선배는 그렇게 말하며 제 어깨를 가볍게 두드렸습니다. 하지만…….

살짝 가시 같은 게 느껴집니다. 아뇨, 요시노 선배의 말에서가 아닙니다. 제 마음속에 뭔가 걸리는 게 있습니다. 그건 이번 축제 기간 중 내내 제 안에 있었다는 생각이 듭니다. 그것이 방금, 이 방송 때문에, 움직여 저를 따끔 찔렀다는 느낌입니다. 잘 표현을 못 하겠습니다만…….

아뇨, 지금은 고전부 생각을 해야죠. 정말로 잘됐을까요? 결과는 이 뒤 지학 교실에서 알게 될 겁니다. 저는 가슴에 손을 얹고 크게 심호흡을 한 번 했습니다.

062-♠18

시계를 보니 2시가 지났다.

손목시계에 눈을 주는 잠깐 사이에도 무표정한 남학생이 내 앞에 《빙과》를 던졌다.

"이백 엔입니다."

남학생은 이백 엔을 냈다. 곧바로 다음 손님이 《빙과》를 놓았다.

낮잠 자면서 꿈을 꾸는 게 아니었다. 또 손님이 온다. 한 부 팔렸다. 이건 현실이다. 지학 교실은 사람으로 꽉 들어차 있었다.

사토시의 말로는 오늘 아침 글로벌 액트 클럽도 성황이었다고 한다. 그저 '십문자'가 노린다는 것만으로 성황이라 부를 수 있을 상황이 된다면, 최후의 표적으로 알려졌고 교내 방송으로 선전까지 한 고전부가 그 이상의 활기를 보이는 것은 당연하다 할 수 있다. 머리로는 이해하겠는데, 지금까지 한 시간에 한두 권 팔리던《빙과》가 이렇게 빠른 속도로 팔려 나가는 것을 보니 역시 감개를 억누를 수 없었다.

사람만 모아 놓는다고 팔리는 것도 아니다. 이 정도로 탄력이 붙은 것은 역시 지금까지 지탄다, 그리고 사토시가 해온 착실한 홍보 활동의 결실이라 해야 할 것이다. 또 한 부를 팔며 나는 새삼 그 녀석들의 행동력에 감탄했다.

그 두 사람도 동아리실에 있다. 그리고 만연은 괜찮은 건지, 체육복 차림의 이바라도 이곳에 있었다.

세 사람은 지학 교실 중앙 부근에서 각각 등을 지고 세모꼴로 서 있었다. 손을 뒷짐 진 채 똑바른 자세로 의연하게 서 있다. 세 사람이 그리는 삼각형 속에 삼각형이 하나 더 있었다. 책상에 붙인 노란 테이프가 세모를 그리고 있었다.

그리고 그 속, 세 사람과 노란 테이프가 이루는 이중 삼각형 중심에 A4 용지 열 장 정도가 포개져 놓여 있다. 맨 위에는 표지로 갱지를 올려놓고 사인펜으로 '빙과 원고'라고 썼다. 저게 바로 고전부가 '십문자'에게 보내는 도전장인 '교료 원고'다.

참고로 이바라의 원고다. 나와 지탄다가 공동으로 쓴 부분은 매수가 너무 많고, 사토시가 쓴 부분은 너무 적은지라.

세 사람이 교료 원고를 경비하며 '십문자' vs 고전부의 분위기를 띄우고 있다. '십문자'가 습격하는 것은 언제가 될지 모른다. 이벤트에 참가하려고 지학 교실까지 온 분들은 무료함을 못 견디고, 또는 사토시와 지탄다의 홍보 활동을 떠올려 내가 지키는 매대에서 《빙과》를 사 간다는 수법이다. 여기서는 보이지 않지만, 이바라가 즉석에서 그린 포스터도 문에 붙어 있을 것이다. 마카로니 웨스턴풍으로 결전의 분위기를 부채질하는 포스터는 냉정하게 생각하면 창피하지만, 축제의 막판을 즐기고 싶은 가미 고 학생들에게는 그렇게 야단스러운 게 좋았는지 모른다.

《빙과》를 파느라 바빠서 잘 모르겠지만…….

잠깐, 느낌 좋은데. 한 번 더.

《빙과》를 파느라 바빠서 잘 모르겠지만, 이 검정 교복과 세일러복, 소수파인 사복 집단 틈에 이미 '십문자'가 숨어들어 있는 게 아닐까. 지탄다와 사토시, 이바라의 트라이앵글 경비 포지션을 무너뜨릴 기회를 호시탐탐 노리고 있는 게 아닐까. 나는 아무도 접근 못 할 것처럼 보이는 교료 원고와《빙과》의 재고를 번갈아 보며, 조금 더 있다가 덮치라고 생각하고 있었다. 이 상태를 좀 더 끌어 팔 만큼 판 다음 최후의 폭죽을 쏘아 올려 주면 좋겠다.

화제의 인물 '십문자'를 잡으려는 튀고 싶은 인간인지, 아니면 단순한 구경꾼인지, 손님들이 주고받는 대화가 자연히 귀에 들어왔다.

"……진짜 오는 거 맞냐……."

"……아침엔 당했으니 말이지……."

"……솔직히 그거 아니냐? 학생회 같은 데서 짜고 쇼하는 거 아냐?……."

"……아, 이 『지구로』란 거, 네가 그때 읽던 거잖아……."

"……뭐가 저렇게 거창하냐. 저렇게 에워싸고 있는데 훔칠 수 있는 녀석이 있겠냐?……."

"……뤼팽이라면 가능하지!……."

아쉽지만 '십분자'는 뤼팽이 아니다. 일개 가미야마 고능학교 학생에 불과하다. 세 사람이 둘러싸고 지키는 교료 원고에 손을 뻗을 방법은 없다. 이바라는 아마 불안해하고 있을 것이다. 이대로 끝까지 원고를 지켜 내면 '십문자' 사건에 결말이 없게 된다고.

잠자코 지켜보았다.

《빙과》가 팔린다. 다섯 부, 열 부, 스무 부.

시간이 지난다. 오 분, 십 분, 이십 분.

여는 일 없이 끝나리라고 생각했던 상자는 이미 오래전에 열었고 속에 든 재고도 착착 줄어들어, 드디어 일부분이나마 바닥이 보였다. 훌륭하다. 지금까지의 속도는 뭐였나. 팔린다는 게 이런 것인가. 아주 멋진 기분이다. 노래라도 부르고 싶어진다. 내가 에너지 절약주의자만 아니었다면 오늘의 체험을 바탕으로 장차 상인을 지망했을지도 모른다.

하지만 뭐, 이제 한계일 것이다. 대략 여든 부쯤 팔았을까? 이제는 판매 속도도 슬슬 떨어졌고 구경꾼들 사이에서도 아무 일도 일어나지 않는 것에 대한 불만이 나오기 시작했다. 부동자세의 경비원 셋도 슬슬 힘든 것 같다. 욕심이 과하면 안 된다. 이제 그만 막을 내릴 타이밍일지 모른다.

"……."

시선으로 군중을 훑었다.

그 직후.

섬광이 눈을 찔렀다.

"……으악!"

당황한 듯 소리친 사람이 누구인지는 모른다. 하지만 마치 부르짖는 것 같은 소리에 흥미를 잃고 늘어지던 구경꾼들이 일제히 술렁거렸다.

"어?"

"헉, 뭔데?"

무슨 일이 일어났는지 모두 거의 동시에 깨달았을 것이다. 뒤처진 사람이 있었다면 지탄다 아니면 이바라일까. 사건은 그 둘의 등 뒤에서, 즉, 세 사람이 등지고 지키던 '교료 원고'에 벌어졌다.

그때까지 아무 일도 없었던 교료 원고가 별안간 불을 뿜었다.

처음 번쩍했던 섬광의 잔상이 눈 속에 선명하게 남아 있었다.

불길은 세지 않았다. 오히려 불이 얼핏 보였다 하는 정도의 발화였다. 하지만 생각지도 못한 사태에 다들 놀라 꼼짝하지 못했다. 등 뒤에서 벌어진 일에 놀라 돌아본 지탄다가 눈앞의 광경에 충격을 받아 몸을 움츠리고 있었다.

정신을 차린 누군가가 소리쳤다.

“불이야, 얼른 꺼!”

그에 반응한 것은 아니겠지만 맨 먼저 움직인 사람은 사토시였다. 교료 원고를 휙 돌아보았다.

실은 그때 이미 불이 거의 꺼진 다음이 아니었을까 싶지만, 그래도 사토시는 손 놓고 지켜보지 않았다. 재빨리 교료 원고에 손을 뻗더니 교복 소매를 끌어내려 소맷자락으로 원고를 두세 번 탁탁 쳤다. 세찬 소리가 불안감을 자아냈다.

사토시의 신속한 행동이 성공하여 불이 완전히 꺼진 듯했다. 하지만 그 잠깐 사이에 교료 원고의 표지에 뚜렷이 탄 자국이 남았다. 사토시는 손가락으로 원고를 집어 들었다.

누구의 눈에도 명백했다. 교료 원고가 불타 커다랗게 구멍이 났다.

사토시는 분하다는 듯 얼굴을 일그러뜨렸다. 입술이 움직이는 게 보였다. 당했다고 중얼거린 것 같았다.

충격이 가시고 나자 웅성거림이 퍼졌다.

“……그건가?…….”

“……방금 그게 ‘십문자’……?”

“……어이구야, 저거 탔잖아…….”

“……원고, 저거 어쩌냐…….”

웅성거림과 더불어 서서히 흥분도.

또 누가 부르짖었다.

"범행 성명을 찾아!"

구경꾼과 '십문자'를 잡을 생각이던 인간이 그 순간 구분되었다. 흥분해서 옆에 있는 친구와 방금 있었던 일을 이야기하는 이와 주위를 두리번거리는 이로 나뉜 것이다.

범행 성명은 이내 발견되었다. 바닥에 떨어져 사람들 발에 밟히던 《빙과》가 있었다. 무참한 몰골이 된 우리 문집 속에 『간야제 100배 즐기기』가 끼워져 있었다. 그리고 물론 카드도.

"어디 봐, 좀 보여 줘!"

"뭐야, 말도 안 돼!"

발견한 여학생에게 사토시가 달려가고, 그런 사토시 옆에 이바라가 끼어들었다. 나는 사탕 통을 옆구리에 끼고 일어나 사토시의 어깨 너머로 보았다.

이제까지 발견된 것과 똑같은 카드에 이제까지 발견된 것과 똑같이 짤막하게 씌어 있었다.

고전부는 이미 교료 원고를 잃었다

십문자는 달성되었다

십문자

지탄다에게 흘깃 시선을 던졌다.

입에 손을 대고 눈을 크게 뜬 지탄다는 여태 충격에서 못 헤어난 듯했다.

〔남은 부수 미계측〕

5-3. 063~065 막을 내려라

063-♣20

사흘간에 걸친 신 나는 축제, 그 특별한 시간은 급속히 종언을 향했다. 나도 총무 위원으로서 폐회식 준비를 거들어야 했다.

고전부가 패배하고 괴도 '십문자'가 최후의 표적 교료 원고를 멋들어지게 '잃게' 했다는 소식은, 벽신문부에 의해 신속하게 전달됐고 그 충격적인 막 내림은 입소문으로 퍼져 나갔다. 최후의 표적이 패배한 것으로 '십문자' 사건은 종결되었다. 그것은 또 가미야마 고등학교 축제 마지막 이벤트의 종료를 의식하게 하면서, 축제 자체가 끝났다는 느낌을 모두에게 주지 않았을까 싶다.

폐회 시간이 다 되어 나는 체육복을 입은 마야카와 함께 체육관으로 갔다. 마야카가 왜 오늘 대부분의 시간을 체육복 차림으로 지내야 했는지 이유는 들었다. 이런 말을 하면 호타로는 거짓말 말라며 눈썹에 침을 바를 것 같지만, 나는 말주변이 없다. 마야카에게 변변한 말 한마디 해 주지 못했다.

하지만 마야카는 만연에서 있었던 일을 벌써 잊은 것처럼 다른 일로 화내고 있었다.

"말도 안 돼! 불을 쓰다니 그게 무슨 짓이래? 성냥이라도 던진 걸까? 그런 건 안 남아 있었는데……."

아까부터 계속 이런 식이다. 경비를 하는 척만 해도 충분히 《빙과》에 대한 영업이 될 줄 알았는데, 정말로 '십문자'에게 당했으니 놀랐을 것이다. 나는 어깨를 으쓱하면서 글쎄다, 그러게 말이야, 하고 얼버무리는 대답밖에 못 했다. 하기야 나로서는 의기소침한 마야카보다 이쪽 마야카가 훨씬 기쁘지만.

1층까지 내려갔을 때였다.

"오, 후쿠베."

누가 나를 불러 세웠다. 다니였다.

나는 패자에게 어울리는 약간 비굴한 웃음을 지었다. 실제로 패자였으니 어렵지 않았다. 다만 내게 이긴 상대가 다니가 아닐 뿐.

"아, 다니. 감쪽같이 당했지 뭐야. 너도 그때 지학 교실에 있었지?"

"그야 당연하지."

그렇지만 다니의 말에서는 아까 같은 자신감이 느껴지지 않았다. 뭐, 그럴 테지. 나는 답을 알면서 물었다.

"그래서 어때? '십문자'의 꼬리를 잡았어?"

다니는 순간 얼굴을 찡그렸다. 아마 굴욕감에서 그랬을 것이다. 하지만 금세 여유 있는 태도를 되찾았다. 그게 미련 없고 떳떳한 일이라는 양.

"아니. 영 어렵다."

"그래."

"뭐, 단서가 너무 없었어. 조건이 부족하면 아무리 생각해도 답이 나올 리 없지."

그래, 정말 단서가 부족했다면 그렇겠지.

"그러는 넌 어떻고? 넌 뭐 좀 알아냈냐?"

얼굴에 웃음은 띠었어도 진지한 눈빛으로 그렇게 묻는 바람에 나는 쓴웃음을 지으며 고개를 가로저었다. 그러자 다니의 표정에 안도의 빛이 떠오르는 듯했다.

“그래, 그러냐. 너도 안 되겠냐. 기대했는데 말이다.”

“기대에 부응하지 못해서 미안하네.”

“아니, 어쨌거나 제법 즐거운 축제였다. 요리로 진 빚은 언젠가 갚으마.”

그러고 보니 그런 일도 있었지. 벌써 꽤 오래전 일 같다.

나는 “그럼” 하고 손을 흔든 다음 마야카와 함께 걸음을 빨리했다. 마야카가 나지막이 물었다.

“친구?”

……글쎄, 어떨까.

“친구는 아닌 것 같은데.”

“그럼 뭔데?”

“음, 그러게, 그냥 같은 반 학생에…….”

잠시 생각했다.

“국어를 못 하는 애일까.”

“저런, 낙제라도 했어?”

“아니, 그런 게 아니라 말을 계속 틀리게 쓰거든.”

또 괴상한 소리를 한다는 표정으로 마야카가 눈살을 찌푸렸다. 나는 웃었다.

"저 앤 말이지, 기대란 말을 너무 가볍게 써."

"……상관없지 않아? '기대'가 무슨 금기어인 것도 아니고."

나는 오른손 검지를 쳐들고 두세 번 좌우로 흔들었다.

"저런, 저런, 그렇지 않아. 이게 제법 심오한 이야기거든. 축제가 무사히 끝난 기념으로 마야카한테도 가르쳐 주지."

"이거 봐, 후쿠……."

"자기한테 자신이 있을 땐 기대란 말을 쓰면 안 돼."

나는 마야카의 항의를 가로막고 말했다. 반대의 경우는 있어도 내가 남의 말을 가로막는 일은 좀처럼 없다. 마야카는 뭐라 말하려다가 입을 다물었다.

요란하게 장식된 복도 저 끝을 바라보며 웃는다. 웃는 얼굴은 내 특기다. 진지한 표정을 잊어버릴 만큼.

"뭐든 '국어사전에 따르면' 하고 글을 시작하는 건 틀에 박힌 표현이라던데. 그럼 난 '국어사전에 어떻게 나와 있는지 모르지만' 하고 시작할까. 국어사전에 어떻게 나와 있는지 모르지만, 마야카, 기대란 건 체념에서 나오는 말이야."

"……."

대꾸 정도는 해 주면 좋겠는데. 독백 같아지지 않나.

"시간이라든지 자금, 능력, 그런 면에서 못 미친다는 체념이 기대가 되는 거야. 넬슨이 전투를 앞두고 수기 신호로 영국은 제군이 의무를 다하기를 기대한다고 했을 때, 넬슨은 자기 혼자 프랑스한테 이길 수 있을 거라고 생각 안 했어. 기대란 건 그럴 수밖에 없다, 어쩔 방법이 없다, 그런 게 없으면 영 거짓말 같아져.

다니는 나한테 기대 같은 거 하지 않았어. 자기도 할 수 있다고 생각하면서 그런 소리를 왜 해? 젊은 세대의 일본어 오용이 참 심각해. 국어 교육의 전환기야. 기대란 건 말이지, 예컨대……."

마야카는 역시 훌륭하다. 잠자코 듣는가 싶더니, 어딘지 모르게 화난 듯한, 즉 평소와 다름없는 목소리로 이렇게 말했다.

"예컨대 후쿠가 오레키한테 한 것 같은 거?"

브라보. 나는 손뼉을 쳤다.

"……멋진데. 어떻게 알았어? 아무한테도 말 안 했는데."

"보면 알아. 후쿠에 관한 건."

내가 그렇게 얼굴에 다 드러나는 타입인가?

체육관이 가까워 오면서 웃는 얼굴의 가미 고 학생들이 복도를 점점 더 메운다. 다들 각각 만족스러운, 또는 미련이 남는 사흘간이었으리라. 웃음소리와 말소리에 묻혀 우리 목소리가 잘 들리지 않았다. 그렇기에 마야카가 그다음 한 말은 못 들은 척할 수도 있었다.

"……후쿠는 오레키한테 이기고 싶었어?"

하지만 그냥 들어 넘길 수 없는 말이다. 그런 게 아니다. 그런 생각은 전혀 없었다. 다만…….

"이건 말이지, 남자의 미묘한 심리란 거야. 이것만은 마야카도 이해 못 할 거야."

곁눈으로 보니 마야카의 입술이 약간 움직였다. 소리는 내지 않았지만 내게는 '그렇지 않아'라고 말하는 것처럼 보였다. 하지만 마야카의 표정이 너무나도 고요했던 터라 안 본 것으로 쳤다.

대신 쾌활하게 웃으며 뒤통수에 깍지를 꼈다.

"생각해 보면 처음부터 알고 있었는데 말이지. 내가 그만 깜박했지 뭐야, 마야카. 이걸 좀 더 똑똑히, 한시도 잊지 않게 가슴에 새겨 놨으면 쓸데없는 일은 안 해도 됐을 텐데."

이거라니? 하고 묻는 대신 마야카는 고개를 살짝 갸웃했다. 연결 통로로 들어섰다. 폐회식이 열릴 체육관에 이제 거의 다 왔다. 주위의 가미 고 학생들에게 들릴 만한 성량으로 나는 또렷이 말했다. 어쨌거나 이것은 누가 들어도 부끄럽지 않은, 확실한 것이니까. 암, 그렇고말고.

"데이터베이스는 결론을 내리지 못해."

마야카가 쓸쓸하게 웃었다.

064-♥15

이리스 선배는 결국 저희 고전부가 맡긴 《빙과》 서른 부를 전부 팔아 주셨습니다. 총 부수의 십오 퍼센트를 팔아 주신 셈입니다. 설마 이 정도로 큰 도움을 받을 줄 몰랐던지라 저는 어떻게 감사를 드려야 할지 알 수 없었습니다.

이리스 선배는 판매 금액을 넣은 나일론 주머니를 주면서 작은 목소리로 말했습니다.

"정가로 팔아 주면 좋았겠지만."

"아니에요, 이거로 충분해요."

선배에게 맡긴 서른 부는 오십 엔 할인해서 팔았지만, 제로에 비하자면 백오십 엔은 얼마나 큰 숫자인지요. 하물며 그 서른 부를 버려야 했을 사태를 생각하면 다소 싸게라도 팔 수 있어서 얼마나 기쁜지 모릅니다.

오레키 씨에게 정확한 숫자는 아직 듣지 못했지만, 지학 교실에서도 오늘 오후에만 꽤 많이 팔린 모양입니다. 불안이 가득했던 이번 축제도 조금 개운한 마음으로 끝낼 수 있을 것 같습니다. 남은 일은…… 그렇죠, 자칭 '십문자' 씨에 관해 조사해야 합니다. 이 일은 할 생각입니다. 제 앞을 가로막았던 사정은 이미 존재하지 않습니다.

서툴게나마 감사의 뜻을 전하고 돌아가려던 저를 선배가 불러 세웠습니다.

"네?"

"음…… 역시 말해 두는 게 나을 것 같아서."

흔치 않은 일입니다. 이리스 선배가 말을 머뭇거리다니요. 중요한 일일까요? 저는 자세를 바로 했습니다.

"네, 무슨 말씀이신지요?"

적당한 말을 찾듯 잠시 침묵이 흘렀습니다.

"내가 한 말이니 말이지. 방송부의 교내 방송, 들었어."

네, 뭐, 전교 방송이니 교내에 있는 한 들릴 테죠. 저도 그건 알고 있었는데도 면전에서 그런 말을 들으니 어쩐지 창피합니다.

하지만 선배는 제가 그 방송을 순조롭게 마칠 수 있게 해주신 은인입니다. 그렇죠, 그에 대한 인사를 드리지 않았습니다.

"저, 선배가 가르쳐 주신 덕분에……."

"그것 말인데……."

이리스 선배는 강한 어조로 제 말을 가로막았습니다.

"내 생각이 얕았어. 네가 내 말을 그대로 재현할 줄 몰랐어.

네가 이것저것 생각해서 그 방송에 임했으리라는 건 알아. 아마 미리 메모를 준비해 갔겠지. 하지만 분명하게 말할게. 그런 건 너한테 어울리지 않아."

"……."

저도 모르게 조그맣게 고개를 끄덕였습니다.

선배는 일단 말을 꺼내고 나면 주저하는 사람이 아닙니다.

"난 네가 문제를 스스로 해결하려는 사람이란 걸 알아. 내 눈이 틀린 게 아니라면 말이지만.

하지만 네가 그런 식으로 '기대'를 조종하려고 하면 그건 영 아니더라. 네 그 말투, 네 그 태도로 그렇게 하면 아무래도 응석을 부리는 것처럼 들려. 상대방이 자기한테 의지한다고 오해하게 하는 건 매우 유효한 수단이야. 하지만 자기한테 응석을 부린다고 오해하게 하는 건 장기적으로는 물론 단기적으로도 위험이 너무 커."

대단히 가차 없는 의견이라고 생각합니다.

맞습니다. 라디오 방송 뒤에 느꼈던 가시의 정체를 사실

저 스스로도 알아차리고 있었습니다. 그때, 아뇨, 지난 사흘간 저는 제가 다른 분들에게 지나치게 의지하는 게 아닐까, 그게 무척 마음에 걸렸습니다.

지금까지는 오레키 씨와의 관계에서 마음에 걸릴 때가 많았습니다. 제가 알 수 없는 것을 오레키 씨는 아는 탓에, 저 스스로 할 수 있는 일을 충분히 하지 않는 게 아닐까, 그런 불안을 씻을 수 없을 때가 많았습니다.

하지만.

불특정 다수의 분들에게 응석을 부린다는 것은, 적어도 그렇게 받아들여진다는 것은 뭐라고 할까요, 그래요, 오레키 씨 식으로 말하자면 제 좌우명에 크게 반합니다.

자신의 문제를 해결하기 위해 타인의 힘을 빌려야 할 경우는 무척 많습니다. 문집을 파는 것도 고전부만으로는 어떻게 할 방법이 없었습니다. 하지만 저는, 아마도 익숙지 않았기 때문이겠지만, 기대하는 것과 응석을 부리는 것을 구별하지 못한 게 아닐까요. 어젯밤 집에서 느꼈던 기묘한 피로감은 그런 불안에서 비롯된 게 아닐까요?

저는 조금 두려움이 섞인 목소리로 물었습니다.

"그런 식으로 들렸나요?"

이리스 선배는 손을 얼굴 옆으로 가져가 새끼손가락을 쳐

들었습니다. 새끼손가락이라면…….

"……여자 친구?"

"아니, 새끼손가락 손톱만큼."

선배는 말을 이었습니다.

"시늉으로 하던 게 어느새 본심이 되는 일은 많지만. 아닌 게 아니라 네 협상 기술은 형편없어. ……하지만 그렇다면 그건 그게 가능한 다른 인간한테 기대해야 해. 내가 한 말을 곧이곧대로 받아들여서 선불리 계략을 쓰는 것만은 그만두는 게 좋아. 약은 약국에서야. 단도직입으로 말하는 게 네 약점이지만, 다른 데선 찾아볼 수 없는 무기이기도 해. ……무슨 말인지 알겠어?"

네, 압니다. 선배가 저를 걱정해서 하는 말씀이라는 것도.

하지만 선배에게는 죄송하지만 그건 기우입니다. 저는 선배를 안심시키듯 미소를 지으며 말했습니다.

"네, 저도 그렇게 생각했어요. ……이런 일은 제 적성에 전혀 맞지 않아요. 음, 그러니까 무슨 말이냐 하면…… 이번 일로 학을 뗐어요."

이리스 선배도 살짝 미소를 지은 것 같았습니다.

065-◆12

폐회식을 끝으로 가미야마 고등학교 축제는 모든 일정을 마쳤다. 하지만 그것만으로 월요일부터 평소와 같은 학교생활을 다시 시작할 수 있는 게 아니다. 가미 고는 이어서 전교생이 총동원되는 대청소를 시작했다.

그런 가운데 나는 오레키에게 빌린 것을 들고 제1 예비 교실로 향했다. 심정적으로는 만연에 별로 가고 싶지 않았고, 이제 와서 고치 선배에게 이기겠다는 생각도 없었다. 하지만 이것만은, 『저녁에는 송장이』만은 보여 주고 싶었다. 만연에서의 내 입장이라든지 축제에서의 연출 방침, 그런 것들과 상관없이 그저 만화를 좋아하는 한 사람으로서 선배가 이 작품을 읽어 주기를 바랐다.

다행히 고치 선배는 교실 밖에서 유아사 부장과 이야기하고 있었다. 조금 떨어진 곳에서 불렀다.

"선배."

두 사람이 동시에 돌아보았다.

"……이바라구나."

고치 선배는 한숨을 쉬고는 이전과 전혀 다름없는, 어딘지 모르게 귀찮아하는 태도로 말했다.

"나한테 뭐 볼일 있어?"

"늦어졌지만……."

나는 『저녁에는 송장이』를 가슴 앞으로 들었다.

"갖고 왔어요. 언젠가 명작을 그릴지 모른다고 제가 믿고 있는 사람의 만화예요."

고치 선배의 시선이 날카로워졌다. 가슴에 꽂히는 듯했다. 원수를 대하듯 『저녁에는 송장이』를 노려보던 선배는 이윽고 한숨을, 아까보다 깊은 한숨을 쉬었다.

"잠깐 자리를 옮길까."

고치 선배가 나를 데리고 간 곳은 어제 나와 유아사 부장이 이야기했던 연결 통로 옥상이었다. 선배는 난간에 몸을 기대고 안마당을 내려다보았다. 나는 그런 선배로부터 한 발짝 떨어져서 선배의 등을 바라보고 있었다. 뒷정리가 진행중인 건물에서 무질서한 웅성거림과 온갖 것이 부서지는 소리가 뒤섞인 소음이 들려왔다. 바람을 막아 주는 게 없는 이곳에서는 해 질 녘이 다 된 지금 바람이 조금 선득하다.

안마당을 내려다보는 선배 뒤에 섰다. 이렇게 보니 어깨넓이 때문인지 꽤나 몸집이 작아 보인다. 선배가 내게 등을 보인 채 말했다.

"……진짜 갖고 있었구나."

"네. 이건 제 게 아니지만요."

입술이 마르는 것 같아서 살짝 축였다.

"선배는 이 만화를 알고 계셨죠?"

"유아사구나. 걔도 참, 쓸데없는 소리를."

"선배랑 이 만화의 스토리를 담당한 분이 친구였다고요."

등을 보이고 있으니 잘 알 수 없었지만, 선배는 잠깐 웃은 듯했다.

"친구, 그러게. 하루나, 잘 지내려나. 휴대 전화 번호는 알긴 하는데 말이지. 목소리 들은 지도 오래됐네."

"이 만화, 보셨어요?"

대답이 없다.

무릎이 약간 후들거렸다. 추워서가 아니다. 나는 후쿠의 머리를 때리는 것에는 익숙해도 다른 사람을 다그치는 것에는 익숙하지 않다. ……겁난다. 겁이 나서 심장 박동이 빨라져 무릎이 후들거리는 것이다.

하지만 우리 둘만 있는 이곳에서 겁내고 있을 때가 아니다. 나는 주먹을 꽉 부르쥐었다.

"……저, 선배가 하는 말씀도 조금은 이해해요. 재미있는지 아닌지는 결국 주관적인 문제고 자기랑 맞느냐 안 맞느냐가 결국 본질이란 의견, 조금은 이해해요.

하지만 그래도 그게 옳다는 생각은 안 들어요. 그렇게 말하면 너무 허무하지 않나요?"

선배의 목소리는 무척 침착했다.

"그래서 『저녁에는 송장이』란 말이지. 하지만 그거 진지한 만화잖아. 만약 내가 개그만 읽는 독자라면 읽지도 않을걸. 그런 거 아냐?"

"아뇨. 읽지 않는 건 읽은 축에 안 속해요. 그리고 읽으면 분명히 알 수 있는, 그런 힘을 가진 작품도 있다고요."

"차이를 알 수 있는 사람한테 그렇단 뜻이겠지."

"선배!"

선배는 내게 등을 보인 채 돌아보려 하지 않았다. 가슴 주머니로 천천히 손을 가져가 뭔가를 꺼냈다. 펜이었는지 뚜껑을 여는 소리가 들렸다. 그러더니 선배는 난간에 뭐라 낙서를 했다.

"……농담이야."

"네?"

잘못 들었나 했다. 하지만 고치 선배는 다시 한번 말했다.

"농담이라고. 진심일 리 없잖아. 누구의 어떤 작품도 주관이란 이름 아래 똑같은 가치를 갖는다니, 진심으로 그런 말할 리 있어? 하여간 농담도 모른다니까."

"……."

주먹에 들어가 있던 힘이 스르르 빠졌다. 유아사 부장이 중얼거린 '아야코도 진심으로 그런 게 아냐'라는 말이 귓전에 되살아났다.

차가운 바람이 체육복 속으로 파고들었다.

바람에 묻혀 고치 선배의 중얼거림이 잘 들리지 않았다.

"……도망칠 수 없구나."

"……?"

"나 그거 안 읽었어. 중간까지 보다 말았어. 아무리 그래도 버리진 않았지만. 하지만 이제 안 읽겠다고 생각했어. 왜 그런지 알겠어?"

나는 고개를 흔들었다.

등을 지고 선 선배에게 내 몸짓은 보이지 않았을 텐데도, 선배는 잠시 침묵하다가 웃음기 어린 목소리로 말했다.

"읽으면 알 거라고 했지? 그래, 알아. 저절로 알게 돼. 하지만 그런 거, 인정하기 싫잖니.

너라면 어떻겠어? 만화를 별로 안 본다고 생각했던 친구가 처음 손댄 스토리로 그런 걸 쓰면……. 웃기지 말라고 말하고 싶지 않겠어?"

"……."

너라면 어떻겠어?

친구가 스토리를 맡은 만화를 두 번 다시 읽지 않겠다고 생각하는 심경을 나는 도무지 모르겠다.

……아니, 정말 그럴까?

예컨대 지이가 내일 별안간 만화를 그리기 시작한다면?

그런데 그게 『저녁에는 송장이』 같은 걸작이라면?

나는 그것을 웃으면서 읽을 수 있을까?

고치 선배는 낙서를 멈추지 않는다. 지금까지 들어 본 적이 없을 만큼 온화한 목소리다.

"그러니까 그건 벽장 속에 넣었어. 제일 깊은 데, 상자 안에. 못 본 걸로 하고, 그러곤 명작 같은 건 어디에도 없는 걸로 쳤는데 말이지. 진짜 도망칠 수 없구나. 설마 작년 간야제에서 잠깐 판 것뿐인 그걸 1학년이 들고 나타날 줄이야. 그것도 간야제 날에.

……진짜 운명인가 봐."

선배는 그렇게 말하며 펜 뚜껑을 닫고 펄쩍 뛰듯 난간에서 물러났다.

그러고는 손을 흔들고 건물 쪽으로 발길을 돌렸다. 내게 얼굴을 보여 주지 않은 채.

"기껏 구해 왔는데 미안하지만 나 그거 안 읽을 거야. 네 게 아니면 주인한테 돌려 줘. 그렇잖아.

읽으면 전화할 수밖에 없잖아. 하지만 전화해서 '읽었어, 그거. 굉장하다! 다음 작품도 기대할게!' 그런 말 할 순 없잖아. 안 그래?"

나는 고치 선배를 멈춰 세울 수 없었다. 선배는 아무 일 없었다는 것처럼 가벼운 발걸음으로 내 시야에서 사라졌다. 선배는 끝끝내 내게 표정을 보여 주지 않았다.

난간에 남은 낙서를 발견했다. 데포르메 된 2등신 캐릭터. 고양이가 두 발로 서 있다. 옷은 입지 않았지만 헐렁한 부츠를 신고……. 낯익은 그림이라는 것을 깨달았다. 나도 모르게 중얼거렸다.

"이거, 『보디 토크』의……."

그랬구나.

그런 거였구나.

내 보물 두 권. 『저녁에는 송장이』와 『보디 토크』. 둘 다 굉장하다. 굉장하지만 둘 중 한 권만 고르라면 고뇌 끝에 『저녁에는 송장이』를 들 것이다.

유아사 선배도 그쪽을 고르리라는 것을 알았다.

나는…….

나는 『저녁에는 송장이』를 생각하고, 『보디 토크』를 생각하고, 그리고 내 재미없는 만화를 생각하니 갑자기 견딜 수 없어져서 잠깐…….

5-4. 060 무대 뒤

060-♠17

가미야마 고등학교 축제 사흘째 정오.

자전거 보관소.

폐회까지 앞으로 네 시간. ……시간적 여유가 거의 없다.

배가 고팠지만 참을 수밖에 없다. 우리 도시락이라도 까먹을까요, 라고 할 분위기는 아니었다.

이제 곧 교내 라디오가 시작될 것이다. 지탄다가 출연한다는데, 과연 녀석이 잘 이야기할 수 있을까. 지난 이틀과 같은 식으로 진행된다면 출연하는 것은 프로그램 종반일 것이다. 입 떼자마자 "부탁드릴 게 있어요. 고전부 문집을 사 주세요!"라고 안 하면 좋겠는데.

우리 외에 인기척은 전혀 없었다. 벽도 없고 지붕뿐인 공간에 자전거만 줄줄이 세워져 있는 광경은 어딘지 모르게 썰렁한 것이, 축제의 떠들썩한 분위기와 동떨어져 있었다. 나는 어깨에 멨던 책가방을 내려놓았다. 짐이 가득 든 가방이 꽤나 무거웠던 탓에 어깨가 별안간 가뿐해졌다.

"그래서 무슨 일이지?"

그가 물었다. 나는 최대한 여유 있는 척했다.

"좋은 이야기라면 일부러 이런 데까지 오지 않죠."

"설마 삥 뜯으려는 건 아니겠고."

"뭐, 비슷하긴 합니다만."

쓴웃음을 지었다.

"단도직입으로 말씀드리죠. 선배가 '십문자'죠?"

"호오?"

'십문자'는 내 예상을 뒤엎고 유쾌한 표정을 지었다.

"무턱대고 찍는 건가?"

"무턱대고 찍는 거면 정답을 맞힐 확률은 1000분의 1 이하인데요. 그런 게 아닙니다."

"별로 한가하진 않은데 말이지. 어디 이야기만이라도 들어볼까?"

그는 그렇게 말하고 적당한 기둥에 몸을 기댔다. 나는 주머니에서 카드를 꺼냈다.

"바쁘시군요. 실은 저도 그렇거든요. 간략하게 끝낼까요.

그럼 우선 이것부터. 범행 현장에 남아 있던 카드죠. 이건 왜 '잃었다'라고 폼 잡는 식으로 썼는가? 좀 더 덧붙이자면 '도둑맞았다', '없어졌다'가 아니라 '잃었다'면 뭐가 달라지는가?"

재미있어하는 표정은 달라지지 않았다.

"아카펠라부가 도둑맞았다고 하건, 아카펠라부가 잃었다고 하건 사실 별 차이는 없습니다. 중간에 훔치는 게 아니라 뭔가를 파괴한 적이 있었다면 그걸 위한 복선이었다고 생각하는 것도 가능하겠죠. 하지만 선배는 전부 훔쳤거든요. 그럼 어째서일까?"

이번 '십문자' 사건이 『저녁에는 송장이』에 예고되어 있었던 이상, 그냥 폼 잡는 것이라든지 장난일 가능성은 줄어든다. 뭔가 의미가 있다면.

"문제는 '구'입니다. '구'는 건너뛰었죠. 도둑맞지 않았습니다.

그런데 여기서 범행 성명을 엄밀히 따르자면, '구'는 '도둑맞지' 않은 게 아닙니다. '잃지' 않은 거죠.

그럼 '십문자'는 왜 '구'를 잃게 하지 않았나? 한 글자를 빠뜨리면 '십문자'의 미학이 붕괴됩니다. 사토시는 그걸 경계가 엄중했던 글로벌 액트 클럽을 회피했기 때문이라고 했는데, 그게 아닙니다. '십문자'가 그때까지 한 행동에 비춰 볼 때 여기는 명백히 부자연스러워요. 설마 한 글자 넘어가서 열한 번째 글자 '사'가 메인 타깃이었다는 뻔한 의도일 리도 없고 말이죠."

일단 말을 멈추었다. 공기가 건조해서 목이 조금 칼칼했다.

"미학이 붕괴됐다. 부자연스럽다고 생각하면 '구'를 건너뛴 의미가 안 보입니다. 하지만 미학이 붕괴되지 않았다, 부자연스럽지 않다고 생각한다면? 즉, '십문자'가 예정대로 계획을 실행중이라고 생각한다면.

……'구'도 잃었다고 생각한다면.

카드에 좀 더 충실하게 말하자면 이렇습니다. '구로 시작되는 상대방은 구로 시작되는 것을 잃지 않았다.' 이게 사실은 잃었다면 어떻게 될까."

얼핏 봤으나 그의 표정은 여전히 달라지지 않았다. 고발을 각오하고 있었나, 아니면 내 생각이 틀렸나? 아니, 여기서 마음이 약해지면 안 된다. 나도 같이 대담무쌍해져야 한다.

"이렇게 됩니다. '구로 시작되는 상대방은 구로 시작되는 것을 이미 잃었다.' '십문자'가 구태여 잃게 하지 않아도."

침묵. 그가 대답하지 않을 것을 알고 나는 말했다.

"이건 비판문입니다. 너희한테 그게 존재하지 않는다는 고발이죠. 즉, '십문자' 사건이란 그 자체가 암호였던 게 아닙니까? '구'로 시작되는 상대방한테 '넌 이미 잃었다'는 메시지를 전하기 위한."

처음으로 '십문자'가 끼어들었다.

"꽤나 어려운 암호인걸. 그래서 전달되겠어?"

"그렇죠. 보통은 무리입니다."

"무리를 전제로 이야기를 진행시키면 안 되지."

그런데 그렇지도 않다.

"만약 '구' 측에서 이 메시지의 전달 방법을 알고 있었다면 이야기가 다릅니다. 선배가 암호를 보내고 '구'가 그걸 해독합니다. 전혀 무리는 아니죠."

"흥, 그건 '만약'의 이야기지."

"'만약'만은 아닙니다. 그냥 말씀드리죠, 선배. 전 이게 바로 『쿠드랴프카의 차례』의 줄거리라고 생각하거든요."

그때까지 냉정했던 그가 『쿠드랴프카의 차례』라는 제목을 꺼낸 순간 눈을 부릅떴다. 네 녀석이 어떻게 그 제목을 아느냐는 듯이. 스스로 들통 내는 것이나 다름없는 반응이다. 나는 내심 가슴을 쓸어내리며 예상했던 반응이라는 양 여유 있게 말을 이었다.

“『쿠드랴프카의 차례』는 크리스티의 엄청 유명한 작품을 각색한 겁니다. ‘십문자’ 사건도 그렇죠. 범인이 트릭을 빌려 온 책은 『쿠드랴프카의 차례』입니다. 그리고 암호를 수신하는 쪽, ‘구’로 시작되는 상대방은…….”

그를 똑바로 바라보았다.

“구가야마 무네요시 학생회장. 『저녁에는 송장이』의 작화 담당. 아닙니까?”

그는 조금 전의 동요를 삼키고 턱에 손을 댄 자세로 생각에 잠겨 있었다. 어떻게 할까 궁리하는 걸까. 이윽고 이렇게 말했다.

“‘십문자’의 다른 표적은 죄 동아리였는데, ‘구’만 사람 이름이란 건 좀 아니지.”

즉각 대답했다.

“‘십문자’는 열 개 글자에 맞추겠다는 걸 서명으로 암시하는 것입니다. 열 개 동아리를 털겠다고 씌어 있진 않죠.”

“옹색한 주장인걸.”

“옹색하지 않습니다. 범인은, 선배는 이 안에서 타깃을 고를 거라고 분명히 명단을 제시했죠.

범인은, ‘십문자’는 어째서 현장에 범행 성명만이 아니라 『간야제 100배 즐기기』까지 놔두었을까요? 크리스티의

'ABC 열차 시간표'를 따라 한 게 아닙니다. 이게 바로 **피해자 명단**이기 때문입니다. 선배는 『간야제 100배 즐기기』를 남겨 놓을 때 그 페이지를 펴 놓았습니다. '십문자' 사건은 페어플레이란 변명을 위해. 아마 『쿠드랴프카의 차례』 스토리가 그랬겠죠. 그런데 펴 놓은 페이지는 '참가 단체 한마디'가 있는 부분이거든요!"

즉, 여기다.

· 경음악부: 밴드 계열은 일단 반드시 경음악부로 등록해 주세요. 격투기 훈련장을 거의 종일 빌려 씁니다
· 바둑부: 제2 예비 교실에서 초보를 위한 강좌를 엽니다. 물론 상대도 해 드립니다.
· 아카펠라부: 3-C에 상설 있습니다. 첫째 날 11시 반부터 안마당에서 노래합니다. 들으러 오세요!
· 벽신문부: 간야제 기간 중 두 시간마다 호외 발행. 따끈따끈한 최신 화제를 전달할 예정
· 조리 연구회: 둘째 날 11시 반부터 요리 배틀 〈와일드파이어〉 in 운동장! 참가자 모집
· 원예부: 고구마를 구워요 …… 그게 원예냐, 농업이지! 말이 되냐, 부장!
· 취주악부: 매일 1시 반부터 체육관. 곡은 매일 바뀝니다.
· 마술부: 2-D에서 클로즈업 마술을, 첫째 날 11시 반부터 체육관에서 무대 공연을 즐겨 주십시오
· 점술 연구회: 3층 계단 위

· 고전부: 가미 고 축제는 왜 '간야제'? 해답은 문집 《빙과》 안에. 지학 교실, 한 부 이백 엔

집행 본부

구가야마 무네요시(학생회 회장 · 간야제 실행위원장): 너무 막 나가지 마라. 할 말은 그것뿐

야자키 게이타(학생회 부회장): 기간 중 학생회실에 집행 본부를 설치합니다. 보고 · 연락 · 상담은 신속하게

"피해자는 모두 이 페이지에서 선택됐습니다. 오컬트연이 아니라 조리연, 영화 연구회가 아니라 원예부가 타깃이 된 건 우연 같은 게 아니었습니다. 현장에 남긴 『간야제 100배 즐기기』는 범행 성명이라기보다 예고장에 가까웠죠. 아닙니까?"

"……."

"그런데 여기 33페이지엔 '구'로 시작되는 동아리가 없어요. 있는 건 구가야마 학생회장의 이름뿐입니다."

나는 숨을 크게 내뱉었다.

"잠깐 딴 이야기를 하자면, 이걸 안 시점에서 '십문자'가 어떤 사람인지 알 수 있습니다. 어디 소속인가 하는 말입니다만. 『간야제 100배 즐기기』의 33페이지에 우연히 피해자

로 선택될 동아리들이 모여 있었다는 건 아무래도 우연이 지나치죠. 당연히 조작이 있었습니다. 조작이 가능한 사람은 명백히 총무 위원회, 그것도 이 안내 책자를 작성한 사람입니다.

게다가 조리연 문제가 있죠. 국자는 조리연 부장이 준비돼 있는 걸 확인했다더군요. 분명히 준비했는데 콘테스트가 시작되고 나서 없어졌다는 건, 범인이 콘테스트 준비에 참가했다는 뜻 아닐까요? 사토시는 즐기는 데 푹 빠져서 별로 일을 안 한 모양이지만, 그런 이벤트 준비를 돕는 것도 총무 위원의 업무라면서요?"

그도 여기에는 쓴웃음을 지을 수밖에 없었던 모양이다. 쓴웃음도 어쨌거나 웃음이다. 덕분에 조금은 이야기하기 편해졌다.

"뭐, 총무 위원만 해도 스무 명 이상 있으니까요. 그것만으론 범인 후보를 좁혔다고 할 수 없죠.

하지만 『저녁에는 송장이』의 스토리 작가, 안조 하루나와 콤비를 이루었던 구가야마 학생회장은 『쿠드랴프카의 차례』에 관해서도 알고 있었을 테죠. 즉, 구가야마는 '십문자' 사건의 암호를 풀 수 있다는 뜻입니다.

그럼 범인인 '십문자'는? 그려지지 않은 만화 『쿠드랴프카의 차례』를 모방하는 게 가능하고 구가야마한테 '십문자' 사건이란 암호를 보내는 게 가능했던 사람은?

'아'에서 '아'를 훔치는 게 규칙입니다. 그리고 '이미 잃었다'란 고발.

이건 대담한 상상입니다만, 구가야마는 『쿠드랴프카의 차례』 스토리를 분실한 게 아닐까요. 안조 하루나가 가미 고를 떠나기 전에 남긴 스토리를. 범인은 '아지무 다쿠하'의 두 번째 작품을 망쳐 버린 구가야마를 용서할 수 없었습니다. '십문자' 사건은 그에 대한 비판, 분풀이인 거죠.

즉, 범인의 메시지는 이겁니다. 구가야마는 이미 『쿠드랴프카의 차례』를 잃었다.

그런데 『저녁에는 송장이』의 후기는 안조가 쓴 것도, 구가야마가 쓴 것도 아니거든요. 배경을 도와준 제3의 인물이 썼죠. '아지무 다쿠하'의 세 번째 멤버인 그 사람이 바로 '십문자'일 수 있는 유일한 인물인 겁니다."

나는 땅바닥에 내려놓은 책가방에서 『저녁에는 송장이』를 꺼냈다. 표지 구석에 'AJIMU TAKUHA'라고 씌어 있다. 그것을 보며 말했다.

"아지무 다쿠하. 묘한 펜네임이죠. 아지무는 규슈 어느 현에 있는 정이라죠? 이건 억지로 갖다 붙인 이름입니다. 그 말이 너무 심하다면 『저녁에는 송장이』를 만든 세 사람을 평등하게 대우하기 위한 펜네임이라고 할까요. 다로하고 지로가 팀을 만들면서 '다지'라고 이름을 짓는 것 같은, 다소 안이한 방법입니다만.

안조 하루나.

구가야마 무네요시.

'아지무 다쿠하'에서 이 두 사람의 이름을 빼 보죠. 세 명의 펜네임이 여섯 글자니까 한 사람당 두 글자입니다. '아'와 '하', '구(쿠)'와 '무'를 빼면 남는 건 '지', 그리고 '다'입니다.

작년에도 축제에 참가했으니 2학년 이상이고, 총무 위원이고, 이름에 '다'와 '지'가 들어가는 사람. 구가야마하고 친하고 그가 만화를 그릴 줄 안다는 걸 아는 사람이란 것도 덧붙일까요? 그런 사람이 둘씩 있진 않습니다."

스스로도 뜻밖일 만큼 냉정한 목소리였다.

"선배인 겁니다, 다나베 지로 선배."

"훌륭하군. 설마 무네하고 안조 외에 그걸 풀 수 있는 녀석이 있을 줄은 몰랐어."

다나베가 보낸 박수를 나는 뚱하게 받아들였다. 칭찬받고 싶어서 하는 일이 아니다. 그래서는 아니지만 이어서 말하는 내 어투는 조금 더 무뚝뚝했다.

"제가 알 수 없는 건 어째서 이렇게 번거로운 암호를 썼느냐 하는 겁니다. 할 말이 있으면 직접 말로 하면 되잖습니까."

말은 그렇게 했지만 어떤 대답이 돌아올지 예상할 수 있었다. 예상대로 다나베는 쓴웃음을 지었다.

"할 수 있으면 했지. 게다가…… 넌 진상에 꽤 근접했는데, 내가 왜 그런 방법을 썼는지 어렴풋이 감 잡지 않았냐?"

과대평가는 곤란하지만 '어렴풋이' 정도라면.

"선배들이 『저녁에는 송장이』를 출품하고 나서 이번 축제로 만 일 년이죠. 일주년 기념 겸 전학 간 안조 하루나에 대한 감상感傷인가요?"

"하하, 센티멘털리즘이란 말이지. 그러게, 그것도 있었어. 그리고 축제에서 주체적으로 장난을 쳐 보고 싶은 마음도 없진 않았고. 회의실에 틀어박혀만 있으면 재미없지. 나도 한몫 끼고 싶었어."

감상주의와 장난기. 그런 이유로 '십문자' 사건을 벌였다면, 다나베는 에너지 절약주의자인 나와 분명 다른 가치관을 가진 인간이다.

다나베는 알아듣기 힘들 만큼 작게 덧붙였다.

"……하지만 직접 말할 수 없었다는 게 가장 큰 이유일까."

나는 다나베도, 구가야마도 모른다. 두 사람 사이에 어떤 사정이 있었는지 알 까닭도 없다. 솔직히 말해서 별 관심도 없다. 가볍게 헛기침을 했다.

이제부터가 본론이다.

조금 낮은 목소리로 말했다.

"그래서 의논드릴 게 있는데요.

아까 박수를 보내 주셨지만, 전 그보다 선배가 해 주셨으면 하는 일이 있거든요."

"흠? 뭐지?"

고발에 이어 협상을 제안해도 다나베는 그다지 동요하는 기색이 없었다. 아까 『쿠드랴프카의 차례』라는 제목을 꺼냈을 때가 훨씬 반응이 뚜렷했다. 간덩이가 큰 사람인가.

"간단합니다. 이걸……."

책가방에 든 것을 통째로 꺼냈다.

"……사 주시면 좋겠는데요."

물론 문집 《빙과》다.

이게 내 나름의 판매 확장 계획이다. '십문자'의 정체를 밝혀내 그자에게 《빙과》를 사라고 한다. 대량으로. 콘테스트에서 우승해 홍보하는 것보다는 분명히 더 많이 팔 수 있을 것이다.

"문집《빙과》입니다. 합해서 서른 부요."

지금까지 태연했던 다나베도 느닷없는 제안에 눈을 깜박거렸다.

"……네가 무슨 총회꾼이냐?"

"무슨 말씀이시죠?"

"문집을 안 사 주면 내가 '십문자'란 걸 폭로하겠다는 뜻이잖냐."

나는 악당 같은 인상을 주려고 고심하며 웃음을 지었다.

"아뇨, 그런 건 아닙니다. 선배가 용돈을 털어 사 달라고 말하는 건 아니고요."

그렇게 여유 만만했던 다나베가 지금은 당황한 기색을 노골적으로 드러내고 있었다.

"……뭔 말인지 모르겠군. 이 문집을 어쩌란 거지? 사라고 안 했냐?"

"했죠. 다만 사는 건……."

한 박자 쉬었다가 말을 이었다.

"총무 위원회입니다."

"뭐야?"

다나베의 안색이 달라졌다. 흥분하면 이야기가 복잡해진

다. 황급히 말을 이었다.

"터무니없는 소리가 아닙니다. 가미야마 고등학교 사이트 봤습니다. 축제에 출품한 물건들을 통판하던데요. 축제에서 화제가 된 문집이라면 사이트에서 팔아도 문제없지 않을까요? 총무 위원회가 일단 사들였다가 사이트에서 판매하는 형태를 취하면 되죠."

다나베가 입을 다물었다. 얼마 동안 곰곰이 생각하는 듯했다.

"……그 문집, 축제에서 화제가 되지 않았잖냐."

"그 말씀은 화제가 되면 받아 주시겠다는 뜻이군요?"

다나베의 말투는 매우 신중했다. 언질을 잡히지 않으려는 것이리라.

"화제가 된다면야. 안 그래도 사이트에서 취급하는 상품 때문에 애먹었거든. 문집을 판매할 수 있다면 우리 쪽에서 부탁하고 싶을 지경이야. 우리가 사들이는 형식도 원래 그렇게 하고 있고. ……다만 이유도 없이 선정할 순 없으니 말이지."

지당하신 말씀이다. 하지만…….

"화제가 될 겁니다, 《빙과》는."

"그게 무슨 말이지?"

"물론 '십문자' 사건 이야기입니다. 사건이 이렇게까지 커진 이상, 메시지를 전했으니 '고'는 없음 하고 끝낼 순 없잖습니까. 그렇게 되면 최후의 이벤트를 학수고대하던 인간들이 얼마나 실망하겠습니까.

저랑, 그리고 후쿠베 사토시한테도 부탁해서 저희 둘이 최후의 사건을 보조하겠습니다. 타깃에 내통자가 있는 겁니다. 이 이상 간단할 수 없죠.

'십문자' 최후의 타깃인 고전부에 구경꾼들이 밀려듭니다. 실제로 화제가 될지 아닐지는 둘째치고 일단 많이 팔리긴 하겠죠. 그럼 사이트에서 취급할 명분도 생깁니다. 그리고 선배는 선배가 시작한 일을 스스로 끝낼 수 있는 거죠. 어떻습니까?"

자, 어떠냐?

여기서 다나베가 화를 낸다면 작전은 실패다. 《빙과》는 팔리지 않고 나는 선배의 원한을 사게 될 것이다. 위험 부담이 큰 행동이었지만, 이백 부를 판다는 불가능을 가능으로 만들기 위해서는 위험을 감수할 수밖에 없었다. 그리고 문집을 한 권이라도 더 파는 것은 '해야 하는 일'이다. 간략하게 못 해서 그렇지.

숨을 죽이고 다나베의 판단을 기다렸다. 이런, 긴장된다.

왜 말을 안 하는 거냐, 다나베. 그쪽한테 불리한 요구는 아닐 텐데.

……아니면 강요당하는 게 마음에 안 드는 건가? 설마 그럴 리는. 하지만 심장이 쿵쿵 시끄럽다.

다나베는…….

표정을 누그러뜨렸다.

"그래, 과연 나쁜 이야기가 아니군. 네 말이 맞아. '십문자' 사건은 끝내야 한다. 사이트의 통판 상품은 충실하게 갖춰야 한다. 이해가 일치해."

할 수만 있다면 숨을 한껏 내쉬고 싶었다. 한숨이 놓였다는 게 이런 것이라고 실감될 만큼 묘하게 호흡이 깊어졌다. 보아하니 계획이 성공한 것 같다.

여유를 되찾은 다나베는 보일 듯 말 듯 웃음을 지으며 물었다.

"……그래서 어떻게 '십문자' 최후의 사건을 보조해 줄 거지?"

음.

실은 후쿠이 현에서 일어난 발전소 사고에서 힌트를 얻었는데.

"고전부는 타깃으로 '교료 원고'를 준비할 겁니다. 전 지탄다…… 부장을 설득해서 거기에 아무도 접근 못 하게 보초를 세우겠습니다."

"호오?"

보아하니 다나베는 그냥 『쿠드랴프카의 차례』를 스토리대로 재현했다기보다 원래 이런 이야기를 좋아하는 모양이다. 몸을 앞으로 내밀었다.

"그래서 어쩌려고?"

"선배는 두세 곳과 교섭을 하십시오. 화학부와 제과 연구회. 『간야제 100배 즐기기』를 보면 화학부는 나트륨의 화학반응을 보여 주는 이벤트를 하는 것 같던데요. 그 나트륨을 약간 얻어 오시는 겁니다. 제과 연구회는 비스킷을 팔러 다니는 행상인 이인조가 교섭 상대입니다. 글록 17 물총을 갖고 있을 테니 그걸 달라고 하시고요."

다나베가 눈을 살짝 크게 떴다.

"……위험한 생각을 하는 녀석이군."

나는 엷게 웃었다.

"축제 아닙니까. 그것도 피날레. 조금쯤은 화끈하게 하자고요.

전 교료 원고 틈에 어떻게든 나트륨을 끼워 놓겠습니다. 선배는 제가 신호를 보내면…… 그건 《빙과》가 충분히 팔리기 전에 '십문자' 사건이 끝나면 안 되기 때문입니다만, 제가 신호를 보내면 물총으로 그걸 쏘십시오. 《빙과》로 손을 가리고 사토시를 차폐물로 삼으면 쉽게 들키진 않을 테죠."

"그랬다 본격적으로 불타면?"

"나트륨을 극히 소량으로 조절할 겁니다. 요는 한순간 불길이 보이기만 하면 됩니다. 교료 원고에 미리 불탄 자국을 내 놓겠습니다. 관객한테는 불 때문에 구멍이 났다고 보이겠죠."

다나베는 턱에 손을 대며 씩 웃었다.

"흠…… 말하자면 마술이군. 화학부에 연줄이 있어. 물총은 혹시 제과연 쪽이 안 돼도 원예부에서 빌릴 수 있겠지. ……범행 성명은 어떻게 할지 생각했냐?"

고개를 끄덕였다.

"《빙과》에 끼워 놨다가 기회를 봐서 떨어뜨리든지, 그게 무리일 것 같으면 책상 속에 넣어 놔 주십시오. 아마 번잡할 테니 가능할 겁니다."

"아니, 그냥 사전에 준비해 놓는 쪽으로 하자. 현장에서 할 일은 적을수록 좋아."

그렇군. 지당하신 말씀이다. 나는 수락했다.

"그럼 거기에 쓸 《빙과》는 사 주셔야 합니다."

"빈틈없군."

"저희 정말 곤란한 상태거든요."

쓴웃음을 짓는 다나베에게 이백 엔을 받았다.

"신호는 눈짓으로 보내겠습니다."

"그래. ……너, 이름은 뭐지?"

어이쿠, 자기소개를 안 했던가? 나는 짐짓 헛기침을 했다.

"1학년 B반, 오레키 호타로입니다."

헤어질 때, 다나베가 아무 일 아니라는 듯 말했다.

"넌 '십문자' 사건이 구가야마를 고발하기 위한 암호 장치라고 했지."

책가방을 어깨에 메고 가려다가 멈춰 섰다.

"네."

"구가야마가 『쿠드랴프카의 차례』를 잃어버렸기 때문이라고."

"아닙니까?"

목소리가 자연히 작아졌다. 다나베가 구가야마의 무엇을 고발하려 한 것인지는 상상하는 수밖에 없었기 때문이다.

다나베의 목소리도 작았다. 어떤 심경인지, 그것까지는 알 수 없다.

"그래. 뭐, 그럴 만도 하긴 해. 이 세상에서 그걸 알 수 있는 사람은 안조뿐이니까."

음?

"구가야마하고 안조, 둘이 아니라요?"

"무네는, 구가야마는 몰라. 전혀."

어떻게 된 일인가? 다소 혼란에 빠졌다.

"안조 하루나는……."

"전학 갔지. 아마 오늘도 안 왔을 거다."

"그럼 타깃은?"

다나베는 입장이 역전된 것을 즐기듯 잠깐 웃었다.

"구가야마야. 틀린 게 아니야. 다만 메시지를 틀린 거지.

그건 이렇게 읽어 주기를 바랐어. '구가야마는 쿠드랴프카의 차례를 이미 잃었다, 그 뜻은…….

구가야마, 안조의 스토리, 만화로 그릴 생각이 없는 거냐?"

아.

"독촉인 겁니까."

"그보다 한 단계 앞."

다나베는 보일 듯 말 듯 웃음 띤 얼굴이었다. 하지만 어딘지 모르게 힘없는, 체념마저 느껴지는 웃음이었다.

"구가야마는 만화를 그릴 마음이 없는 거야.

너도 봤으니 알 테지. 안조도 천재였지만, 구가야마가 그렇게까지 잘 그릴 줄 몰랐어. 센스란 말로 넘기는 건 원래 좋아하지 않았지만, 그걸 보면 센스가 있다고 할 수밖에 없지.

그런데도 본인은 관심이 없어. 『쿠드랴프카의 차례』의 원작은 없어지지 않았어. 나한테도 있고, 아마 무네도 갖고 있을 거다. 좋은 이야기야. 무네가 마음만 먹으면 『저녁에는 송장이』를 뛰어넘는 작품이 되겠지. 하지만 아무리 채근해도 무네한테 만화를 그리는 건 작년에 잠깐 했던 놀이에 불과한 거야."

그건…….

누나가 준 『저녁에는 송장이』가 뇌리를 스쳤다. 좋은 만화였다. 그림도 좋았다. 그런 작화가 일 년 하고 그만둔 놀이라니.

내 솔직한 감상을 다나베가 대변했다.

"아깝지. 애석하지?

참 어처구니없지. 남은 가지고 싶어도 못 가질 실력을 갖고 있으면서, 경쟁을 해 볼 마음도 안 들 만큼 실력 차가 나는데, 그런데 무네는 그리려고 들질 않아. 녀석이 하겠다고 한마디만 하면 난 뭐든 다할 생각이었어. 그 말을 하길 줄곧 기다렸어. 형편없는 실력밖에 없는 내 입장에서 무네는 말하자면 희망의 별이라고. 그런데…… 옆에서 보면서 힘들어. 그녀석, 머리도 좋다고. 마음만 먹으면 안조의 스토리 없어도 언젠가 대걸작을 그릴 소질이 있는 녀석이……."

표정은 웃고 있지만, 다나베의 어조는 절절했다. 말 사이사이에서 안타까움이 묻어나는 듯했다.

"절망적인 차이에선 기대가 발생해. 하지만 그 기대에 전혀 부응해 주지 않으면, 기대의 끝은 실망이야. 지난 일 년간 난 무네가 다시 한번 그려 줄 거라고 믿었어. 무네에 대한 기대를 아직 버리고 싶지 않았어."

이제 알겠다. 다나베가 정말 전하고 싶은 메시지가 뭐였는지.

다나베는 이제 입을 다물고 땅바닥을 내려다보고 있었다. 절망적인 차이에서 기대가 발생한다는 말이 타당하다면, 나는 어떤 방면에서도 차이를 심지어 알아차리지도 못하는 모양이다. 나는 몸이 떨릴 만큼 절실한 기대라는 것을 모른다. 동경을 모른다. 눈 아래 갈구하는 별이 없다.

……아니면 언젠가 내게도 '차례'가 돌아올까?

하지만 지금도 다나베의 행동에 담긴 의미만은 알 수 있을 듯했다.

나는 중얼거리듯 말했다.

"그럼 '십문자' 사건으로 선배가 정말 말하고 싶었던 건…… 말로는 할 수 없었던 물음은 이겁니까. 구가야마, 넌 『쿠드랴프카의 차례』를 읽었냐?"

다나베가 얼굴을 약간 들었다.

"정말 훌륭하군."

"그런데 답은……."

"그래.

무네는 안조의 스토리를 거들떠 보지도 않았어. 암호는 풀리지 않았어. 메시지는 전달되지 못한 거야."

그러면 당신의 기대는 이미 실망으로 변했는가?

아무리 나라도 그 말을 하지 않을 정도의 분별은 있었다. 나는 아무 말 없이 발길을 돌렸다.

딱 한 번 돌아보니 다나베는 아직 그 자리에 우두커니 서 있었다.

교내 라디오 방송이 들린다.

"……자, 간야제도 드디어 마지막 날이죠. 오늘의 하이라이트라면 역시 '십문자' 사건일 텐데요……."

〔남은 부수 88부〕

6

그리고 뒤풀이

6. 066 그리고 뒤풀이

066-♠19

"그래서 결국 몇 부 남았나요?"

나는 말없이 상자를 거꾸로 들었다.

우수수 소리 내어 떨어지는 《빙과》는 겨우 다섯 부. '십문자' 효과는 이중의 의미로 절대적이었다.

"오, 오오, 이렇게까지, 이렇게까지 팔릴 줄이야!"

사토시는 감개무량한 표정이다.

"그렇지만…… 아쉽네요, 다 팔릴 수도 있었는데."

지탄다는 의외로 욕심 많은 소리를 한다.

그리고 이바라는…….

"……난 절망적이라고 생각했는데. 어떻게 변상해야 할지 그 생각만 했는데……."

떨리는 목소리다.

손익 분기점은 거뜬히 넘었다. 이리스가 할인 가격으로 판매한 분량까지 쳐도 심지어 이익이다. 막상 이익이 나고 보니 '흑자가 나면 학교에 납부'라는 구조가 원망스럽다. 나도 욕심이 많은가. 뭐, 절반은 농담이다.

"그렇지만 진짜 오후에만 백 부 이상 팔렸다고?"

아무리 감격의 순간이라고 해도 이바라는 역시 날카롭다. 감출 필요가 이미 없어졌으므로 헛기침을 하고 말했다.

"실은 가미야마 고등학교 사이트에서 《빙과》를 통판해 주기로 했다. 서른 부, 총무 위원회로 보냈어."

"네? 어느새 그렇게 됐죠?"

지탄다가 눈을 동그랗게 떴다.

"미안하다. 놀라게 할 생각은 없었는데 말할 기회가 없었어."

전반은 진짜, 후반은 거짓말이다.

"하지만 오레키, 인터넷으로 팔다 만약 남으면 마찬가지 아냐?"

"괜찮아! 총무 위원회가 《빙과》를 산 거야. 그다음부터는 총무 위원회 문제니까 우리가 신경 쓸 거 없어."

공범인 사토시가 쾌활하게 이바라의 어깨를 쳤다.

"오레키 씨, 정말 어느새 그런 이야기를…… 전 전혀 몰랐네요."

그야 모르게 했으니 모르겠지.

왜냐하면…….

'십문자'가 다나베라는 것을 알아차리기 전까지는 실제로 '십문자' 사건의 범인에게 《빙과》를 사게 할 생각이었기 때문이다. 뭐, 상대방을 봐서 위험이 너무 클 것 같으면 임기응변으로 계획을 변경했겠지만, 기본적으로 내가 하려고 했던 일은 '공갈'이다. 지탄다에게는 도저히 못 할 이야기다.

결과적으로 '십문자'가 다나베였기 때문에 총무 위원회를 이야기에 엮어 넣을 수 있었다. 공갈이 단순한 협상으로 낙착된 것은 내게도 고전부에게도 행운이었다고 할 수 있으리라. 막상 상황이 닥쳤을 때 내가 공갈범 역할을 잘 해냈을지도 몹시 의심스럽겠다.

그래. 돌아보면 행운의 도움을 꽤나 많이 받은 사흘간이었다. 통판도 그렇지만, 전에 느꼈던 대로 '십문자'의 최후의 표적이 '고'로 시작되는 동아리였다는 것도 운이 좋았다.

『저녁에는 송장이』가 손에 들어온 것도, 비록 누나의 수상쩍은 개입이 있었지만, 그것도 따지고 보면 행운일 것이다. 어쨌거나 '십문자' 사건은 『저녁에는 송장이』가 없었다면 해결하는 게 불가능했다. 사토시 말로는 탐정 지원자가 수두룩했다는데, 그들에게는 주어진 조건상 무리였다. 해결이 가능했던 사람은 나와, 굳이 말하자면 사토시 정도고, 그중에서 내가 다나베에 도달했던 것도 말하나 마나 재수가 좋아서다. 밀짚 부자 프로토콜은 물건에만 적용된 게 아니었다고 할까. 뭐지, 누가 참배라도 드렸나?

그렇지만 내가 좋아해 마지않는 속담 '행운은 누워서 기다려라•'를 실천한 결과 가만있었는데 행운이 굴러 들어왔다 하는 것은 아니리라. 그런 식으로 생각하면 나 자신은 그렇다 치고 사토시와 지탄다에게 너무 미안하다.

어쨌거나 남은 다섯 권을 어떻게 할 것인지를 생각해야 한다.

"남겨 봤자 소용없으니까 다 같이 한 권씩 더 사는 거로."

사토시의 제안은 바로 받아들여져 각자 이백 엔씩 사탕 통에 넣었다.

•'행운은 사람의 힘으로 어찌할 수 있는 것이 아니니 안달하지 말고 적절한 때를 기다려라' 라는 뜻의 일본 속담.

지탄다가 품에 끌어안고, 사토시가 둥글게 말아서 끈 달린 주머니에 넣고, 이바라가 살짝 집어 표지를 어루만졌다.

자, 남은 것은 한 부.

……나는 이백 엔을 추가했다.

"어라, 호타로?"

"누나 방에 던져 놓으려고."

만화에 대한 답례다. 답례가 될지 어떨지는 모르지만, 필요 없으면 냄비 받침으로라도 쓰겠지.

마지막 한 부를 집었다.

바야흐로 상자가 텅 비었다.

교차하는 만감을 지탄다가 말에 담았다.

"이걸로 완판이에요."

"와, 완판……."

완판됐구나.

첫날 절망적인 심정으로 올려다봤던 짙은 갈색 '산'. 그것이 모조리 없어졌다.

지탄다는 여전히 황홀한 어조로 말을 이었다.

"남은 건 '십문자' 사건이네요. 이제 마음 놓고 신경 쓸 수 있어요."

사토시가 씩 웃었다.

"아아, 그거? 호타로가 생각하는 게 있는 모양이던데."

"네? 정말요?"

말 떨어지기 무섭게 지탄다가 눈빛이 달라져 다가섰다. 그러니까 그렇게 바짝 붙지 말라니까. 그것 때문에 몇 번을 놀랐는지.

그렇게 서두르지 않아도 시간은 있다. 지나치게 가까운 지탄다의 커다란 눈을 피해 나는 상체를 젖혀 의자에 기댔다. 그리고 웃음기를 머금은 목소리로 말했다.

"그 이야기도 포함해서, 완판을 기념해 뒤풀이라도 하면?"

"저, 저런, 오레키가 웬일이야?"

뭣이. 언제나 멋을 알고 정취를 사랑하는 풍류인을 붙들고.

사토시가 곧바로 기세 좋게 말했다.

"찬성이야! 학생 지도부 겁난다고 뒤풀이도 못 하면 안 되지! 속세의 근심 걱정은 화끈하게 푸는 게 제일이라고, 화끈하게! 내일은 마침 일요일이겠다, 뭐 할까, 뭐!"

지난 사흘간 왜 그런지 어두웠던 이바라의 표정도 지금은 밝다.

"그러게, 고전부엔 거의 얼굴을 못 내밀었겠다, 이것저것 궁금한 이야기가 많아. ……즐거운 일도 있었지?"

그 옆에서 지탄다가 부드럽게 미소 지었다. 이런 온화한 표정을 보일 때 지탄다는 정말 청초해 보인다. 내 생각에 이건 사기다.

"그럼 저희 집에 가지 않으실래요? 부족하나마 저희 집에서 모실게요."

지탄다의 집이라. 약간 멀기는 해도 시끄럽게 떠들어도 끄떡없을 만큼 집이 넓다. 음, 뭐, 고마운 일이다.

"좋아, 그럼 가자."

"그러게, 문 닫을 시간도 다 됐고."

"아! 초밥 주문할까요?"

"지, 지이, 그냥 소박하게 하자……."

전원이 일어선 바로 그때 벨이 울렸다.

학교에 남아 있는 학생에게 하교를 재촉하는 정시의 벨, 사흘간 계속된 축제가 끝났음을 알리는 벨이다. 그 소리가 심지어 만족스러운 결말을 축복하는 종소리로 들렸다.

아마 우리 모두가 그렇게 느꼈을 것이다.

〔만원사례〕

작가 후기

안녕하세요, 요네자와 호노부입니다.

제가 당사자로 참가한 학교 축제에서 가장 인상에 남아 있는 것은 어느 문예부 부원입니다. 그녀는 볕이 들지 않는 연결통로에 책상 하나를 내다 놓고 형식적으로 문집을 늘어놓은 채, 자신은 아침부터 저녁까지 줄곧 책을 읽고 있었습니다.

그해 축제에서 저는 반에서 제작하는 비디오 영화를 위해 미스터리 드라마의 대본을 썼습니다. 영화는 완성되어 당일에는 딱히 할 일이 없었습니다. 그래서 그녀에게서 문집 한 권을 샀는데, 읽은 기억은 없습니다.

읽을 책은 따로 준비해 왔기 때문입니다.

이 책의 주인공은 학교 축제 그 자체입니다. 무형의 이벤트를 주역으로 삼는 데 있어 당연한 수법으로 저는 복수複數 시점 방식을 도입했습니다. 기술적 측면에서뿐 아니라 이야기 면에서도 복수 시점이 필요했습니다. 그러지 않으면 주인공이 내내 의자에 궁둥이를 붙이고 있는데 미스터리고 자시고 할 게 없으니까요.

그렇게 해서 이럭저럭 소설을 완성했을 때 난감했던 게 제목입니다. 축제 날 심야에 시작되어 축제의 끝과 더불어 끝나는 이 소설에 '축제' 이외의 제목은 전혀 어울리지 않는 것 같았습니다. 『쿠드랴프카의 차례』라고 명명했지만, 이번에 문고판을 내면서 추가된 영어 제목 쪽이 아마 좀 더 내용을 잘 나타내지 않을까 싶습니다.

이 시리즈의 첫 작품 『빙과』의 후기에서 저는 작은 수수께끼를 냈습니다. 원래는 두 번째 작품의 후기에서 해답을 제시할 계획이었는데, 페이지 관계상 쓸 수 없었습니다.

『빙과』가 출판된 지 벌써 칠 년이 지났습니다. 칠 년 동안 제 졸작이 명맥을 유지할 수 있게 도와 주신 독자 여러분께 다시금 감사 말씀 드립니다. 후기에 썼던 '초밥 사건'의 진상은 이 책 68페이지에 씌어 있습니다. 짐작하시겠지만 별것 아닙니다. 별것이었다면 한 편의 미스터리로 썼을 테니까요. 더불어 『바보의 엔드 크레디트』 후기에 쓴 장 제목의 유래는, 요컨대 'agitation(동요)'입니다.•

이로써 이 책은 끝을 맺습니다만, 『쿠드랴프카의 차례』라는 하나의 축제가 독자 여러분의 가슴에 남아 다음 축제에의 복선이 되기를 바라 마지않습니다.

감사합니다.

2008년 4월
요네자와 호노부

● 일본어로 '맛이죠(ajidesho)'와 발음이 비슷하기 때문.

권영주
서울대 외교학과를 졸업하고 대학원에서 영문학을 전공했다. 옮긴 책으로는 헬렌 매클로이의 『어두운 거울 속에』, 요네자와 호노부의 『빙과』와 『개는 어디에』를 비롯하여 『삼월은 붉은 구렁을』부터 『달의 뒷면』까지 온다 리쿠의 작품 다수와, 미쓰다 신조의 『잘린 머리처럼 불길한 것』 등이 있다.

쿠드랴프카의 차례 - 고전부 시리즈 3

1판 1쇄 2014년 1월 20일
1판 27쇄 2024년 5월 15일

지은이 요네자와 호노부
옮긴이 권영주

책임편집 지혜림 | **편집** 이현
아트디렉팅 이혜경 | **본문** 이현정 | **표지그림** 빨간고래
저작권 박지영 형소진 최은진 서연주 오서영
마케팅 정민호 서지화 한민아 이민경 안남영 왕지경 정경주 김수인 김혜원 김하연 김예진
브랜딩 함유지 함근아 고보미 박민재 김희숙 박다솔 조다현 정승민 배진성
제작 강신은 김동욱 이순호 | **제작처** 더블비(인쇄) 경일제책사(제본)
독자모니터 엄정현 윤현진

펴낸곳 (주)문학동네 | **펴낸이** 김소영
출판등록 1993년 10월 22일 제2003-000045호

주소 10881 경기도 파주시 회동길 210
문의 031-955-8892(편집) 031-955-2696(마케팅) 031-955-8855(팩스)
전자우편 elixir@munhak.com | **홈페이지** www.elmys.co.kr
인스타그램 @elixir_mystery | **X(트위터)** @elixir_mystery

ISBN 978-89-546-2362-9 03830
978-89-546-2263-9(SET)

엘릭시르는 출판그룹 문학동네의 장르문학 브랜드입니다.